和鸣清音

诗读山禽500种

SHI DU SHAN QIN WU BAI ZHONG

周鹏江 著

内蒙古出版集团
内蒙古人民出版社

图书在版编目（CIP）数据

彩羽清音 : 诗读山禽500种 / 周鹏江著. -- 呼和浩特 : 内蒙古人民出版社, 2014.11
ISBN 978-7-204-13185-3

Ⅰ. ①彩… Ⅱ. ①周… Ⅲ. ①鸟类－图集②诗集－中国－当代 Ⅳ. ①Q959.7-64 ②I227

中国版本图书馆CIP数据核字（2014）第262663号

彩羽清音：诗读山禽500种

作　　者　周鹏江
责任编辑　王　静
封面设计　马东源
出版发行　内蒙古出版集团　内蒙古人民出版社
地　　址　呼和浩特市新城区新华大街祥泰大厦
网　　址　http://www.nmgrmcbs.com
印　　刷　内蒙古爱信达教育印务有限责任公司
开　　本　787×1092 1/12
印　　张　43.5
字　　数　560千
版　　次　2015年1月第1版
印　　次　2015年1月第1次印刷
印　　数　1—2500册
书　　号　ISBN 978-7-204-13185-3/J•951
定　　价　258.00元

《彩羽清音》 序一

郑福田

鹏江兄《彩羽清音》，用 506首诗写 506种丽鸟灵禽。事竣，问序于余。余因得拜读大著，先睹之快，无以言表。

“诗可以兴，可以观，可以群，可以怨。迩之事父，远之事君，多识于鸟兽草木之名”。此孔子阐说《诗经》之语，于我国古今之诗歌创作欣赏，影响至为深巨，不但揭明《诗经》的认识、教育、审美意义而已。兴观群怨，事父事君，说者甚夥，此不一一。吾独于“多识于鸟兽草木之名”有深感焉。

当年读大学，而今教大学，披览《诗》《骚》及前贤制作，每惑于名物之繁，声称之异：花分诸种，物复多名，至于鸟兽鱼虫，则沓来纷至，令人如行夫山阴道上，烟云草树，目疲于其接。而己所能区而分之者，实寥寥也。语云，“一物不知，学者之耻”，福田不知者，无虑千百，每引以为憾。又古今学者于名物往往特予关注，良因此憾非福田所独抱也。昔陆玑著《毛诗物类疏》，孔氏《正义》多引之，后世讥其窘于采获，非通儒所为。郑夹漈作《通志》，列飞潜动植三百六十条，自谓总括无遗，马端临犹讥其谬妄。于焉可见致力于有关名物之学问，殊非易事，且不易奏功。今鹏江兄萃 500余种禽鸟于兹，系以图诗，搜罗剔抉，含咀吟歌，为功之巨，如山海然。读者一编在握，可以知名称，可以识真相，可以明习性，可以赏文彩，可以愉心悦志，发舒精神，寄托怀抱，又不仅如前贤著作，只令人得益于文字说解区分之间也。

鹏江兄是编，大略同于咏物。咏物之诗，初须鉴其形，写其神。必也形神两兼，方称当行作手。若乃兴至神来，遗貌取意，能所双清，主宾俱化，写出应然未然，象外之韵，即咏是物，而不滞于物，是所心期向往也。

禽鸟固人类良友。福田向以敬畏生命、热爱自然教育子弟。居恒谓："一草一木。一虫一鱼，皆当同情敬畏。"曾有诗写小野鸭儿曰："羽若芦花看已亲，况凭稚掌驶微沦。骄阳护顶环金络，嫩草连腮带玉唇。不向人前希冷饭，要从水底得新鳞。年年有笋年年竹，风物年年做好邻。"今见鹏江兄大著，感慨愈深。盖以禽鸟系大自然不可或缺之组成部分。其华裳丽羽，令世界倩美缤纷。其翩跹舞姿，令世界生机盎然。其姣形好影，令世界仿若仙国。其婉转啼鸣，令世界曼妙清怡。至于其维护生态平衡，标志环境质量，装点森林田野，丰富生命生活，意义更自不凡。良禽如此，要须呵护，请阅此编，以唤起读鸟、识鸟、懂鸟、爱鸟、护鸟之良知。

用诗解读鸟类，由来凤毛麟角，而以律精词雅之 506首诗作，结为一集，更是迈往空前。弘扬传统大雅文化，助力生态文明建设，鹏江兄初衷当在兹也。

《彩羽清音》 序二

金学孟

周公仁礼之兢，吐三哺而躬亲。鹏蛟扶摇之举，腾万里而追寻。江宽狭而刚柔，河缓急而湍洄。怜鹊叫以遐思，闻黄鹂以和春。山椒红而凝目，阔嘴绿而录音。水流响以近察，草葱郁以远隐。花迴异而广学，木别致而沉吟。鸟易识以歌咏，雀难认以质论。聆鸟鸣以怡情，顾花艳以醉心。览乾坤而俯仰，喜山川而无垠。遂乃趋隰地，向崄峻，步水岸，止丘墩。锦鸡华羽，孔雀彩裙。黄莺婉转，白头重韵。尔乃草原缓足，丛林疾身。绿洲屏息，黄沙翻滚。乃爱乃尚，乃行乃奔。敬日月之圣洁，崇天地之正神。信芸生而笃定，任春秋而圆润。噫！繁茂生命，瑰玮凡尘。既惜既恋，既勤既奋。居人寰以好生兮，怀友善而珠珍。惟恣意于自然兮，独沉溺乎天伦。

山东布衣癸巳初夏于修身斋

目 录

上体鲜明橄榄颜，玲珑小巧聚群欢。
活泼喧闹消虫害，平静轻柔颤乐绵。

暗绿绣眼鸟

绿绣眼鸟科，体长 10厘米，群栖性鸟，上体鲜亮绿橄榄色，具明显的白色眼圈和黄色的喉及臀部。胸及两肋灰，腹白。无红肋绣眼鸟的栗色两肋及灰腹绣眼鸟腹部的黄色带。虹膜 – 浅褐；嘴 – 灰色；脚 – 偏灰。叫声：不断发出轻柔的 tzee声及平静的颤音。中国有分布。常见于林地、林缘、公园及城镇。常被捕捉为笼鸟，因此有些逃逸鸟。习性：活泼而喧闹，于树顶觅食小型昆虫、小浆果及花蜜。

体羽深灰面近黑，
尾臀镶玉顶冠微。
哨音沙哑模他鸟，
草地虫儿遇命危。

八哥

椋鸟科，体长 26厘米，黑色。体羽深灰而近黑，仅初级飞羽具明显的白色斑块，飞行时尤显，臀及尾端白色；略具冠羽。与八哥的区别在尾端白色较宽，嘴全黄色而臀白。亚成鸟褐色较重。虹膜－橘黄；嘴－橘黄；脚－黄色。叫声：吱吱的沙哑叫声；哨音及卷舌音。有时模仿其他鸟的叫声。分布范围：印度阿萨姆、东亚、东南亚、苏拉威西岛、苏门答腊（经引种）、爪哇及巴厘岛。分布状况：亚种 grandis为罕见留鸟，见于云南西部及南部和广西西南部。习性：结成小至大群生活，取食多在地面，于开阔的多草地及稻田。常停栖于家养动物身上或周围，捕食被惊起的昆虫。

烟黑通体性雄昭，
翼上琼纹扮玉腰。
细弱哨音真悦耳，
声声责骂警危飘。

白斑黑石䳭

鹟科，体长 13.5厘米，黑白色。雄鸟通体烟黑，仅醒目的翼上条纹及腰部为白色。雌鸟多具褐色纵纹，腰浅褐色。亚成鸟褐色而多点斑。虹膜－深褐；嘴－黑色；脚－黑色。叫声：告警声为似责骂的 chuh声，鸣声为悦耳的细弱哨音 chip–chepee–cheweechu。分布范围：伊朗至中国西南、东南亚、菲律宾、苏拉威西岛、马来诸岛及新几内亚。分布状况：亚种 burmanica为中国西南部西藏东南部的留鸟。为常见鸟于低地至海拔 3300米。习性：喜干燥开阔的多草原野。栖于突出地点如矮树丛顶、岩石、柱子或电线，振翅追捕小昆虫等猎物。雄鸟鸣唱或兴奋时尾上翘。

厚嘴大头粉褐足，胸间墨色羽黄突。
鼻音重复鸣沙哑，高岭杉松群聚出。

白斑翅拟蜡嘴雀

燕雀科，体长 23厘米，头大，黑色和暗黄色，嘴厚重。繁殖期雄鸟：外形似雄白点翅拟蜡嘴雀，但腰黄，胸黑，三级飞羽及大覆羽羽端点斑黄色，初级飞羽基部白色块斑在飞行时明显易见。雌鸟似雄鸟但色暗，灰色取代黑色，脸颊及胸具模糊的浅色纵纹。幼鸟似雌鸟但褐色较重。虹膜－深褐；嘴－灰色；脚－粉褐。叫声：鸣声为重复的沙哑 add-a-dit-di-di-di-dit声。叫声为带鼻音的 shwenk或 wet-et-et。中国中部及西南有分布。地方性常见于海拔 2800~4600米沿林线的冷杉、松树及矮小桧树之上。习性：冬季结群活动，常与朱雀混群。嗑食种子时极吵嚷。甚不惧人。

长颈裸出尾短圆，
全身黑褐领白环。
高空健翅雄姿美，
沙哑声声抱怨喧。

白背兀鹫

鹰科，体长 84厘米。特征为尾圆而短，颈长而裸出。飞行时从下边看，白色翼下覆羽及白色领环与近黑色的飞羽及深褐色下体成反差。上体长致偏黑，次级飞羽深灰，腰略白。亚成鸟褐灰而无白色。两翼略呈"V"形在高空翱翔。虹膜－红褐色；嘴－灰色；脚－灰色。叫声：沙哑的抱怨声，见到尸体时发出尖厉叫声。分布范围：印度、中国西南及东南亚。分布状况：全球性近危。于云南西部及西南部鲜有记录。习性：在高空盘旋寻找尸体。进食后停栖于树上或在水边饮水。

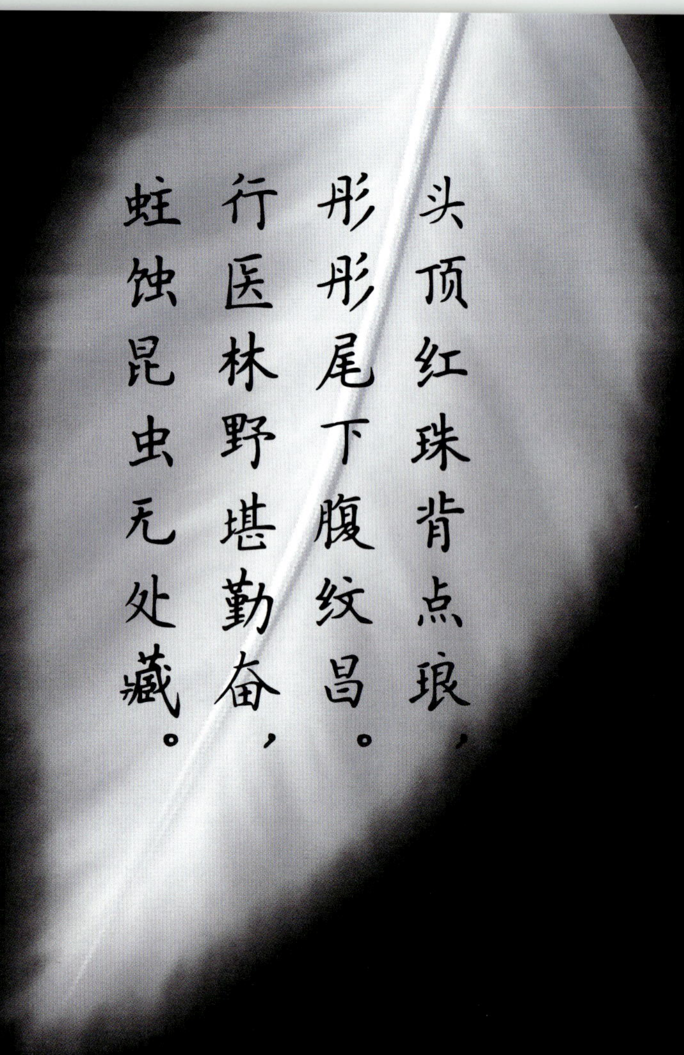

头顶红珠背点琅，
形形尾下腹纹昌。
行医林野堪勤奋，
蛀蚀昆虫无处藏。

白背啄木鸟

啄木鸟科。全长 25厘米。特征为下背白色。雄鸟顶冠全绯红（雌鸟顶冠黑），额白。下体白而具黑色纵纹，臀部浅绯红。两翼及外侧尾羽白点成斑。亚种 tangi腹中部皮黄；insularis腹中部近褐。与三趾啄木鸟区别在于无黄色的前顶冠，两翼横斑明显。叫声：轻声的 kik叫，似乌鸦的告警声。有力地錾木约 1.7秒然后突然加速，结束时有所减低。

翔羽灰白覆羽黑，江河湖沼掠低飞。
频频鼓翅浮空际，捉捕鱼虾功力威。

白翅浮鸥

鸥科，体长 23厘米。尾浅开叉。繁殖期成鸟的头、背及胸黑色，与白色尾及浅灰色翼成明显反差；翼上近白，翼下覆羽明显黑色。非繁殖期成鸟：上体浅灰，头后具灰褐色杂斑，下体白。与非繁殖期须浮鸥的区别在白色颈环较完整，头顶黑色较少，杂斑较多，黑色耳覆羽把黑色头顶及浅色腰隔开。虹膜－深褐；嘴－红色(繁殖期)，黑色(非繁殖期)；脚－橙红。叫声：重复的 kweek声或尖厉的 kwek-kwek□叫声。分布范围：繁殖于南欧及波斯湾，横跨亚洲至俄罗斯中部及中国；冬季南迁至非洲南部，并经印度尼西亚至澳大利亚，偶至新西兰。习性：喜沿海地区、港湾及河口，以小群活动；也至内陆稻田及沼泽觅食。取食时低低掠过水面，顺风而飞捕捉昆虫。常栖于杆状物上。

相扮黑白着雅装，溪流湖畔愛胡楊。
咔咔作响錾林侍，除害疗疾育栋梁。

白翅啄木鸟

啄木鸟科，体长23厘米，黑白色。似大斑啄木鸟，翼合拢时具大块的白色区域而非黑白色斑。虹膜－褐色；嘴－灰而端黑；脚－灰色。叫声：如其他啄木鸟。咔咔作叫并錾木有声。分布范围：阿富汗、咸海、里海至新疆西部。分布状况：全球性近危。非常见鸟种于新疆喀什及准噶尔盆地并沿天山山麓东至罗布泊，高可至海拔2500米。习性：栖于溪流边的胡杨林及天山山麓地带。

两翼黑黑顶腹白，雄雌两色漠田来。
飞行如箭掀波浪，短促鸣声悦耳怀。

白顶䳭

鹟科，体长14.5厘米，常栖于矮树丛。雄鸟：上体全黑，仅腰、头顶及颈背白色；外侧尾羽基部灰白；下体全白仅颏及喉黑色。雌鸟：上体偏褐，眉纹皮黄，外侧尾羽基部白色；颏及喉色深，白色羽尖成鳞状纹；胸偏红，两肋皮黄，臀白。罕见色型的亚种 vittata雄雌鸟的喉均白。虹膜 – 褐色；嘴 – 黑色；脚 – 黑色。叫声：叫声包括干硬的 trritt tack声。鸣声短促悦耳，带有短促唧唧叫及模仿叫声，于岩石栖处或于飞行时作叫。较穗 (JI)多叫声。中国有分布。习性：栖于多石块而有矮树的荒地、农庄城镇。栖势直，尾上下摇动。从栖处捕食昆虫。雄鸟在高空盘旋时鸣唱，然后突然俯冲至地面。

尾腹腰茶领顶白，
哀声尖亮细微裁。
高原雪域增活力，
晃脑摇头炫偶来。

白顶溪鸲

鸫科，体长 19厘米，黑色及栗色。头顶及颈背白色，腰、尾基部及腹部栗色。雄雌同色。亚成鸟色暗而近褐，头顶具黑色鳞状斑纹。虹膜－褐色；嘴－黑色；脚－黑色。叫声：叫声为甚哀怨的尖亮上升音 tseeit tseeit。鸣声为细弱的高低起伏哨音。分布范围：中亚、喜马拉雅山脉、中国；越冬至印度。分布状况：甚常见于中国多数地区和喜马拉雅山脉的山间溪流及河流。繁殖于上水头，可高至海拔 4000米，但冬季沿河溪下迁。习性：特征为常立于水中或于近水的突出岩石上，降落时不停地点头且具黑色羽梢的尾不停抽动。求偶时作奇特的摆晃头部的炫耀。

白额燕鸥燕

鸥科，体长 42厘米，深烟褐色。凹形尾，除头顶近白及眼圈白色外，体羽为全烟褐色。幼鸟的额及头顶深色，眼圈白色，背羽羽尖及翼覆羽近白。亚成鸟似成鸟但无浅色的头顶。虹膜－褐色；嘴－黑色；脚－黑褐色。叫声：沙哑的 karrk及 kwok-kwok声。分布范围：分布于热带及亚热带大洋和澳大利亚北部，于整个分布区域内均有繁殖。分布状况：亚种 pileatus于海上并不罕见，但近岸处不常见。以往曾在台湾海域的岛屿上繁殖。习性：大洋性鸟类。缓慢懒散地盘旋飞行，极少如其他燕鸥那样冲入水中。多捕食那些被凶猛鱼类追逐而跃出水面的小鱼，有时停在水面进食。求偶时双方作点头炫耀表演，因此得其英文名。

秀尾黑白叉状分，顶额点玉爽眸新。
湍急水岸捉虫饱，尖叫吱吱泽上吟。

白额燕尾

鹟科，体长 25厘米，前额和顶冠白 (其羽有时耸起成小凤头状)；头余部、颈背及胸黑色；腹部、下背及腰白；两翼和尾黑色，尾叉甚长而羽端白色；两枚最外侧尾羽全白。虹膜－褐色；嘴－黑色；脚－偏粉。叫声：响而薄尖的双哨音 tsee-eet，特别刺耳。中国南方有分布。习性：性活跃好动，喜多岩石的湍急溪流及河流。停栖于岩石或在水边行走，寻找食物并不停地展开叉形长尾。飞行近地面而呈波状，且飞且叫。

玄鸟短翼尾基棕，雌橄雄黑两样情。
常在晨昏开亮嗓，哨音忧郁两三声。

白腹短翅鸲

鹟科，体长18厘米，似红尾鸲。外侧尾羽基部棕色；翼短，几不及尾基部。雄鸟：头、胸及上体青石蓝色；腹白，尾下覆羽黑色而端白；尾长，楔形；两翼灰黑，初级飞羽的覆羽具两明显白色小点斑。褐色型的雄鸟也有见。雌鸟橄榄褐，眼圈皮黄，下体较淡。虹膜－褐色；嘴－黑色；脚－黑色。叫声：低chuck声。告警叫声似歌鸲的tsiep-tsiep-tk-tk或tck-tck-sie。鸣声为响亮而忧郁的三声哨音，中间音较高而拖长，最末音仅半调。于夏季的晨昏及有月光的夜晚鸣唱。分布范围：喜马拉雅山脉、缅甸、印度北部至中国中部；越冬于缅甸东部及泰国西北部。习性：长栖于浓密灌丛或在近地面活动，不易被激起，仅在栖处鸣叫且尾立起并扇开时可见到。甚喜叫。

胸尾头白背色黑，
鲜明醒目玉乌瑰。
丘陵近岸张天翼，
狩猎鱼龟神力威。

白腹海雕

鹰科，体长70厘米，白、灰及黑色。成鸟：头、颈及下体白色，两翼、背及尾灰色，初级飞羽黑色。亚成鸟：浅褐色取代成鸟的白色，深褐取代灰色。楔形尾成其特征。虹膜－褐色；嘴及蜡膜－灰色；裸露跗蹠及脚－浅灰。叫声：响亮如雁叫ah-ah-ah-ah。分布范围：印度、东南亚、菲律宾及印度尼西亚至澳大利亚。分布状况：中国南海沿海的不罕见留鸟。在东南部沿海、海南岛、西沙及南沙群岛均有记录。习性：笔直立于水边树上或岩石上。在高空翱翔或滑翔甚优雅，飞时两翼成一角度，振翼缓慢有力。俯冲入水捕捉近水面的鱼类，场面壮观。

上胸喉脸近乌黑，
背体闪光蓝钴瑰。
沙哑之音鸣暑夏，
琉璃泛彩驻林蒐。

白腹姬鹟

鹟科，雄鸟：体长 17厘米，蓝、黑及白色。特征为脸、喉及上胸近黑，上体闪光钴蓝色，下胸、腹及尾下的覆羽白色。外侧尾羽基部白色，深色的胸与白色腹部截然分开。亚种 cumatilis青绿色、深绿蓝色取代黑色。雌鸟：上体灰褐，两翼及尾褐，喉中心及腹部白。与北灰鹟的区别在体型较大且无浅色眼先。雄性幼鸟的头、颈背及胸近烟褐色，但两翼、尾及尾上覆羽蓝色。虹膜－褐色；嘴及脚－黑色。叫声：粗哑的 tchk-tchk 声。冬季通常不叫。分布范围：繁殖于东北亚；冬季南迁至中国、马来半岛、菲律宾及大巽他群岛。习性：喜有原始林及次生林的多林地带，在高林层取食。俗名：琉璃鸟 、山竹鸟。

色彩缤鲜艳特独，喉胸闪亮绿堪淑。
猩红冠羽腹镶玉，粗犷悠扬放乐符。

白腹锦鸡

雉科，雄鸟：体长 150厘米，色彩浓艳独特。头顶、喉及上胸为闪亮深绿色，猩红色的冠羽形短，白色颈背呈扇贝形而带黑色羽缘。背及两翼为闪亮深绿色，腹白。腰黄色，尾羽特形长微下弯，为白色间以黑色横带。少许形长的尾覆羽羽端橘黄色。雌鸟体型较小（60厘米），上体多黑色和棕黄色横斑，喉白，胸栗色并多具黑色细纹。两肋及尾下覆羽皮黄色而带黑斑。虹膜－褐色；嘴－蓝灰；脚－蓝灰。叫声：繁殖期雄鸟发出响亮、粗犷而悠远的 ga-ga-ga叫声，或粗声的 gua音；群叫声为柔软的 shu-shu-shu-sss。告警叫声为刺耳的 shi-ya。雌鸟召唤雏鸟的叫声为 guo-guo-guo。雄鸟受威胁时叫声为 ja-ja-ja-ja。中国西南部有分布。习性：种类特性。生活于有林山坡的低矮树丛及次生林中。

中等身材本性凶，
苍天阔野任翱行。
长将羽翼擦植被，
优雅滑翔秀滞空。

白腹鹞

鹰科，体长 50厘米。雄鸟似鹊鹞雄鸟，但喉及胸黑并满布白色纵纹。雌鸟尾上覆羽褐色或有时浅色，有别于除白头鹞外的所有种类雌鹞。体羽深褐，头顶、颈背、喉及前翼缘皮黄色；头顶及颈背具深褐色纵纹；尾具横斑；从下边看初级飞羽基部的近白色斑块上具深色粗斑。一些个体头部全皮黄色，胸具皮黄色块斑。亚成鸟似雌鸟但色深，仅头顶及颈背为皮黄色。虹膜－雄鸟黄色，雌鸟及幼鸟浅褐色；嘴－灰色；脚－黄色。叫声：通常不叫。分布范围：繁殖于东亚；南迁至东南亚及菲律宾越冬。分布状况：繁殖于中国东北，冬季南迁至北纬 30° 以南越冬。于低地甚常见。习性：喜开阔地，尤其是多草沼泽地带或芦苇地。擦植被优雅滑翔低掠，有时停滞空中。飞行时显沉重，不如草原鹞轻盈。

体羽通黑翼点踪，
象牙额板佐红睛。
潜游善泳水骄子，
植物昆虫概腹中。

白骨顶

秧鸡科，体长 40厘米，黑色。具显眼的白色嘴及额甲。整个体羽深黑灰色，仅飞行时可见翼上狭窄近白色后缘。虹膜－红色；嘴－白色；脚－灰绿。叫声：多种响亮叫声及尖厉的 kik–kik。分布范围：古北界、中东、印度次大陆。北方鸟南迁至非洲、东南亚及菲律宾越冬；鲜至印度尼西亚。也见于新几内亚、澳大利亚及新西兰。分布状况：亚种 atra为中国北方湖泊及溪流的常见繁殖鸟。大量的鸟至北纬 32° 以南越冬。习性：强栖水性和群栖性；常潜入水中在湖底找食水草。繁殖期相互争斗追打。起飞前在水面上长距离助跑。

体型纤小浅身颜，眼罩黑黑顶后延。
皎皎琼环脖领扮，细声哀怨上林端。

白冠攀雀

攀雀科，雄鸟：体型纤小（11厘米）的浅色攀雀，额及脸罩黑色，有时延伸至顶后，但与栗色上背之间有白色领环。雌鸟：色暗，顶冠及领环灰色。幼鸟：体羽较单一的黄褐色，具略深色的脸罩。与中华攀雀的区别在下体色较浅，宽黑色的前额且成鸟具偏白色领环。亚种stoliczkae较指名亚种略淡。虹膜－红褐；嘴－深褐至灰色；脚－深灰。叫声：细声的 pseee；从调 swee-swee；哀怨的 tsi声，飞行时发出 ti-ti-ti-ti-ti的叫声。分布范围：中亚至中国西北及俄罗斯东南部。习性：冬季结群。通常比其他攀雀更喜栖于树上。

婀娜曼步舞翩跹，玉羽无瑕雅态娴。
欢快轻柔歌悦耳，吉祥如意寿延年。

白鹤

鹤科，体长135厘米，白色鹤。嘴橘黄，脸上裸皮猩红，腿粉红。飞行时黑色的初级飞羽明显。幼鸟金棕色。虹膜－黄色；嘴－橘黄；脚－粉红。叫声：飞行时发出欢快、轻柔、悦耳的 koonk–koonk声。分布范围：繁殖于俄罗斯的东南部及西伯利亚，越冬在伊朗、印度西北部及中国东部。分布状况：全球性濒危。迁徙经由中国东北，冬季有2000多只聚于鄱阳湖及长江流域的湖泊越冬。习性：于鄱阳湖以水位下降后露出的植物球茎及嫩根为食。俗名：查干－套格加 、黑袖鹤、 西伯利亚鹤 、修女鹤。

冠羽长长散乱收，
上身橄榄下身黄。
结群活跃攻猛禽，
持续高声偶细簧。

白喉冠鹎

鹎科，体长23厘米，喧闹。冠羽长而尖且显散乱，上体橄榄色，头侧灰色，下体黄，白色的喉膨出而带髭须。与黄腹冠鹎易混淆，区别为下体较黯淡，腹部黄色较浅。虹膜－褐色；嘴－黑色；脚－褐色。叫声：群鸟持续地发出断续高叫，偶有细弱鸣声。分布范围：中国西南、海南岛、缅甸及印度。分布状况：指名亚种为常见留鸟，见于中国西南 (henrici)及海南岛 (pallidus) 的低地常绿林及开阔林。习性：结小群生活，性活跃。大胆围攻猛禽。常加入混合鸟群，一般多活跃于较低林层。

腰白顶墨佐臀红，响亮笛音悦耳鸣。
生性活泼堪吵闹，林缘矮树乐栖生。

白喉红臀鹎

鹎科，体长 20厘米，头顶黑色。腰苍白，臀红，颏及头顶黑色，领环、腰、胸及腹部白，两翼黑，尾褐。幼鸟臀偏黄。与红耳鹎的区别在冠羽较短，脸颊无红色。虹膜－红色；嘴及脚－黑色。叫声：悦耳的笛声及响亮的粗喘声 chook-chook。分布范围：中国南方、东南亚及爪哇。引种至苏门答腊及苏拉威西岛。分布状况：甚常见的低地种类，见于高可至海拔 500米的中国东南部和香港 (chrysorrhoides)，广东西南部和广西西部 (resurrectus)，西南地区 (latouchei)。习性：群栖，吵嚷，性活泼，常与其他鹎类混群。喜开阔林地或有矮丛的栖息环境、林缘、次生植被、公园及林园。俗名：高髻冠、黑帽布鲁布鲁、红座白头只。

腹部中央喉若银，
上黑下栗鈷头新。
岩穴樹洞安居乐，
捉捕昆虫解饿贫。

白喉红尾鸲

鹟科，体长15厘米，色彩鲜艳。特征为具白色喉块，外侧尾羽的棕色仅限于基半部。雄鸟：头顶及颈背深青石蓝色，额及眉纹的蓝色较鲜艳；上背灰黑；尾多黑色；下背棕色；腹中心及臀部皮黄白色；两翼多白色条纹，三级飞羽羽缘白色。雌鸟：头顶及背部冬季沾褐；眼圈皮黄；尾、白色喉块及翼上白色条纹同雄鸟。尚具点斑羽衣的幼鸟其白色喉块已清楚可辨。虹膜－褐色；嘴－黑色；脚－黑色。叫声：告警时发出拖长的 zick声接以不停的咯咯叫声。鸣声不详。分布范围：中国中部、西藏高原。一些鸟在印度东北部及缅甸北部越冬。习性：夏季单独或成对栖于亚高山针叶林的浓密灌丛，冬季下至村庄及低地。多喜飞行而性野。迁徙时成小群。

灰色衣装看似黑，
颏喉眉尾玉瑶瑰。
高原林里安居乐，
唱嗓高薄樹野飛。

白喉扇尾鹟

鸦科，体长19厘米。几乎全身深灰色（野外看似黑色），颏、喉、眉纹及尾端白色，下体深灰而有别于白眉扇尾鹟，但有个别个体下体色浅。虹膜－褐色；嘴及脚－黑色。叫声：鸣声高而薄，三个间隔相等的tut声接以三个或更多的降音；也发出尖声的cheet音。分布范围：喜马拉雅山脉、中国南部、东南亚及大巽他群岛。分布状况：指名亚种繁殖于西藏东南部、中国西南部及海南岛高可至海拔3000米的湿润山区森林。习性：似其他扇尾鹟。加入混合鸟群，常栖于竹林密丛。

体羽黑白二道交，飛行波浪唱逍遥。
杯巢屋顶缝穴里，翅目昆虫是美肴。

白鹡鸰

麻雀科，体长 20厘米，黑、灰及白色。体羽上体灰色，下体白，两翼及尾黑白相间。冬季头后、颈背及胸具黑色斑纹但不如繁殖期扩展。黑色的多少随亚种而异。亚种 dukhunensis 及 ocularis的颏及喉黑色，baicalensis颏及喉灰色，其余白色。亚种 ocularis有黑色贯眼纹。雌鸟似雄鸟但色较暗。亚成鸟灰色取代成鸟的黑色。虹膜 – 褐色；嘴及脚 – 黑色。叫声：清晰而生硬的 chissick声。分布范围：非洲、欧洲及亚洲。繁殖于东亚的鸟南迁至东南亚及菲律宾越冬。习性：栖于近水的开阔地带、稻田、溪流边及道路上。受惊扰时飞行骤降并发出示警叫声。

主体茶灰尾羽棕，黄白发色两颊琮。
铃声响出咯咯笑，隐匿竹丛不惧生。

白颊噪鹛

莺科，体长 25厘米，灰褐色。尾下覆羽棕色，特征为皮黄白色的脸部图纹系眉纹及下颊纹由深色的眼后纹所隔开。亚种有细微差异。中国西南部及西藏东南部的鸟 (comis)脸色较白，华中的亚种 (oblectans)比东南及海南岛的指名亚种多橄榄色。虹膜－褐色；嘴－褐色；脚－灰褐。叫声：偏高的铃声般叫声和唧喳叫声，以及不连贯的咯咯笑声。分布范围：印度东北部、缅甸北部及东部、中国华中及华南包括海南岛。分布状况：所有亚种均甚常见于中等海拔，高可至海拔 2600米。习性：不如大多数噪鹛那样惧生。隐匿于次生灌丛、竹丛及林缘空地。俗名：白颊笑鸫、 白眉笑鸫、 白眉噪鹛、 土画眉 、小画眉 、小噪鹛。

褐鹭灰冠配素裙，眼圈布玉黛眉纹。
叽喳作叫敲金属，好动群栖高处寻。

白眶雀鹛

莺科，体长 13.5厘米，褐色。顶冠灰色，具白色的宽阔眼圈及黑色的眉纹。与灰眶雀鹛（于重叠分布区）的区别在顶冠及颈背沾褐色，侧冠纹较显著，上体多偏棕色，白色的眼圈明显，喉中心及腹部近白而下体较少皮黄色。虹膜－灰褐；嘴－角质色；脚－铅褐。叫声：不断地叽喳作叫；金属般的 chit声；尖叫声 dzi-dzi-dzi-dzi-dzi及 p-p-p-p-jet。分布范围：尼泊尔至印度阿萨姆及缅甸的西部和北部。分布状况：地方性常见于有限的区域内。亚种 commoda见于西藏东南部。习性：群栖而好动，于丘陵及山区森林，高可至海拔 2200米。常与其他种类混群。

艳丽衣着耀眼明，睛圈镶玉醒眸情。
玲珑娇小湿林闹，尖厉由歌乐曲声。

白眶鹟莺

莺科，体长 11厘米，色彩艳丽。头灰，白色眼圈醒目；上体绿色；下体黄色。与金眶鹟莺的区别在于眼圈白色而非黄色，头侧灰色，且有时具一黄色翼斑。与灰脸鹟莺的区别在颏及喉黄色，眼先黄及黑色。与灰头鹟莺的区别在无白色眉纹，且上背近绿。亚种 intermedius的大覆羽羽端黄色成明显翼斑；于指名亚种不明显。虹膜－褐色；嘴－上嘴色深，下嘴黄色；脚－黄色。叫声：尖厉的 che-weet声。分布范围：尼泊尔至中国、缅甸及印度。习性：栖于山区潮湿森林中的竹林密丛。越冬至山麓地带且加入混合鸟群。

翡翠蓝白丽彩呈，素斑嘴上领环琮。
粗声低调双音奏，巨海寻食觅浪踪。

白领翡翠

翠鸟科，体长 24厘米，蓝白色。头顶、两翼、背及尾呈亮丽蓝绿色；过眼线黑色；嘴上部具白点。以白色的颈环及下体为识别特征。虹膜－褐色；嘴－上嘴深灰，下嘴浅灰；脚－灰色。叫声：降调的粗声啼叫 chew-chew-chew-chew-chew或双音的 chek-chek, chek-chek, chek-chek声。分布范围：南亚及东南亚、印度尼西亚至新几内亚及澳大利亚。分布状况：海滨常见的翡翠鸟，在中国仅为边缘分布。江苏沿海曾有记录，可能出现于南沙群岛。习性：栖于岩石或树上，捕食于沿海或近水开阔区域包括花园、人工林及城镇。

玉色眉纹眼后延，
灰装朴素戴皇冠。
成群结队灌丛里，
洪亮丝丝细又尖。

白领凤鹛

莺科，体长 17.5厘米，具蓬松的羽冠，颈后白色大斑块与白色宽眼圈及后眉线相接。颏、鼻孔及眼先黑色。飞羽黑而羽缘近白。下腹部白色。虹膜－偏红；嘴－近黑；脚－粉红。叫声：微弱的唧叫声似绣眼鸟。分布范围：中国西部、缅甸东北部及越南北部。分布状况：甚常见的山区留鸟，见于甘肃南部、陕西南部（秦岭）、四川、湖北西部、贵州及云南。习性：成对或结小群吵嚷活动于海拔 1100~3600米的灌丛，冬季下至海拔 800米。

浅沿滩溪玉翅摇，
轻盈曼妙舞姿娇。
精心求偶妆婚羽，
捕得鱼虾作美肴。

白鹭

鹭科，体长 60厘米，白色。与牛背鹭的区别在体型较大而纤瘦，嘴及腿黑色，趾黄色，繁殖羽纯白，颈背具细长饰羽，背及胸具蓑状羽。虹膜－黄色；脸部裸露皮肤黄绿，于繁殖期为淡粉色；嘴－黑色；腿及脚－黑色，趾黄色。叫声：于繁殖巢群中发出呱呱叫声，其余时候寂静无声。中国有分布。分布状况：指名亚种为常见留鸟及候鸟，分布在中国南方。迷鸟有时至北京。习性：喜稻田、河岸、沙滩、泥滩及沿海小溪流。成散群进食。有时飞越沿海浅水追捕猎物。夜晚飞回栖处时呈"V"字队形。与其他水鸟一道集群营巢。

面部绯红体素霜，
顶黑尾墨紫金光。
咯咯晨晚洪声短，
雪线集群活动忙。

白马鸡

雉科，体长 80厘米，白色。具黑色蓬松的丝状尾羽。飞羽黑色，有些亚种两翼灰色。头顶黑，脸颊裸皮猩红。有白色髭须但不及其他种类长而成"耳"。虹膜－橘黄；嘴－浅粉；脚－红色。叫声：黄昏时栖于枝上发出响亮粗犷的 ge-ge-ge-ge叫声，远处可闻。分布范围：西藏高原东南部至中国中部。栖于海拔3000~4000米林线灌丛。习性：以小群活动，觅食于林间草地。不喜飞行，受惊扰时扎入附近灌丛。

鲜黄腹背翅缘绿，霞羽眉纹尾下白。
河谷疏林鸣脆婉，一生机警忌贪哀。

白眉姬鹟

鹟科，姬鹟属。雄鸟：体长 13厘米，黄、白及黑色。腰、喉、胸及上腹黄色，下腹、尾下覆羽白色，其余黑色，仅眉线及翼斑白色。雌鸟：上体暗褐，下体色较淡，腰暗黄。雄鸟白色眉纹和黑色背部及雌鸟的黄色腰各有别于黄眉姬鹟的雄雌两性。虹膜－褐色；嘴－黑色；脚－黑色。叫声：深喘息声 tr–r–r–rt，较红头姬鹟音低。分布范围：繁殖于东北亚；冬季南迁至中国南方、东南亚及大巽他群岛。分布状况：繁殖于中国东北、华中、华东及北纬 29° 以北地带。迁徙经中国南方。甚常见，高可至海拔 1000米。习性：喜灌丛及近水林地。

白色眉纹经目昭，
雄青雌橄小身娇。
啾啾甜美颤音快，
抖动双翩炫丽骚。

白眉林鸲

鹟科，体长14厘米。白色眉纹醒目。雄鸟上体青石蓝色，头侧黑，下体橙褐，腹中心及尾下覆羽近白。雌鸟上体橄榄褐，眉纹白，脸颊褐色，眼圈色浅，下体暗赭褐，腹部色较浅，尾下覆羽皮黄。与栗腹歌鸲及棕胸蓝［姬］鹟的区别在体型较大而眉纹宽。亚种 indicus的雄鸟繁殖期有时呈褐色，似雌鸟体羽。亚种 formosanus的雄鸟头顶黄橄榄色，下体橄榄褐色。虹膜－深褐；嘴－近黑；脚－灰褐。叫声：有特色的带颤音啾啾叫。甜美的 tiut-tiut声，回声较尖。鸣声为快速重复的升降尖音或双嘟音 shri-de-de-dew……shri-de-de-dew。分布范围：尼泊尔至中国西南及台湾、缅甸东北部、越南西北部。习性：活动于地面或近地面的林下植被茂密处，甚不惧人。雄鸟炫耀时两翼下悬颤抖，尾轻弹。

白色纹眉胸顶黑，下身黄褐上身灰。
铃声清脆哨音闹，乐在高山展翅飞。

白眉山雀

山雀科，体长 13厘米。白色眉纹显著，头顶及胸兜黑色；前额的白色后延而成白色的长眉纹；头侧、两胁及腹部黄褐；臀皮黄色；上体深灰沾橄榄色。与红腹山雀的区别在无白色脸颊且栖于少林木的生境。虹膜－褐色；嘴－黑色；脚－略黑。叫声：喧闹的清脆铃声般哨音，似昆虫的嘟声及颤音。鸣声复杂而多变。 分布范围：中国中西部的特有种。 分布状况：于南山及青海东部至甘肃南部及四川北部松潘地区及西藏的昌都地区不罕见。 习性：结小群，有时与雀莺混群于高山矮小桧树及杜鹃灌丛中取食。

白眉鹀

燕雀科，体长15厘米。头具显著条纹。成年雄鸟不可能误认，头部有黑白色图纹，喉黑，腰棕色而无纵纹。雌鸟及非繁殖期雄鸟色暗，头部对比较少，但图纹似繁殖期的雄鸟，仅颏色浅。较黄眉鹀而少黄色眉纹，较田鹀少红色的颈背。与黄眉鹀的区别还在于尾色较淡，黄褐色较多，胸及两肋纵纹较少且喉色较深。虹膜－深栗褐；嘴－上嘴蓝灰，下嘴偏粉色；脚－浅褐。叫声：于林上层鸣唱，以清晰高音组起始，接或高或低的第二组音。叫声结尾有一可变的且简单而迅速重复的音组，通常以短促的 chit声收尾。分布范围：中国东北及西伯利亚的邻近地区，越冬至中国南方。习性：多藏隐于山坡林下的浓密棘丛。常结成小群。

白色眉纹宽且长，头脖淡栗嘴黑裹。
水中果腹兼寻偶，起降立直捷敏翔。

白眉鸭

鸭科，体长 40厘米。雄鸟头巧克力色，具宽阔的白色眉纹。胸、背棕而腹白。肩羽形长，黑白色。翼镜为闪亮绿色带白色边缘。雌鸟褐色的头部图纹显著，腹白，翼镜暗橄榄色带白色羽缘。繁殖期过后雄鸟似雌鸟，仅飞行时羽色图案有别。飞行雄鸟蓝灰色翅上覆羽是其特征。虹膜－榛栗色；嘴－黑色；脚－蓝灰。叫声：通常少叫。雄鸭发出呱呱叫声似拨浪鼓。雌鸟发出轻 kwak声。分布范围：繁殖于全北界；南方越冬。分布状况：繁殖于中国东北、西北。冬季南迁至北纬 35° 以南包括台湾及海南的大部分地区。并不常见。习性：冬季常结大群。时常见于沿海泻湖。白天栖于水上，夜晚进食。俗名：白眉鸭 、巡凫。

棕红两色共相彰，
浅粉眉纹后染霜。
快速叽喳尖叫远，
高原雪域是天堂。

白眉朱雀

燕雀科，体长 17厘米，雄鸟腰及顶冠粉色，浅粉色的眉纹后端成特征性白色。中覆羽羽端白色成微弱翼斑。雌鸟与其他雌性朱雀的区别为腰色深而偏黄，眉纹后端白色，指名亚种胸部的暖褐色渲染与腹部的白色成对比。所有亚种下体均具浓密纵纹。虹膜－深褐；嘴－角质色；脚－褐色。叫声：鸣声似赤胸朱顶雀的唧叫。常有的叫声为偏高的喊喳声 deep-deep, deep-de-de-de-de或快速的尖叫 pupupipipipi。分布范围：喜马拉雅山脉、青藏高原东部至中国西北。分布状况：甚常见留鸟，于海拔 3000~4600米。习性：垂直迁移的候鸟，夏季于高山及林线灌丛，冬季于丘陵山坡灌丛。成对或结小群活动，有时与其他朱雀混群。取食多在地面。

短尾棕黄山雀型，身材娇小俏玲珑。
白眉一展莹琼韵，尖叫单一数复声。

白眉棕啄木鸟

啄木鸟科。体长9厘米。绿色及橘黄色，山雀型短尾。雌鸟前额棕色；上体橄榄绿色；眉白；下体棕色；仅三趾。雄鸟前额黄色，虹膜－红色；嘴－近黑；脚－黄色。叫声：单一的尖叫声 tsit重复数次；告警时发出快速而连续的 kih-kih-kih-kih-kih叫声。习性：栖于阔叶林及次生林，尤其是竹林的中下层。在树干树枝上觅食时常发出轻微叩击声。

长长灰嘴若琵琶，
素裹身躯泛玉华。
头部裸出金韵显，
湖泊泥沼乐安家。

白琵鹭

鹮科，体长84厘米，白色。长长的嘴灰色而呈琵琶形，头部裸出部位呈黄色。与冬季黑脸琵鹭区别在体型较大，脸部黑色少，白色羽毛延伸过嘴基，嘴色较浅。虹膜－红色或黄色；嘴－灰色，嘴端黄色；脚－近黑。叫声：繁殖期外寂静无声。分布范围：欧亚大陆及非洲。分布状况：一般不常见。习性：喜泥泞水塘、湖泊或泥滩，在水中缓慢前进，嘴往两旁甩动以寻找食物。一般单独或成小群活动；部分夜行性。

额头喉枕色白瓷，尾羽黑黄硬立直。
泽沼河湖群戏泳，稍闻动静速飞驰。

白头硬尾鸭

鸭科，极易识别的矮胖型，体长 46厘米，褐色。尾硬而上翘或贴于水面。头黑白两色。雄鸟头白，顶及颈黑，繁殖期嘴蓝色。雌鸟及雏鸟头部深灰。偶有第一春的雄鸟头全黑，嘴基明显膨大。虹膜－近黄；嘴－雄鸟蓝色，雌鸟灰色；脚－近灰色。叫声：常无叫声。雄鸟游聚一起竖起尾和颈作求偶炫耀时，咯咯低鸣并作管笛声。雌鸟作低沉粗哑叫声。分布范围：地中海和西亚至中国西北。分布状况：全球性易危。特别稀少，现状不明。在新疆西部的准噶尔盆地及天山地区有过繁殖记录。近年零星个体曾见于内蒙古西部的鄂尔多斯，在湖北洪湖有过越冬记录。习性：多栖于淡水湖泊。

体形微微色黑白，
生硬高音哭叫哀。
河谷林间栖大木，
蛙虫小鸟怕君来。

白腿隼

隼科，体长 15厘米，黑白色。上体黑色，最内侧次级飞羽具白色点斑。下体白色，脸侧及耳覆羽黑色，耳覆羽周围具白色线条或块斑。幼鸟脸散见红色。虹膜 – 深褐；嘴 – 偏灰；脚 – 灰色。叫声：高而生硬的哭叫声 shiew及快速重复的 kli–kli–kli–kli声。分布范围：印度东北部、中国南方。分布状况：全球性近危 (Collar et al., 1994)。不常见，于中国有林覆盖的低地至海拔 1500米的云南西部及南部、广西、广东、江西、福建、安徽南部和江苏南部。习性：喜林缘或开阔原野，包括稻田，常立于无遮掩的树枝上。突然冲出捕食蜻蜓及其他昆虫，有时大胆袭击小鸟及其他猎物。在树洞营巢。

头胸浅褐尾颜琼，嘴趾金黄翼黛棕。
响亮叫声如小犬，全球稀少保休松。

白尾海雕

鹰科，体长85厘米，褐色。特征为头及胸浅褐，嘴黄而尾白。翼下近黑的飞羽与深栗色的翼下成对比。嘴大，尾短呈楔形。飞行似鹫。与玉带海雕的区别在尾全白。幼鸟胸具矛尖状羽但不成翎颌如玉带海雕。体羽褐色，不同年龄具不规则锈色或白色点斑。虹膜－黄色；嘴及蜡膜－黄色；脚－黄色。叫声：响亮的吠声 klee-klee-klee-klee，似小狗或黑啄木鸟叫声。分布范围：格陵兰、欧洲、亚洲北部、中国及日本至印度。习性：显得懒散，蹲立不动达几个小时。飞行时振翅甚缓慢。高空翱翔时两翼弯曲略向上扬。

白尾鹞

鹰科，雄鸟：体长 50厘米，灰色或褐色。具显眼的白色腰部及黑色翼尖。体型比乌灰鹞大，比草原鹞也大且色彩较深。缺少乌灰鹞次级飞羽上的黑色横斑，黑色翼尖比草原鹞长。雌鸟褐色，与乌灰鹞的区别在领环色浅，头部色彩平淡且翼下覆羽无赤褐色横斑。与草原鹞的区别在深色的后翼缘延伸至翼尖，次级飞羽色浅，上胸具纵纹。幼鸟与草原鹞及乌灰鹞幼鸟的区别在两翼较短而宽，翼尖较圆钝。虹膜－浅褐色；嘴－灰色；脚－黄色。叫声：通常无声。分布范围：繁殖于全北界；冬季南迁至北非、中国南方、东南亚及婆罗洲。飞行比草原鹞或乌灰鹞更显缓慢而沉重。俗名：白尾巴根子、白抓、灰鹞、灰鹰、鸡鸳、鸡鸟。

顶腹乌黑长尾琼，脸颊裸处绚鲜红。
轻柔鸣唱缘求偶，闲客清洁碧玉情。

白鹇

雉科，雄鸟：体长 94~110厘米，蓝黑色。尾长而白，背白，头顶黑，长冠羽黑色，中央尾羽纯白，背及其余尾羽白色带黑斑和细纹，下体黑色，脸颊裸皮鲜红色。与黑鹇区别在于尾更长更白，腿红色。雌鸟：上体橄榄褐色至栗色，下体具褐色细纹或杂白色或皮黄色，具暗色冠羽及红色脸颊裸皮。与黑鹇雌鸟的区别为脚粉红色，外侧尾羽黑色、白色或浅栗色而非暗褐色。虹膜－褐色；嘴－黄色；脚－鲜红色。叫声：通常少叫。告警时发出刺耳的 ji-go, ji-go声或尖厉哨音。求偶期雄鸟发出轻柔的 lu-lu-lu-lu……叫声。进食时常轻叫。分布范围：中国南部、海南岛及至东南亚。习性：结小群活动。常在取食的猴类和鸠鸽类下拣食无花果。栖于开阔林地及次生常绿林，高可至海拔 2000米。

头颈赤棕尾亮蓝，颏喉白色并胸间。
颗颗翡翠妆泽野，红嘴啄蝎做美餐。

白胸翡翠

翠鸟科，体长27厘米，蓝色及褐色。颏、喉及胸部白色；头、颈及下体余部褐色；上背、翼及尾蓝色鲜亮如闪光（晨光中看似青绿色）；翼上覆羽上部及翼端黑色。虹膜－深褐色；嘴－深红；脚－红色。叫声：飞行或栖立时发出响亮的 kee-kee-kee-kee尖叫声，也作沙哑的chewer-chewer-chewer声。分布范围：中东、印度、中国、东南亚、菲律宾、安达曼斯群岛及苏门答腊。分布状况：于中国北纬 28° 以南包括海南岛在内的大部地区为相当常见的留鸟，可至海拔 1200米。在台湾为迷鸟。习性：性活泼而喧闹，捕食于旷野、河流、池塘及海边。

颊喉胸腹着琼瑶，玉黛分明按福袍。
机警性情多隐蔽，鸣声苦恶唱音嘹。

白胸苦恶鸟

秧鸡科，体长33厘米，深青灰色及白色。头顶及上体灰色，脸、额、胸及上腹部白色，下腹及尾下棕色。虹膜－红色；嘴－偏绿，嘴基红色；脚－黄色。叫声：单调的 uwok-uwok叫声。黎明或夜晚数鸟一起作喧闹而怪诞的合唱，声如 turr-kroowak, per-per-a-wak-wak-wak 及其他声响，一次可持续 15分钟。分布范围：印度、中国南部、东南亚、菲律宾、苏拉威西岛、马鲁古群岛及马来诸岛。习性：通常单个活动，偶尔两三成群，于湿润的灌丛、湖边、河滩、红树林及旷野走动找食。多在开阔地带进食，因而较其他秧鸡类常见。也攀于灌丛及小树上。俗名：白脸秧鸡、白面鸡、白胸秧鸡、苦恶鸟。

白眼潜鸭

鸭科，潜鸭属，体长41厘米。仅眼及尾下羽白色。雄鸟头、颈、胸及两肋浓栗色，眼白色；雌鸟暗烟褐色，眼色淡。侧看头部羽冠高耸。飞行时，飞羽为白色带狭窄黑色后缘。雄雌两性与雌凤头潜鸭区别在于白色尾下覆羽（有时也见于雌凤头潜鸭），头形有异，缺少头顶冠羽，嘴上无黑色次端带。与青头潜鸭区别在两肋少白色。虹膜－雄鸟白色，雌鸟褐色；嘴－蓝灰；脚－灰色。叫声：雄鸟求偶期发出wheeoo哨音；雌鸟发出粗哑的 gaaa声。其余时候少叫。中国有分布。全球性易危。在中国为地方性常见至罕见。习性：栖居于沼泽及淡水湖泊。冬季也活动于河口及沿海泻湖。怯生谨慎，成对或成小群。

身材矮壮绿茶娟，臀腹发白翅墨宣。
响亮歌声泉水唱，沼泽沟壑捕虾餐。

白腰草鹬

丘鹬科，体长23厘米，矮壮型，深绿褐色，腹部及臀白色。飞行时黑色的下翼、白色的腰部以及尾部的横斑极显著。上体绿褐色杂白点，两翼及下背几乎全黑，尾白，端部具黑色横斑。飞行时脚伸至尾后。野外看黑白色非常明显。与林鹬区别在近绿色的腿较短，外形较矮壮，下体点斑少，翼下色深。虹膜－褐色；嘴－暗橄榄色；脚－橄榄绿色。叫声：响亮如流水般的tlooeet-ooeet-ooeet，第二音节拖长。分布范围：繁殖于欧亚大陆北部；冬季南迁远及非洲、印度次大陆、东南亚、北婆罗洲及菲律宾。习性：常单独活动，喜小水塘及池塘、沼泽地及沟壑。受惊时起飞，似沙锥而呈锯齿形飞行。

赤褐衣着细尾长，
黑头颈背具蓝光。
鸣声饱满堪愉耳，
婉转竹林清脆扬。

白腰鹊鸲

鹟科，体长 27厘米，黑白色及赤褐色。雄鸟：头、颈及背黑色而具蓝色光泽，两翼及中央尾羽暗黑，腰及外侧尾羽白，腹部橙褐。雌鸟似雄鸟但黑色为灰色所代。虹膜－深褐；嘴－黑色；脚－浅肉色。叫声：叫声为 chur-chi-churr及粗哑的责骂声。鸣声饱满复杂又悦耳，包括模仿其他鸟的叫声。分布范围：印度至中国西南部、东南亚及大巽他群岛。习性：性惧生，藏匿于密林及灌丛。晨昏时于低栖处发出嘹亮鸣声，两翼下悬，尾高举。在地面跳动或作短距离飞行，降落时长尾抽动。俗名：溪吱喳。

土身淡褐布麻纹，曲嘴长长泥里勤。
机警行迟堪稳重，鱼蛙甲软尽为飧。

白腰杓鹬

丘鹬科，体长 55厘米。嘴甚长而下弯；腰白，渐变成尾部色及褐色横纹。与大杓鹬区别在腰及尾较白，与中杓鹬区别在体型较大，头部无图纹，嘴相应较长。虹膜－褐色；嘴－褐色；脚－青灰。叫声：响亮而哀伤的升调哭腔 cur–lew。分布范围：繁殖于古北界北部；冬季南迁远及印度尼西亚及澳大利亚。分布状况：繁殖于中国东北。为长江下游、华南与东南沿海、海南岛、台湾及西藏南部的雅鲁藏布江流域的定期候鸟。习性：喜潮间带河口、河岸及沿海滩涂，常在近海处。多见单独活动，有时结小群或与其他种类混群。俗名：白腰鸽喽儿、大勺鹬、构捞、麻鹬。

黑尾腹黄白素腰，农田卉苑闹喧嚣。
玲珑小巧惹人爱，算命衔珠笼养瞧。

白腰文鸟

麻雀科，体长 11厘米，上体深褐，特征为具尖形的黑色尾，腰白，腹部皮黄白。背上有白色纵纹，下体具细小的皮黄色鳞状斑及细纹。亚成鸟色较淡，腰皮黄色。虹膜－褐色；嘴－灰色；脚－灰色。叫声：活泼的颤鸣及颤音 prrrit。中国南方有分布。地方性常见于低海拔的林缘、次生灌丛、农田及花园，高可至海拔 1600米。习性：性喧闹吵嚷，结小群生活。习性似其他文鸟。

杂斑浓密点灰衫，大块琼瑶腰上沾。
响亮歌声传阔野，营巢鼠洞乐高寒。

白腰雪雀

麻雀科，体长 17厘米，灰色。上背具浓密的杂斑，眼先黑色。雄雌同色。成鸟较其他雪雀色淡，腰具特征性的白色大块斑。幼鸟多沙褐色，腰无白色。虹膜－褐色；嘴－角质色或黄色，嘴端黑色；脚－黑色。叫声：叫声为高而洪亮的 duid-duid声。鸣声为短促响亮的 duid-duid-duid。分布范围：青藏高原及中国西部。分布状况：甚常见于海拔 3800~4900米。留鸟于西藏、青海东部及甘肃西南部祁连山及阿尼玛卿山并四川的北部及西部岷山。习性：栖于多裸岩的高原、高寒荒漠、草原及沼泽边缘。炫耀飞行似百灵，以及在地面作 "敲击 " 求偶炫耀。结小群栖于鼠兔群集处，栖息、营巢均使用鼠兔洞。冬季成大群。着陆时尾摇摆不停。甚惧生。

头顶红斑大体灰，赤胸叉尾纵纹瑰。
鸣声炫耀嘤嘤颤，快速结群冲跃飞。

白腰朱顶雀

燕雀科，体长 14厘米，灰褐色。头顶有红色点斑。繁殖期雄鸟似极北朱顶雀但褐色较重且多纵纹，胸部的粉红色上延至脸侧。腰浅灰而沾褐并具黑色纵纹，有别于极北朱顶雀的几乎全白。雌鸟似雄鸟但胸无粉红。非繁殖期雄鸟似雌鸟但胸具粉红色鳞斑，尾叉形。虹膜－深褐；嘴－黄色；脚－黑色。叫声：炫耀飞行时发出鸣声，为短促的起伏颤音杂以嘤嘤之声 errr errrr。叫声为有特色的金属音啾啾叫，哀怨的 teu-teu teu-teu或偏高的喘息声 eeeeze。分布范围：全北界的北部。繁殖于北方的针叶林区，越冬于温带林区。引种至新西兰。习性：快速的冲跃式飞行。结群而栖，多在地面取食，受惊时飞至高树顶部。

整体灰白二色呈，
裸皮脸侧泛霞红。
声如号角传泽野，
河泊寻食曼舞盈。

白枕鹤

鹤科，体长 150厘米，灰白色。脸侧裸皮红色，边缘及斑纹黑色，喉及颈背白色。枕、胸及颈前之灰色延至颈侧成狭窄尖线条。初级飞羽黑色，体羽余部为不同程度的灰色。虹膜－黄色；嘴－黄色；脚－绯红。叫声：声如号角。分布范围：西伯利亚、蒙古北部及中国北部，于中国华中及华南、朝鲜、日本越冬。分布状况：全球性易危。于中国东北及西北的沼泽地及多芦苇的湖岸边繁殖。冬季南迁至长江下游的湖泊及河岸滩地，迷鸟至台湾及福建。习性：栖于近湖泊、河流的沼泽地带。觅食于农耕地。

小巧玲珑苇上栖，黑纹纵密作铜皮。
飞行炫耀低声唱，物种濒危保必须。

斑背大尾莺

莺科，体长 12厘米。上体棕褐而满布黑色纵纹，具既长且宽的楔形尾和扩散的近白色眉纹。下体偏白，两肋及胸侧浅铜色，尾下覆羽皮黄。与矛斑蝗莺的区别在胸无纵纹。与棕扇尾莺的区别在体型较大，冠顶色浅而尾较长。虹膜－褐色；嘴－上嘴辉黑，下嘴粉红；脚－粉红。叫声：炫耀飞行或栖于芦苇地时发出低音的 djuk–djuk–djuk鸣声。叫声为 chuck。分布范围：繁殖于日本及中国东北，越冬于中国中部，迷鸟至朝鲜。习性：栖于芦苇地。惧生而隐匿。

肩背棕瑶滚细波，善于潜水泳姿婀。
刨坑集苇求繁衍，果腹鱼虾小贝壳。

斑背潜鸭

鸭科，身长 48厘米。雄鸟体比凤头潜鸭长，背灰，无羽冠。雌鸟与雌凤头潜鸭区别在于嘴基有一宽白色环。与小潜鸭甚相像但体形较大且无小潜鸭的短羽冠。飞行时不同于小潜鸭处在于初级飞羽基部为白色。虹膜－黄色略白；嘴－灰蓝；脚－灰色。叫声：求偶炫耀时雄鸟发出咕咕轻声及哨音；雌鸟回声生硬粗哑。其他时候极安静。分布范围：全北界。繁殖于亚洲北部。越冬在温带沿海水域包括东南亚及菲律宾。分布状况：罕见冬候鸟。迁徙时见于黄海地区。在中国东南部和华南沿海省份及台湾越冬。习性：多在沿海水域或河口活动，有时光顾淡水湖泊。合群且以群栖居。

前胸赤褐腹蹄斑，
耳羽深棕玉眼圈。
密布麻纹收翅背，
嘎嘎唱响谷坡间。

斑翅山鹑

雉科，雄鸟：体长 28厘米，灰褐色。脸、喉中部及腹部橘黄色，腹中部有一倒 "U"字形黑色斑块。与灰山鹑的区别在于胸为黑色而非栗色，喉部橘黄色延至腹部，喉部有羽须。雌鸟胸部无橘黄色及黑色，但有"羽须"。虹膜－棕色；嘴－近黄；脚－黄色。叫声：为本属典型的嘎嘎声。分布范围：中亚至西伯利亚、蒙古及中国北部。分布状况：甚常见。指名亚种于新疆西北部；przewalskii于青海、甘肃，suschkini 于内蒙古、陕西、宁夏、山西、河北及中国东北部。习性：同灰山鹑。俗名：斑翅子、斑鸡、沙板鸡。

翼斑两道鲜明生，一抹朝霞别样红。
针叶林中生计好，不声不响捕昆虫。

斑朱雀

燕雀科，体长 18厘米。具两道显著的浅色翼斑，肩羽边缘及三级飞羽外侧的白色形成特征性第三道 "条带 "。雄鸟脸偏黑，头顶、颈背、胸、腰及下背深绯红。雌鸟及幼鸟上体深灰，满布黑色纵纹。虹膜 – 褐色；嘴 – 角质色；脚 – 深褐。叫声：通常无声。分布范围：中国华西及西南的特有种；部分鸟至西藏东南部越冬。分布状况：分布从甘肃南部经四川西部至云南西南部的丽江山脉。冬季在西藏东南部有记录。通常稀少但于冬季为地区性常见。习性：繁殖于海拔 1800~3000米的稀疏针叶林，但冬季下至农耕地及果园。

明显黑白布美图，浅棕黑线阔鳞殊。
轻柔悦耳尖声细，巨野成群乐驻足。

斑鸫

鸫科，体长 25厘米，具明显黑白色图纹。具浅棕色的翼线和棕色的宽阔翼斑。雄鸟（亚种 eunomus）：耳羽及胸上横纹黑色而与白色的喉、眉纹及臀成对比，下腹部黑色而具白色鳞状斑纹。雌鸟褐色及皮黄色较暗淡，斑纹同雄鸟，下胸黑色点斑较虹膜－褐色；嘴－上嘴偏黑，下嘴黄色；脚－褐色。叫声：轻柔而甚悦耳的尖细叫声 chuck-chuck或 kwa-kwa-kwa，也有似椋鸟的 swic声。告警时发出快速的 kveveg声。分布范围：繁殖于东北亚，迁徙至喜马拉雅山脉、中国。习性：栖于开阔的多草地带及田野。冬季成大群。

几点乌黑几点白，嘴基红色喙黄裁。
结群活动巢高木，常在田园捕蚓来。

斑椋鸟

椋鸟科，体长24厘米，黑白色。头顶、头侧、翼斑、腰及腹部白色，喉、胸及上体余部黑色（亚成鸟褐色）。虹膜－灰色；眼周裸露皮肤－橘黄；嘴－黄色，嘴基红色；脚－黄色。叫声：吵嚷而不连贯的得意高叫。分布范围：印度、中国西南、东南亚、苏门答腊、爪哇及巴厘岛。分布状况：地区性常见于耕作低地。亚种 superciliaris为留鸟于西藏东南部及云南西北部；floweri为云南西南部及南部的留鸟。习性：结小群活动，栖于开阔地。食多在地面找食蚯蚓及其他小型动物。夜群栖。

棕褐横斑布满身，
夜间活动叫声阴。
嗜食鼠类农林益，
迷信纯为加害君。

斑头鸺鹠

鸱鸮科，斑头鸺鹠属。体长24厘米，遍具棕褐色横斑。无耳羽簇；上体棕栗色而具赭色横斑，沿肩部有一道白色线条将上体断开；下体几全褐，具赭色横斑；臀片白，两肋栗色；白色的颏纹明显，下线为褐色和皮黄色。虹膜－黄褐；嘴－偏绿而端黄；脚－绿黄。叫声：不同于其他鸮类，晨昏时发出快速的颤音，调降而音量增。另发出一种似犬叫的双哨音，音量增高且速度加快，反复重复至全音响。中国南部有分布。在低地及丘陵的小片林地中并不罕见。习性：常光顾庭园、村庄、原始林及次生林。主为夜行性，但有时白天也活动。多在夜间和清晨作叫。

头顶黑斑二道横，
频张双翼啸长空。
闻君亮嗓春秋鉴，
机警筑巢泽沼中。

斑头雁

鸭科，体长 70厘米。顶白而头后有两道黑色条纹为本种特征。喉部白色延伸至颈侧。头部黑色图案在幼鸟时为浅灰色。飞行中上体均为浅色，仅翼部狭窄的后缘色暗。下体多为白色。虹膜－褐色；嘴－鹅黄，嘴尖黑；脚－橙黄。叫声：飞行时为典型雁叫，声音为低沉鼻音。中国有分布。繁殖于中国极北部及青海、西藏的沼泽及高原泥淖，冬季迁移至中国中部及西藏南部。习性：耐寒冷荒漠碱湖的雁类。越冬于淡水湖泊。

褐色虹膜嘴亮蓝，
一身朴素土棕衫。
缓迟反应飞行慢，
歌唱唧唧柔韵传。

斑文鸟

麻雀科，体长 10厘米，暖褐色。上体褐色，羽轴白色而成纵纹，喉红褐，下体白，胸及两肋具深褐色鳞状斑。亚成鸟下体浓皮黄色而无鳞状斑。亚种 subundulata，色较深，腰橄榄色；topela胸部的鳞状斑甚为模糊。虹膜－红褐；嘴－蓝灰；脚－灰黑。叫声：双音节吱叫声 ki-dee, ki-dee，告警声为 tret-tret。鸣声为轻柔圆润的笛音及较低的模糊音。中国南方有分布范围。分布状况：地方性常见。习性：常光顾耕地、稻田、花园及次生灌丛等环境的开阔多草地块。成对或与其他文鸟混成小群。具典型的文鸟摆尾习性且活泼好飞。

一体灰装布细纹，
素白下体翼茶重。
单薄刺耳为其叫，
直立娇姿形美纯。

斑鹟

鹟科，体长 15厘米，灰色。上体烟灰，头顶具黑色细纹，下体白色，胸部并有时两肋具灰色细纹，翼及尾褐色，羽缘色浅。与灰斑鹟的区别在头顶具细纹，尾羽羽缘色浅。虹膜－褐色；嘴－偏黑；脚－偏黑。叫声：单薄刺耳的 tseet……chup-chup声。鸣声由尖厉叫声的音节构成。分布范围：欧洲及亚洲至贝加尔湖，南至巴基斯坦。越冬在非洲。分布状况：罕见留鸟于新疆极西北部的开阔林地及花园。习性：立姿直，从栖处至空中捕食。

斑鱼狗

鱼狗科，体长 27厘米，黑白色。与冠鱼狗的区别在体型较小，冠羽较小，具显眼白色眉纹。上体黑而多具白点。初级飞羽及尾羽基白而稍黑。下体白色，上胸具黑色的宽阔条带，其下具狭窄的黑斑。雌鸟胸带不如雄鸟宽。虹膜－褐色；嘴－黑色；脚－黑色。叫声：尖厉的哨声。分布范围：印度东北部、斯里兰卡、缅甸、中国及菲律宾。分布状况：亚种 insignis为甚常见留鸟，于中国东南部及海南岛的湖泊及池塘。亚种 leucomelanura为云南西部及南部的偶见留鸟，可能也会出现于西藏东南部。习性：成对或结群活动于较大水体及红树林，喜嘈杂。唯一常盘桓水面寻食的鱼狗。俗名：花斑钓鱼郎。

上嘴黑黑端部黄，麻纹布体腿红裹。
家鸭先祖栖湖沼，清脆宏声悦耳扬。

斑嘴鸭

鸭科，体长 60厘米，深褐色。头色浅，顶及眼线色深，嘴黑而嘴端黄且于繁殖期黄色嘴端顶尖有一黑点为本种特征。喉及颊皮黄。亚种 zonorhyncha有过颊的深色纹，体羽更黑。深色羽带浅色羽缘使全身体羽呈浓密扇贝形。翼镜在 zonorhyncha亚种为金属蓝色，在haringtoni亚种为金属绿紫色，后缘多有白带。白色的三级飞羽停栖时有时可见，飞行时甚明显。两性同色，但雌鸟较黯淡。虹膜 – 褐色；嘴 – 黑色而端黄；脚 – 珊瑚红。叫声：雌鸟叫声似家鸭，音往往连续下降。雄鸟发出粗声的 kreep。分布范围：印度、缅甸、东北亚及中国。习性：栖于湖泊、河流及沿海红树林和泻湖。

灰色衣裳缀细纹，直直长嘴墨颜深。
啼音哀怨声声怯，机械寻食习性遵。

半蹼鹬

丘鹬科，体长35厘米，灰色。嘴长且直，背灰色，腰、下背及尾白色具黑色细横纹，下体色浅，胸皮黄褐色。与塍鹬区别在体型较小，嘴形直而全黑，嘴端显膨胀。较其他半蹼鹬体型为大，腿色深，飞行时背色较深。虹膜－褐色；嘴－黑色；腿－近黑。叫声：哀怨的啼叫 chep-chep，偶尔发出细弱的哀叫 miau。分布范围：繁殖于俄罗斯南部及西伯利亚东南部、蒙古、中国东北；过境鸟见于印度次大陆东部、东南亚、菲律宾及印度尼西亚至澳大利亚北部。习性：栖于沿海滩涂。进食习性特别，径直朝前行走，每走一步把嘴扎入泥土找食，动作机械如电动玩具。

形如麻雀色泽瑰，
翼上白斑头顶灰。
体态轻盈鸣婉转，
喜欢绿野灭虫威。

北红尾鸲

鹟科，红尾鸲属。体长 15厘米，色彩艳丽。具明显而宽大的白色翼斑。雄鸟：眼先、头侧、喉、上背及两翼褐黑，仅翼斑白色；头顶及颈背灰色而具银色边缘；体羽余部栗褐，中央尾羽深黑褐。雌鸟褐色，白色翼斑显著，眼圈及尾皮黄色似雄鸟，但色较黯淡。臀部有时为棕色。虹膜－褐色；嘴－黑色；脚－黑色。叫声：叫声为一连串轻柔哨音接轻柔的 tac-tac声，也作短而尖的哨音 peep或 hit，wheet；鸣声为一连串欢快的哨音。 中国南方有分布。 指名亚种繁殖于中国东北及河北。习性：夏季栖于亚高山森林、灌木丛及林间空地，冬季栖于低地落叶矮树丛及耕地。常立于突出的栖处，尾颤动不停。

小巧身材灰褐装，眼圈皎皎玉瑶镶。
颤音干涩哨音短，逮捕昆虫饱腹囊。

北灰鹟

鹟科，体长 13厘米，灰褐色。上体灰褐，下体偏白，胸侧及两肋褐灰，眼圈白色，冬季眼先偏白色。亚种 cinereoalba多灰色，嘴比乌鹟或棕尾褐鹟长且无半颈环。新羽的鸟具狭窄白色翼斑，翼尖延至尾的中部。虹膜－褐色；嘴－黑色，下嘴基黄色；脚－黑色。叫声：叫声为尖而干涩的颤音 tit-tit-tit-tit，鸣声为短促的颤音间杂短哨音。分布范围：繁殖于东北亚及喜马拉雅山脉，边缘分布于东南；冬季南迁至印度、东南亚、菲律宾、苏拉威西岛及大巽他群岛。习性：从栖处捕食昆虫，回至栖处后尾作独特的颤动。

背紫闪辉下素琼，绿黑两翅玉斑呈。
哨音沙哑善模仿，沿海寻食巢缝中。

北椋鸟

椋鸟科，体长 18厘米，背部深色。成年雄鸟：背部闪辉紫色，两翼闪辉绿黑色并具醒目的白色翼斑，头及胸灰色，颈背具黑色斑块，腹部白色。与紫背椋鸟的区别在颈背斑块黑色且颈侧无栗色。雌鸟：上体烟灰，颈背具褐色点斑，两翼及尾黑。亚成鸟浅褐，下体具褐色斑驳。虹膜－褐色；嘴－近黑；脚－绿色。叫声：典型的椋鸟沙哑哨音及嘶叫声。分布范围：繁殖于从外贝加尔至中国东北，冬季迁至东南亚及大巽他群岛。分布状况：繁殖于中国东北及北方；越冬迁徙经中国东南至华南及西南并海南岛。一般罕见，高可至中等海拔。习性：取食于沿海开阔区域的地面。

矮胖身型尾略长，彩霞一片做红装。

抑扬顿挫轻柔唱，婉转宏声回野扬。

北朱雀

雀科，体长16厘米，而体型矮胖。尾略长。雄鸟：头、下背及下体绯红，头顶色浅，额及颏霜白，无对比性眉纹，上体及覆羽深褐，边缘粉白，胸绯红，腹部粉色，具两道浅色翼斑。雌鸟：色暗，上体具褐色纵纹，额及腰粉色，下体皮黄色而具纵纹，胸沾粉色，臀白。虹膜－褐色；嘴－近灰；脚－褐色。叫声：通常无声，短促的低哨音，轻柔鸣声抑扬顿挫。分布范围：西伯利亚中部及东部至蒙古北部。冬季迁至中国北方、日本、朝鲜及哈萨克斯坦北部。分布状况：不常见冬候鸟于中国北部及东部，南抵江苏，西至甘肃。越冬时可至海拔 2500米。夏季繁殖区海拔较高。习性：栖于针叶林但越冬在雪松林及有灌丛覆盖的山坡。

麻纹上体下皮黄，紧凑身材纵黛妆。
圆润叽喳林野唱，平原湖岸喜栖藏。

布氏鹨

麻雀科，体长 18厘米，甚似田鹨及亚成体的平原鹨。较理氏鹨体小而紧凑，尾较短，腿及后爪较短，嘴较短而尖利。上体纵纹较多，下体常为较单一的皮黄色。中覆羽羽端较宽而成清晰的翼斑。与田鹨的区别在叫声不同，体型较大，中覆羽斑纹不同且上体多纵纹。在手中时跗蹠比田鹨或理氏鹨短，比平原鹨的亚成鸟眼先色较淡且翼长，后爪较弯曲，嘴较短。虹膜－深褐；嘴－肉色；脚－偏黄。叫声：圆润的 chup及特征性的响亮喊喳声 spzeeu，结尾时音略下降。分布范围：蒙古、俄罗斯的外贝加尔、西伯利亚及中国东北，越冬至印度。习性：喜旷野、湖岸及干旱平原。

头顶黄纹玉眼圈，颈间素带项棕颜。
长长橙嘴啄食好，虾蚓螺虫尽美餐。

彩鹬

彩鹬科，体长 25厘米，色彩艳丽。尾短。雌鸟：头及胸深栗色，眼周白色，顶纹黄色，背及两翼偏绿色，背上具白色的"V"形纹并有白色条带绕肩至白色的下体。雄鸟：体型较雌鸟小而色暗，多具杂斑而少皮黄色，翼覆羽具金色点斑，眼斑黄色。虹膜－红色；嘴－黄色；脚－近黄色。叫声：通常无声，但雌鸟求偶时叫声深沉，也作轻柔声。分布范围：非洲、印度至中国及日本、东南亚、菲律宾、巽他群岛及澳大利亚。习性：栖于沼泽型草地及稻田。行走时尾上下摇动，飞行时双腿下悬如秧鸡。

脚颈嘴头均甚长，
回根细羽辫头扬。
叫声粗犷呱呱远，
老等鱼虾解饿肠。

苍鹭

鹭科，体长 92厘米，白、灰及黑色。成鸟：过眼纹及冠羽黑色，飞羽、翼角及两道胸斑黑色，头、颈、胸及背白色，颈具黑色纵纹，余部灰色。幼鸟的头及颈灰色较重，但无黑色。虹膜 – 黄色；嘴 – 黄绿色；脚 – 偏黑。 叫声：深沉的喉音呱呱声 kroak及似鹅的叫声 honk。 分布范围：非洲、欧亚大陆、朝鲜并日本至菲律宾及巽他群岛。 分布状况：地区性常见留鸟，分布于中国全境包括台湾的适宜生态环境。冬季北方鸟南下至华南及华中。 习性：性孤僻，在浅水中捕食。冬季有时成大群。飞行时翼显沉重。停栖于树上。

美妙斑纹点翼肩，淡蓝头顶绿腰单。
声声韵律鸣华乐，响彻平林田野间。

苍头燕雀

燕雀科，体长16厘米。具醒目的白色肩块及翼斑。繁殖期雄鸟顶冠及颈背灰色，上背栗色，脸及胸偏粉色。雌鸟及幼鸟色暗而多灰色。与燕雀的区别在腰偏绿，肩纹较白。虹膜－褐色；嘴－雄鸟灰色，雌鸟角质色；脚－粉褐。叫声：叫声特别，为金属音的 chink或响亮的 wheet，也作较低音的 twit声。鸣声为富韵律的降调嘟声至快速的华彩乐段。中国有分布。偶见候鸟。指名亚种有记录于新疆的天山、内蒙古、宁夏、河北及辽宁越冬。习性：成对或结群栖于落叶林及混交林、林园及次生灌丛。与其他雀类混群。常于地面取食。

苍鹰

鹰科，体长 56厘米。无冠羽或喉中线，具白色的宽眉纹。成鸟下体白色上具粉褐色横斑，上体青灰。幼鸟上体褐色浓重，羽缘色浅成鳞状纹，下体具偏黑色粗纵纹。虹膜－成鸟红色，幼鸟黄色；嘴－角质灰色；脚－黄色。叫声：幼鸟乞食时叫声为忧郁的 peee-leh。告警时发出嘎嘎叫声 kyekyekye。分布范围：北美洲、欧亚区、北非。习性：林地里的鹰类，两翼宽圆，能作快速翻转扭绕。主要食物为鸽类，但也捕食可猎捕的其他鸟类及哺乳动物如野兔。

枕部两枚黑羽冠，
仿如辫子顶垂悬。
一足独占待鱼到，
响亮嘶呱浅水滩。

草鹭

鹭科，体长 80厘米，灰、栗及黑色。特征为顶冠黑色并具两道饰羽，颈棕色且颈侧具黑色纵纹。背及覆羽灰色，飞羽黑，其余体羽红褐色。虹膜－黄色；嘴－褐色；脚－红褐色。叫声：粗哑的呱呱叫声。分布范围：非洲、欧亚大陆至菲律宾、苏拉威西岛及马来诸岛。 分布状况：地区性常见留鸟于华东、华中、华南、海南岛及台湾低地。不如苍鹭常见。 习性：喜稻田、芦苇地、湖泊及溪流。性孤僻，常单独在有芦苇的浅水中，低歪着头伺机捕鱼及其他食物。飞行时振翅显缓慢而沉重。结大群营巢。

爪利嘴钩容貌凶，
平直展翼啸长空。
喘息粗哑嘎嘎叫，
兔鼠狐貂饱腹中。

草原雕

鹰科，体长 65厘米，深褐色。容貌凶狠，尾型平。成鸟与其他全深色的雕易混淆，但下体具灰色 remiges及稀疏的横斑，两翼具深色后缘。有时翼下大覆羽露出浅色的翼斑似幼鸟。与乌雕相比头显得较小而突出，两翼较长，翼指雕展开度较宽。飞行时两翼平直，滑翔时两翼略弯曲。幼鸟咖啡奶色，翼下具白色横纹，尾黑，尾端的白色及翼后缘的白色带与黑色飞羽成对比。翼上具两道皮黄色横纹，尾上覆羽具 "V"字形皮黄色斑。尾有时呈楔形。 虹膜－浅褐色；嘴－灰色，蜡膜黄色；脚－黄色。 叫声：粗哑喘息的叫声及嘎嘎叫声。 中国有分布。 甚常见于北方的干旱平原。习性：懒散。迁徙时有时结大群。

朱雀纤纤展靓容，翠蓝顶尾共喉红。
錚声响亮林中吵，瑞鸟吉祥寓样情。

叉尾太阳鸟

太阳鸟科，体长 10厘米，顶冠及颈背金属绿色，上体橄榄色或近黑，腰黄。尾上覆羽及中央尾羽闪辉金属绿色，中央两尾羽有尖细的延长，外侧尾羽黑色而端白。头侧黑色而具闪辉绿色的髭纹和绛紫色的喉斑。下体余部污橄榄白色。雌鸟甚小，上体橄榄色，下体浅绿黄。指名亚种两翼较黑。虹膜－褐色；嘴－黑色；脚－黑色。叫声：喧闹吵嚷。鸣声为高颤音；进食时也发出成串的唧唧声。响亮的金属音 chiff-chiff-chiff 叫声。分布中国南方。常见的低地鸟于中国东南及华南（latouchii）和海南岛（指名亚种）。习性：栖于森林及有林地区甚至城镇，常光顾开花的矮丛及树木。

棕黄下体纵丰纹，
头顶褐黑双耳存。
山地森林吃鼠类，
夜间求偶叫声频。

长耳鸮

鸱鸮科，体长 36厘米，皮黄色圆圆面庞缘以褐色及白色，具两只长长的 "耳朵 "(通常不可见)。眼红黄色，显呆滞。嘴以上的面庞中央部位具明显白色 "X"图形。上体褐色，具暗色块斑及皮黄色和白色的点斑。下体皮黄色，具棕色杂纹及褐色纵纹或斑块。与短耳鸮的区别在于耳羽簇较长；脸上白色的 "X"图纹较明显；下胸及腹部细纹较少；飞行时翼端较细及褐色较浓，且翼下白色较少。虹膜－橙黄；嘴－角质灰色；脚－偏粉。叫声：雄鸟发出含糊的 ooh叫声，约两秒钟一次。雌鸟回以轻松的鼻音 paah。告警叫声为 kwek-kwek。雏鸟乞食时发出悠长而哀伤的 peee-e声。分布范围：全北界。习性：营巢于针叶林中的乌鸦巢穴。夜行性。两翼长而窄，飞行从容，振翼如鸥。

脸喉黄亮翼黑斑，
楔尾长长着色蓝。
翠绿娇鲜堪养目，
静栖林下灌枝安。

长尾阔嘴鸟

阔嘴鸟科，体长 25厘米，绿色。形长的楔形尾蓝色，喉及脸黄色，顶冠及颈背黑色。两翼黑并具显著的蓝色斑块。头顶具蓝色小点斑，眼后有一黄色点斑。亚成鸟多为绿色。虹膜－绿及灰色；嘴－绿色，上嘴尖蓝色，下嘴尖黄色；脚－绿色。叫声：5~8声响亮而甜美的哨音，音高不变。分布范围：喜马拉雅山脉的山麓地带、中国南方、东南亚、苏门答腊及婆罗洲。分布状况：不常见，于亚热带原始林及成熟的次生山林，通常见于海拔 700~1500米，但在喜马拉雅山脉可高至 2000米。指名亚种为留鸟，见于西藏东南部、云南西部及南部、广西西南部、贵州西南部。习性：结群活动于森林中层，有时与其他种类混群。

或玉或灰樹上栖，尖尖长尾素斑居。
小群活动隐高木，颤颤唧啾吵闹啼。

长尾奇鹛

莺科，体长 33.5厘米，灰色及白色树栖型，尾甚长而尖，体羽暗灰，顶冠色较深，近白色的臀部及白色翼斑于飞行时明显易见。尾羽羽端为较淡的灰色。虹膜－褐色；嘴－黑色；脚－黑色。叫声：吵嚷，不停地发出尖声的唧啾叫 tsip-tsip-tsip-tsip，间杂着颤鸣。结小群活动，藏隐于较高树木的顶部。飞行有力，同时作叫。

黄嘴厚粗尾羽长，
胸棕翅玉背麻苍。
高山流水如君叫，
愿把丛林做雅堂。

长尾雀

燕雀科，体长 17厘米，嘴甚粗厚。繁殖期雄鸟：脸、腰及胸粉红；额及颈背苍白，两翼多具白色；上背褐色而具近黑色且边缘粉红的纵纹。繁殖期外色彩较淡。雌鸟：具灰色纵纹，腰及胸棕色。与朱鹀的区别为嘴较粗厚，外侧尾羽白，眉纹浅淡霜白色，腰粉红。亚种 lepidus及 henrici尾较短。 虹膜－褐色；嘴－浅黄；脚－灰褐。 叫声：叫声为悦耳的流水般三音颤鸣 pee-you-een或上扬的 sit-it-it。鸣声似苍头燕雀的颤音。中国北部有。地方性常见。 习性：成鸟常单独或成对活动，幼鸟结群。

赤红黑亮两相彰，
默尾飘舒亦美长。
山地层林虫果腹，
尖声单调叫空扬。

长尾山椒鸟

山椒鸟科，体长 20厘米，黑色。具红色或黄色斑纹，尾形长。红色雄鸟与粉红山椒鸟及灰喉山椒鸟的区别在喉黑；与短嘴山椒鸟的区别在翼斑形状不同且色泽较淡，下体红色。雌鸟与灰喉山椒鸟易混淆，区别仅在上嘴基具模糊的暗黄色。虹膜－褐色；嘴－黑色；脚－黑色。叫声：本种特有的甜润双声笛音 pi-ru，第二音较低。中国有分布。常见于海拔1000~2000米处。指名亚种繁殖于华中及西南，于河北也有记录；laetus繁殖于西藏南部及东南部；yvettae仅限于云南西部。习性：结大群活动，在开阔的高大树木及常绿林的树冠上空盘旋降落。

身着三色各鲜明，长尾黑黑若凤翎。
冬候之君极罕见，嘈杂假嗓放歌声。

长尾鸭

鸭科，体长41~59厘米，羽色为灰、黑及白色。雄鸭有一个中央尾羽又细又长的黑色尾巴，在它游泳时经常直立；胸黑，颈侧有大块黑斑。冬季雌鸟褐色，而头、腹白色，顶盖黑色，颈侧有黑斑。飞行时，黑色翼下羽及白色腹部的搭配特别显眼。雄鸟胸部的黑色斑块为该种特征。虹膜暗黄色，有白色眼圈；雄鸭的嘴灰色并在近嘴尖处有粉红色带，雌鸟灰色；脚灰色。飞行速度非常快，平均每小时达到 80公里。雄鸟在炫耀时叫声相当嘈杂，发出假嗓的 ow-ow-ow-lee…caloo-caloo大叫。雌鸟有多变低弱的呱呱声。是食肉性鸟类，主要以软体动物和鱼类为食，夏季也吃昆虫。

君妆如玉倍精神，上体土黑粗纵纹。
浅水滩涂食觅处，轻柔鸣唱向湖寻。

长趾滨鹬

丘鹬科，体长 14厘米，灰褐色。上体具黑色粗纵纹，腿绿黄色。头顶褐色，白色眉纹明显。胸浅褐灰，腹白，腰部中央及尾深褐，外侧尾羽浅褐色。夏季鸟多棕褐色。冬季鸟与相像的红颈滨鹬的区别在腿色较淡，与青脚滨鹬区别在上体具粗斑纹。飞行时可见模糊的翼横纹。虹膜－深褐；嘴－黑色；脚－绿黄色。 叫声：轻柔的 prit及 chirrup声。 不常见的过境鸟及冬候鸟。习性：喜沿海滩涂、小池塘、稻田及其他的泥泞地带。单独或结群活动，常与其它涉禽混群。不似其他涉禽羞怯，有人迫近时常最后一个飞走。站姿比其他滨鹬直。

厚嘴偏红眉色白，妆纹褐氅霞琼怀。
歌吟细弱模他类，随意飞行意义开。

长嘴百灵

百灵科，体长 21.5厘米，偏红色而嘴厚。似二斑百灵但体型较大，尾部甚多白色，胸部的黑色点斑不显著。三级飞羽及次级飞羽羽端的白色明显，外侧尾羽白。幼鸟沾黄色，亚种 holdereri下体较指名亚种色淡，上体色彩较华丽而少纵纹。虹膜－褐色；嘴－黄白色，嘴端黑色；脚－深褐。叫声：甚细弱的不连贯鸣声，间杂以模仿其他鸟如鹡类的叫声。受惊时发出响亮悦耳的哨音。分布范围：中亚至中国西部及中部。分布状况：于繁殖区域内常见。指名亚种为留鸟于西藏南部、甘肃南部、四川北部及西部。习性：栖于海拔 4000~4600米的湖泊周围的生草丛植被。飞行看似随意但有意义。在激烈的炫耀表演时，雄鸟两翼下悬，尾上举以显露白色"V"形，同时左右摇摆。

长长细嘴黛灰妆，
橄榄衣着下染黄。
每秒三音高且重，
密林深处捕蛛忙。

长嘴捕蛛鸟

太阳鸟科，体长 15厘米，橄榄色及黄色。上体橄榄绿色，下体艳黄色。喉灰白为本种特征。虹膜 - 褐色；嘴 - 上嘴黑色，下嘴灰色；脚 - 蓝紫。叫声：飞行时发出尖声 weechoo或 cheek-cheek-cheek或简单高音鸣声 tik-ti-ti-ti，第一声较高且音重，不断重复，每秒约 3个音。分布范围：印度至中国、东南亚、菲律宾、马来半岛及大巽他群岛。分布状况：指名亚种为甚常见留鸟，见于云南西部的低地及丘陵森林，高可至海拔 2000米；sordida见于云南东南部。习性：性隐秘，藏身于阴暗密丛如野香蕉树及高大生姜。常见在丛林小道上快速飞行而过，同时发出其特有的叫声。也见于次生林、庄园及花园。

全身大致褐灰装，
脸色稍深黛玉镶。
悠远双音群调美，
灌丛深处短飞扬。

橙翅噪鹛

莺科，体长 26厘米。全身大致灰褐色，上背及胸羽具深色及偏白色羽缘而成鳞状斑纹。脸色较深。臀及下腹部黄褐。初级飞羽基部的羽缘偏黄、羽端蓝灰而形成拢翼上的斑纹。尾羽灰而端白，羽外侧偏黄。亚种preswalskii头顶色较淡，下体褐色较重，翼斑及尾缘略红而非偏黄。虹膜－浅乳白色；嘴－褐色；脚－褐色。叫声：悠远的双音节和三音节叫声及群鸟的吱吱叫声。分布范围：中国中部至西藏东南部及印度东北部的特有种。分布状况：指名亚种见于从大巴山、秦岭及岷山往南至四川西部、西藏东南部及云南西北部。习性：结小群于开阔次生林及灌丛的林下植被及竹丛中取食。

尾翼澄蓝腹色橙，
上身浓绿墨胸睛。
鸣声清亮模它鸟，
捉捕昆虫林各层。

橙腹叶鹎

和平鸟科，雄鸟：体长20厘米，色彩鲜艳。上体绿色，下体浓橘黄色，两翼及尾蓝色，脸罩及胸兜黑色，髭纹蓝色。雌鸟不似雄鸟显眼，体多绿色，髭纹蓝色，腹中央具一道狭窄的赭石色条带。虹膜－褐色；嘴－黑色；脚－灰色。叫声：清亮的鸣声及哨声，常模仿其他鸟的叫声。分布范围：喜马拉雅山脉、东南亚及中国南方。分布状况：为中国最常见、分布最广泛的叶鹎，见于中国南方包括海南岛的丘陵及山区森林。指名亚种为留鸟于中国西南及西藏东南部；melliana于中国南方及东南；lazulina于海南岛。习性：性活跃，以昆虫为食，栖于森林各层。

尾色黑颜基部白，褐灰上体橄榈裁。
细薄金属低音复，密闭森林隐惧怀。

橙胸姬鹟

鹟科，体长14厘米。尾黑而基部白，上体多灰褐，翼橄榄色，下体灰。成年雄鸟额上有狭窄白色并具小的深红色项纹（常不明显）。雌鸟似雄鸟，但项纹小而色浅。亚成鸟具褐色纵纹，两肋棕色而具黑色鳞状斑纹。虹膜－褐色；嘴－黑色；脚－褐色。叫声：通常叫声为低声的 tik-tik或重复高音 pink。也发低颤鸣。鸣声为细薄金属般的 tin-ti-ti声，第一声响亮，后两声轻。分布范围：繁殖于克什米尔及喜马拉雅山脉至中国南方和越南；越冬至东南亚。分布状况：常见的垂直迁移鸟，见于中国中部及西南、西藏海拔 1000~3000米。部分鸟冬季至中国南方越冬。习性：性惧生，栖于密闭森林的地面和较低灌丛。

喉白顶栗羽冠娇，蓝背延伸蓑状矛。
常涉泽湖花害子，解毒以肉药功高。

池鹭

鹭科，体长 47厘米，翼白色，身体具褐色纵纹的鹭。繁殖羽：头及颈深栗色，胸紫酱色。冬季：站立时具褐色纵纹，飞行时体白而背部深褐。虹膜－褐色；嘴－黄色（冬季）；腿及脚－绿灰色。叫声：通常无声，争吵时发出低沉的呱呱叫声。中国有分布。常见于华南、华中及华北地区的水稻田。偶见于西藏南部及东北低洼地区。迷鸟至台湾。习性：栖于稻田或其他漫水地带，单独或成分散小群进食。每晚三两成群飞回群栖处，飞行时振翼缓慢，翼显短。与其他水鸟混群营巢。

红十字鸟色颜浓，
朱翠蓝黑五色明。
原始林中成对展，
枝间飞掠好轻松。

赤红山椒鸟

鸦科，体长19厘米，色彩浓艳。雄鸟蓝黑，胸、腹部、腰、尾羽羽缘及翼上的两道斑纹红色。雌鸟背部多灰色，黄色替代雄鸟的红色，且黄色延至喉、颏、耳羽及额头。比长尾山椒鸟显矮胖而尾短，翼部斑纹复杂。虹膜－褐色；嘴及脚－黑色。叫声：轻柔的 kroo-oo-oo-tu-tup，tu-turr或重复的 hurr声，也有较高音的 sigit-sigit-sigit。中国南方有分布。亚种fohkiensis为中国华南及东南的留鸟；elegans于云南；fraterculus于海南岛。地区性常见于高可至海拔 1500米的低地及丘陵。习性：喜原始森林，多成对或成小群活动，在小叶树的树顶上轻松飞掠。

颈侧眉胸喉褐红，
嘴黑腹玉背灰呈。
集群松散栖山地，
籽果充饥佐小虫。

赤颈鸫

鹟科，体长约 25厘米。雄鸟上体灰褐色，眉纹、颈侧、喉及胸红褐色（北方亚种无眉纹且喉与胸为黑色），翼灰褐，中央尾羽灰褐，外侧尾羽灰褐色。腹至臀白色。雌鸟似雄鸟，但栗红色部分较浅且喉部具黑色纵纹。中等体型的鸫。上体灰褐，腹部及臀纯白，翼衬赤褐。雌鸟及幼鸟具浅色眉纹，下体多纵纹。虹膜－褐色；嘴－黄色，尖端黑色；脚－近褐。叫声：飞行时的叫声为单薄的 tseep。告警时发出带喉音的咯咯声，似乌鸫但较轻柔；带喉音的 which-which-which声。中国有分布。甚常见于海拔 1000~3000米的常绿林。习性：成松散群体。有时与其他鸫类混合。在地面时作并足长跳。

头颈棕红额顶金，琼白下体侧白纯。
如鸭雌叫雄鸣哨，常在沼泽食茎根。

赤颈鸭

鸭科，体长 47厘米。雄鸟特征为头栗色而带皮黄色冠羽。体羽余部多灰色，两肋有白斑，腹白，尾下覆羽黑色。飞行时白色翅羽与深色飞羽及绿色翼镜成对照。雌鸟通体棕褐或灰褐色，腹白。飞行时浅灰色的翅覆羽与深色的飞羽成对照。下翼灰色－较葡萄胸鸭色深。虹膜－棕色；嘴－蓝绿色；脚－灰色。叫声：雄鸟发出悦耳哨笛声 whee-oo，雌鸟为短急的鸭叫。分布范围：古北界；南方越冬。分布状况：繁殖于中国东北或西北。冬季迁至中国北纬35° 以南包括台湾及海南的广大地区。地方性常见。习性：与其他水鸟混群于湖泊、沼泽及河口地带。俗名：赤颈凫 、鹅子鸭 、红鸭。

橙栗衣着黑项圈，
外形似燕尾乌玄。
低声鸣唱转音好，
湖洞营巢机警宣。

赤麻鸭

鸭科，体长 63厘米，橙栗色。头皮黄。外形似雁。雄鸟夏季有狭窄的黑色领圈。飞行时白色的翅上覆羽及铜绿色翼镜明显可见。嘴和腿黑色。虹膜－褐色；嘴－近黑色；脚－黑色。叫声：声似 aakh的啭音低鸣，有时为重复的 pok-pok-pok-pok。雌鸟叫声较雄鸟更为深沉。分布范围：东南欧及亚洲中部，越冬于印度和中国南方。分布状况：耐寒，广泛繁殖于中国东北和西北，及至青藏高原海拔 4600米，迁至中国中部和南部越冬。习性：筑巢于近溪流、湖泊的洞穴。多见于内地湖泊及河流。极少到沿海。俗名：渎凫、红雁、黄凫、黄鸭、喇嘛鸭。

斑块栗红翅膀收，褐身密布玉波扬。
天生胆小真机警，极快飞行冲草塘。

赤膀鸭

鸭科，雄鸟：体长 50厘米，灰色。嘴黑，头棕，尾黑，次级飞羽具白斑及腿橘黄为其主要特征。比绿头鸭稍小，嘴稍细。雌鸟：似雌绿头鸭但头较扁，嘴侧橘黄，腹部及次级飞羽白色。虹膜－褐色；嘴－繁殖期雄鸟灰色，其他时候橘黄色但中部灰色；脚－橘黄。叫声：除求偶期都不出声。雄鸟发出短 nheck 声及低哨音，雌鸟重复发出比绿头鸭声高的 gag-ag-ag-ag-ag声。中国南部有分布。习性：栖于开阔的淡水湖泊及沼泽地带，极少出现于沿海港湾。

黑色颊纹至下胸，
宽宽翼段布瑶琮。
单声响亮堪尖锐，
死樹栖息捕小虫。

赤胸啄木鸟

啄木鸟科，体长 18厘米，黑白色。具宽宽的白色翼段，黑色的宽颊纹成条带延至下胸。绯红色胸块及红臀为识别特征。雄鸟枕部红色。雌鸟枕黑但颈侧或具红斑（ludlowi）。亚成鸟顶冠全红但胸无红色。亚种 ludlowi耳羽后具猩红色块，绯红色胸块甚显。指名亚种胸或少或无绯红，雄鸟后顶冠后的绯红色延至颈侧。虹膜－略红；嘴－暗灰；脚－近绿。叫声：响亮的单声 chip及尖锐的 kee-kee-kee声。分布范围：尼泊尔至中国西南及华中，缅甸北部及印度北部。习性：取食低处，常栖于死树上。食花蜜及昆虫。

眼嘴彤彤头锈棕，善收翅膀水潜精。
迁徙南北避冬冷，植物为食朴素生。

赤嘴潜鸭

鸭科，体长 55厘米，皮黄色。繁殖期雄鸟易识别，锈色的头部和橘红色的嘴与黑色前半身成对比。两肋白色，尾部黑色，翼下羽白，飞羽在飞行时显而易见。雌鸟：褐色，两肋无白色，但脸下、喉及颈侧为白色。额、顶盖及枕部深褐色，眼周色最深。繁殖后雄鸟似雌鸟但嘴为红色。虹膜－红褐色；嘴－雄鸟橘红，雌鸟黑色带黄色嘴尖；脚－雄鸟粉红，雌鸟灰色。叫声：相当少声。求偶炫耀时雄鸟发出呼哧呼哧的喘息声，雌鸟作粗喘似叫声。分布范围：繁殖于东欧及西亚；越冬于地中海、中东、印度及缅甸。习性：栖于有植被或芦苇的湖泊或缓水河流。

多彩多姿羽色丰，
裳如哑剧丑角名。
急流溪涧乐嬉戏，
粗短哨音求偶鸣。

丑鸭

鸭科，体长42厘米。脸及耳羽具白色点斑。虹膜－深褐；嘴－灰色；脚－灰色。叫声：求偶期雄鸟发出高哨音，雌鸟作粗短叫声。余时不叫。分布范围：东亚至北美、格陵兰及冰岛。分布状况：非常罕见冬季过境鸟，在黑龙江（哈尔滨）、辽宁（旅顺）、河北（北戴河）及山东（青岛）有过记录。习性：成对或成群活动。在海上多岩港湾过冬。游泳时尾翘起。飞行快而低，起飞前沿水面拍打。

白腹横纹绿上身，
林中响亮哨声频。
借巢比氏求繁衍，
树顶悄然佳馔吞。

翠金鹃

杜鹃科，体长17厘米，亮绿色。雄鸟：头、上体及胸亮绿色，腹部白色具绿色横条纹。雌鸟：头顶及枕部棕色，上体铜绿，下体白色具深皮黄色横斑。亚成鸟头棕色，顶具条纹。飞行时翼下飞羽根部具一白色宽带。虹膜－红褐；裸露眼圈－橙黄；嘴－橙黄；脚－黑色。叫声：响亮的吱吱哨音。分布范围：繁殖在东南亚的北部，冬季南迁至马来半岛及苏门答腊。分布状况：上至海拔 1200米的低地森林及次生林中的不常见留鸟及夏季繁殖鸟。繁殖于四川南部、湖北及贵州；在西藏东南部、云南及海南岛为留鸟。习性：叫声可辨，悄然在树顶取食。

莫道乌鸦一样黑，比君就是悖常规。
颈圈胸部白如雪，群叫嘈杂厌者非。

达乌里寒鸦

鸦科，体长 32厘米，鹊色。白色斑纹延至胸下。与白颈鸦的区别在体型较小且嘴细，胸部白色部分较大。幼鸟色彩反差小，但与寒鸦成体的区别在眼深色，与寒鸦幼体的区别在耳羽具银色细纹。虹膜－深褐；嘴－黑色；脚－黑色。叫声：飞行叫声为 chak，同寒鸦。其他叫声也相同。中国中部、东北及华东有分布。常见，尤其在北方，高可至海拔 2000米。繁殖于中国北部、中部及西南，越冬南迁包括中国东南部，迷鸟至台湾。习性：不如寒鸦喜群栖。营巢于开阔地、树洞、岩崖或建筑物上。常在放牧的家养动物间取食。

白玉无瑕皎皎身，
翘长嘴大羽翼新。
河流湖沼悠闲游，
机警非常动昼昏。

大白鹭

鹭科，体长95厘米，白色。比其他白色鹭体型大许多，嘴较厚重，颈部具特别的纽结。繁殖羽：脸颊裸露皮肤蓝绿色，嘴黑，腿部裸露皮肤红色，脚黑。非繁殖羽：脸颊裸露皮肤黄色，嘴黄而嘴端常为深色，脚及腿黑色。虹膜－黄色。叫声：告警时发出低声的呱呱叫 kraa。分布范围：全世界。分布状况：于繁殖区为地方性常见，其余则罕见。指名亚种繁殖于黑龙江及新疆西北部，迁徙经中国北部至西藏南部越冬。亚种 modesta繁殖于河北至吉林、福建及云南东南部，在中国南方、海南岛及台湾越冬。习性：一般单独或成小群，在湿润或漫水的地带活动。站姿甚高直，从上方往下刺戳猎物。飞行优雅，振翅缓慢有力。

黑衣点玉枕朱丹，
臀部红红棕腹鲜。
跳跃攀缘虫命断，
补虚健骨药功顽。

大斑啄木鸟

啄木鸟科，体长 24厘米，雄鸟枕部具狭窄红色带而雌鸟无。两性臀部均为红色，但带黑色纵纹的近白色胸部上无红色或橙红色，以此有别于相近的赤胸啄木鸟及棕腹啄木鸟。虹膜－近红；嘴－灰色；脚－灰色。叫声：錾木声响亮，并有刺耳尖叫声。全体可入药，有滋补补虚、健骨、解毒的功效。留鸟。栖息于山地和平原针叶林、针阔叶混交林和阔叶林中，尤以混交林和阔叶林较多，也出现于林缘次生林和农田地边疏林及灌丛地带。

翅长嘴短颈粗直，
体长腰圆善跑驰。
开阔川原生计好，
昆虫野草俱由食。

大鸨

鸨科，体长 100厘米，头灰，颈棕，上体具宽大的棕色及黑色横斑，下体及尾下白色。繁殖雄鸟颈前有白色丝状羽，颈侧丝状羽棕色。飞行时翼偏白，次级飞羽黑色，初级飞羽具深色羽尖。虹膜－黄色；嘴－偏黄；脚－黄褐。叫声：一般不叫。雄鸟炫耀时发出深吟。中国有分布。全球性易危。指名亚种为新疆天山、喀什与吐鲁番地区草原及半荒漠的留鸟；dybowskii繁殖于内蒙古东部及黑龙江，越冬于甘肃至山东，南可远及福建。栖于草原及半荒漠，越冬时多于农耕地。习性：以5~15只鸟为群。步态审慎，飞行有力。雄鸟炫耀时膨出胸部羽毛。

厚嘴长长端下弯，纵纹妆顶褐衣衫。
长泽勤涉果饥腹，低哨双音歌唱甜。

大滨鹬

丘鹬科，体长 27厘米，长嘴近灰色。似红腹滨鹬但略大，嘴较长且厚，嘴端微下弯；上体色深具模糊的纵纹；头顶具纵纹；非繁殖期胸及两侧具黑色点斑（远处看似深色的胸带）；腰及两翼具白色横斑。春夏季的鸟胸部具黑色大点斑，翼具赤褐色横斑。虹膜－褐色；嘴－黑色；脚－绿灰色。叫声：低沉的 chucker-chucker-chucker叫声或双音节的低哨音 nyut-nyut。分布范围：繁殖于西伯利亚东北部；冬季至印度次大陆、东南亚、菲律宾并远及澳大利亚。分布状况：甚常见候鸟，分布在东部沿海。冬季少量鸟留在海南岛、广东及香港。习性：喜潮间滩涂及沙滩，常结大群活动。

褐体多纹大嘴弯，浑身纹纵绽斑斓。
天敌虫害益林草，善匿活泼乐草原。

大草鹛

莺科，体长31厘米，灰褐色多纵纹。具大而略弯的嘴和浅色的眼部。似矛纹草鹛但体长而灰色重，尾较黑，嘴较长而弯曲，下体基色较白。虹膜－灰白；嘴－偏黑角质色；脚－偏黑角质色。叫声：鸣声为一连串颤抖的哨音而似鹅。沙哑喘息的叫声。中国西藏南部有分布。全球性近危。罕见。地方性常见于海拔 2700~4570米。指名亚种为留鸟于西藏南部及东南部。亚种 jomo仅于西藏南部春丕河谷区有记录。习性：五六只成群，藏隐于干旱灌丛的稠密林下植被，在落叶间翻拣觅食。

灰暗全身翅畔琮，清晨鸣叫半时停。
寄生侵害虽不义，啼血精神万古铭。

大杜鹃

杜鹃科，体长 32厘米。上体灰色，尾偏黑色，腹部近白而具黑色横斑。"棕红色 "变异型雌鸟为棕色，背部具黑色横斑。与四声杜鹃区别在于虹膜黄色，尾上无次端斑，与雌中杜鹃区别在腰无横斑。幼鸟枕部有白色块斑。 虹膜及眼圈 – 黄色；嘴 – 上为深色，下为黄色；脚 – 黄色。 叫声：响亮清晰的标准型 kuk–oo声，通常只在繁殖地才能听到。中国有分布。常见夏季繁殖于中国大部分地区。亚种 subtelephonus在新疆至内蒙古中部；指名亚种在新疆北部阿尔泰山、东北、陕西及河北；fallax在华东及东南，bakeri在青海、四川至西藏南部及云南。 习性：喜开阔的有林地带及大片芦苇地，有时停在电线上找寻大苇莺的巢。

头顶黄冠艳艳昭，
衣着橄绿伴金娇。
常于树干攀援动，
慢速急音断续嗦。

大黄冠啄木鸟

啄木鸟科，体长 34厘米，绿色。喉黄色，具形长的黄色羽冠，尾黑。翅上飞羽具黑色及褐色横斑，体羽余部绿色。雌鸟喉棕褐色。与黄冠啄木鸟的区别在头部无红色。虹膜－近红；嘴－绿灰；脚－绿灰。叫声：慢声的 chup或 chup-chup继以断续的急音。分布范围：喜马拉雅山脉、中国南部、东南亚及苏门答腊。分布状况：罕见于海拔 800~2000米的亚热带混交林、松林及次生丛。指名亚种于云南西部；lylei于西藏东南部及云南南部；styani于广西南部及海南岛；ricketti于四川南部及福建中部。习性：喧闹惹眼的啄木鸟，有时以小家族为群活动。

劲翼拍天凶悍狂，
长天巨野任君翔。
飞行高手雄姿健，
鼠兔鸡蛇饱腹囊。

大鵟

鹰科，体长 70厘米，棕色。有几种色型。似棕尾鵟但体型较大，尾上偏白并常具横斑，腿深色，次级飞羽具清楚的深色条带。浅色型具深棕色的翼缘。深色型初级飞羽下方的白色斑块比棕尾鵟小。尾常为褐色而非棕色。虹膜－黄或偏白；嘴－蓝灰，蜡膜黄绿色；脚－黄色。叫声：咪咪叫声，较普通鵟拖长且带鼻音。青藏高原、中国中部及东部有分布。在北方分布区甚常见，在南方罕见。繁殖于中国北部和东北部、青藏高原东部及南部的部分地区。可能也在中国西北繁殖。冬季北方鸟南迁至华中及华东。 习性：强健有力，能捕捉野兔及雪鸡。据报道还能杀死绵羊。

黑黄相伴染纹斑，应地因时色彩兼。
鸣叫吹儿惊站立，捕食虾蟹住芦滩。

大麻鳽

鹭科，体长 75厘米，金褐色及黑色。顶冠黑色，颏及喉白且其边缘接明显的黑色颊纹。头侧金色，其余体羽多具黑色纵纹及杂斑。飞行时具褐色横斑的飞羽与金色的覆羽及背部成对比。虹膜－黄色；嘴－黄色；脚－绿黄色。叫声：仅在繁殖期发出为人熟知的鼓样叫声。冬季寂静无声。中国有分布。繁殖于天山、呼伦池及东北各省。冬季南迁至长江流域及东南部沿海省份、台湾及云南南部。繁殖时并不罕见，其余时候罕见。习性：性隐蔽，喜高芦苇。有时被发现时就地凝神不动，嘴垂直上指。有时被赶起见其在芦苇上低低飞过。

头大黑蓝嘴草黄，
上身多绿纵纹衷。
尾下覆毛红烂漫，
粗声大气唱悠扬。

大拟啄木鸟

拟啄木鸟科，体长 30厘米，头大呈墨蓝色，嘴草黄色而特形大。上体多绿色，腹黄而带深绿色纵纹，尾下覆羽亮红色。虹膜－褐色；嘴－浅黄色而端黑；脚－灰色。叫声：通常叫声为不断重复的悠长 piho-piho声，但也发出其他叫声，包括对唱时粗声大气的反复的 tuk-tuk-tuk叫声。分布范围：喜马拉雅山脉至中国南部及印度北部。分布状况：留鸟。在中国南方的常绿林中相当常见，可至 2000米以上的中海拔地带。指名亚种为留鸟，分布在北纬30° 以南；marshallorum在西藏南部；clamator在云南怒江以西；magnifica在云南怒江及澜沧江之间。习性：有时数鸟集于一棵树顶鸣叫。飞行如啄木鸟，升降幅度大。

两翼尖长嘴若锥，沼泽岸畔步兼飞。
觅来蠕软充饥腹，粗哑喘息一嗓没。

大沙锥

丘鹬科，体长 28厘米，多彩。两翼长而尖，头形大而方，嘴长。野外易与针尾沙锥混淆，但大沙锥尾较长，腿较粗而多黄色，飞行时脚伸出较少。与扇尾沙锥区别在尾端两侧白色较多，飞行时尾长于脚，翼下缺少白色宽横纹，飞行时翼上无白色后缘。与澳南沙锥较难区别，但大沙锥初级飞羽长过三级飞羽。春季时胸及颈较暗淡。虹膜－褐色；嘴－褐色；脚－橄榄灰。叫声：粗哑喘息的大叫声，似扇尾沙锥但音较高而不清晰。通常只叫一声。中国有分布。习性：栖居于沼泽及湿润草地、包括稻田。习性同其他沙锥但不喜飞行，起飞及飞行都较缓慢较稳定。

体美姿优花脸王，
好奇胆大跳欢强。
天敌虫害农林友，
清脆歌声悦耳房。

大山雀

山雀科，体长 14厘米，黑、灰及白色。头及喉灰黑，与脸侧白斑及颈背块斑成强对比；翼上具一道醒目的白色条纹，一道黑色带沿胸中央而下。雄鸟胸带较宽，幼鸟胸带减为胸兜。6个亚种略有差别，见于中国极北地区的亚种 kapustini下体偏黄而背偏绿。此亚种易与绿背山雀混淆，但分布上无重叠且绿背山雀具两道白色翼纹。叫声：极喜鸣叫。联络叫声为欢快的 pink tche-che-che变奏。鸣声为吵嚷的哨音 chee-weet或 chee-chee-choo。中国有分布。6亚种分为 3组，常见于开阔林地及林园。习性：常光顾红树林、林园及开阔林。性活跃，多技能，时在树顶时在地面。成对或成小群。

细嘴长长且下弯，体型硕大背妆斑。
鸣声刺耳音平缓，物种濒危保必当。

大杓鹬

丘鹬科，体长63厘米，嘴甚长而下弯，比白腰杓鹬色深而褐色重，下背及尾褐色，下体皮黄。飞行时展现的翼下横纹不同于白腰杓鹬的白色。 虹膜－褐色；嘴－黑色，嘴基粉红；脚－灰色。叫声：似白腰杓鹬但音调平缓，如 coor-ee。不安时发出刺耳的 ker ker-ke-ker-ee声。 中国有分布。 全球性近危（Collar et al., 1994）。不常见，但迁徙时定期经过中国东部及台湾。习性：同白腰杓鹬。性甚羞怯。个别个体有时与白腰杓鹬混群。

碧翠池中朵朵云，千姿百态舞天真。
摩挲交颈含情脉，大爱不渝节烈贞。

大天鹅

鸭科，体长155厘米，白色，嘴黑，嘴基有大片黄色。黄色延至上喙侧缘成尖。游水时颈较疣鼻天鹅直。亚成体羽色较疣鼻天鹅更为单调，嘴色亦淡。比小天鹅大许多。虹膜－褐色；嘴－黑而基部为黄；脚－黑色。叫声：飞行时叫声为独特的 klo-klo-klo声，但联络叫声如响亮而忧郁的号角声。中国有分布。繁殖于北方湖泊的苇地，结群南迁越冬。数量比小天鹅少。习性：飞行时较疣鼻天鹅静声得多。

下体灰黑上钴蓝，
条纹颈顶块肩斑。
清晰优雅上升哨，
孤僻性情居半山。

大仙鹟

鹟科，雄鸟：体长21厘米，上体蓝色，头顶、颈侧条纹、肩块及腰部辉蓝，下体黑色。雌鸟：橄榄褐色，头顶蓝灰，颈侧具闪辉浅蓝色块，喉具皮黄色三角形块斑。与棕腹大仙鹟及棕腹仙鹟雌鸟的区别在体型不一，且无白色顶纹。亚成鸟：褐色，头具白色细点，背多锈色点斑，下体具黑色鳞状斑。虹膜－深褐；嘴－黑色；脚－角质色。叫声：由优雅的 k'tu-tu-ti声引出三个清晰的上升哨音；也发出似责骂的嘟声及鼻音 dju-ee。分布范围：尼泊尔至中国西南、东南亚及苏门答腊。习性：性孤僻，栖于半山区及山区森林的中层。偶尔抽动两翼及尾。

伴长乔妆白玉斑，中央尾羽褐棕颜。
清歌亮嗓林中隐，跳跃枝间觅饱餐。

大噪鹛

莺科，体长34厘米，具明显点斑。尾长，顶冠、颈背及髭纹深灰褐色，头侧及颏栗色。背羽次端黑而端白因而在栗色的背上形成点斑。两翼及尾部斑纹似眼纹噪鹛。与眼纹噪鹛的区别在体型甚大而尾长，且喉为棕色。虹膜－黄色；嘴－角质色；脚－粉红。叫声：甚高而嘹亮的叫声似鹰鹃及拗口的嘟声合唱。分布范围：中国中部至西藏东南部。地区性常见于海拔2135~4115米山区，于甘肃极南部、四川西部、云南西北部及西藏东南部。习性：多栖于较眼纹噪鹛更高的地带。注：过去曾被视为眼纹噪鹛。

碧绿衣着头紫光，
前额与喙黛条镶。
粉红钩嘴啄食好，
粗哑鸣声刺耳扬。

大紫胸鹦鹉

鹦鹉科，体长 43厘米，尾长，上嘴（雄鸟）亮红色，头、胸紫蓝灰色，具宽的黑色髭纹。雄鸟眼周及额沾淡绿色，狭窄的黑色额带延伸成眼线，中央尾羽渐变为偏蓝色。与其他鹦鹉区别在于颈和胸的上部及上腹部葡萄紫色，且肩部无深栗色斑。雌鸟嘴全黑，前顶冠无蓝色。虹膜－黄色；嘴－雄鸟：上嘴红色、下嘴黑色，雌鸟：黑色；脚－灰色。叫声：叫声为音高而调尖的哨音。分布范围：印度东北部及西藏高原东南部至中国西南。分布状况：全球性近危。习性：成群地尖叫着快速飞越森林。常被从巢中捕来作宠物，由此造成局部地区濒危。

通体纯黑泛绿颜，嘴型粗大噪聒烦。
惊蛰开口呱呱叫，反哺之德作孝谈。

大嘴乌鸦

鸦科，体长50厘米，闪光黑色。嘴甚粗厚。比渡鸦体小而尾较平。与小嘴乌鸦的区别在嘴粗厚而尾圆，头顶更显拱圆形。虹膜－褐色；嘴－黑色；脚－黑色。 叫声：粗哑的喉音 kaw及高音的 awa-awa-awa声；也作低沉的咯咯声。 中国有分布。中国除西北部外的大部地区的常见留鸟。亚种 mandschuricus于中国东北；colonorum于华东及华南，包括海南岛和台湾；tibetosinensis于西藏西南部及东部、青藏高原东坡、青海东部、四川西部、云南西部；intermedius在西藏南部。 习性：成对生活，喜栖于村庄周围。

娇小鸣禽色彩明，黄斑黑线顶头呈。
高音尖细歌华乐，好动活泼总不停。

戴菊

戴菊科，体长 9厘米，色彩明快偏绿色似柳莺。翼上具黑白色图案，以金黄色或橙红色（雄鸟）的顶冠纹并两侧缘以黑色侧冠纹为其特征。上体全橄榄绿至黄绿色；下体偏灰或淡黄白色，两肋黄绿。眼周浅色使其看似眼小且表情茫然。不可能与任何一种中国的柳莺混淆。虹膜－深褐；嘴－黑色；脚－偏褐。叫声：尖细高音 sree-sree-sree。告警时发出重音 tseet。鸣声为高调的重复型短句，至华彩乐段收尾。中国有分布。常见于多数温带及亚高山针叶林。习性：通常独栖于针叶林的林冠下层。加入迁徙鸟潮。

中等身材色彩鲜，粉棕丝状竿头冠。
下弯长嘴觅食益，单调低柔悦耳传。

戴胜

戴胜科，体长 30厘米，色彩鲜明。具长而尖黑的耸立型粉棕色丝状冠羽。头、上背、肩及下体粉棕，两翼及尾具黑白相间的条纹。嘴长且下弯。指名亚种冠羽黑色，羽尖下具次端白色斑。虹膜－褐色；嘴－黑色；脚－黑色。叫声：低柔的单音调 hoop–hoop–hoop，同时作上下点头的演示。繁殖季节雄鸟偶有银铃般悦耳叫声。 中国有分布。常见留鸟和候鸟。高可至海拔 3000米。 习性：性活泼，喜开阔潮湿地面，长长的嘴在地面翻动寻找食物。有警情时冠羽立起，起飞后松懈下来。 注：非洲类群有时被视为独立种。

雅态洁装丹顶娇，
轻盈曼舞领风骚。
长泽信步鸣清亮，
湿地之神享寿高。

丹顶鹤

鹤科，体高150厘米，优雅的白色。裸出的头顶红色，眼先、脸颊、喉及颈侧黑色。自耳羽有宽白色带延伸至颈背，体羽余部白色，仅次级飞羽及长而下悬的三级飞羽黑色。，虹膜－褐色；嘴－绿灰色；脚－黑色。叫声：繁殖时作号角叫声。分布范围：繁殖于日本、中国东北及西伯利亚的东南部；越冬在朝鲜及中国东部。分布状况：全球性易危。习性：在繁殖地的炫耀舞蹈很受当地文化推崇。飞行如其他鹤，颈伸直，呈"V"字形编队。

点翅朱雀

燕雀科，体长15厘米。繁殖期雄鸟具浅粉色的长眉纹，腰及下体暗粉色，特征为三级飞羽及覆羽具浅粉色点斑。雌鸟无粉色且纵纹密布，下体淡皮黄，眉纹长而色浅。三级飞羽浅色羽端有别于玫红眉朱雀及红眉朱雀的雌鸟。亚种 vinaceus雌鸟的三级飞羽具浅色羽端但无浅色眉纹。亚种 verreauxii较指名亚种体小而粉色较淡。虹膜－深褐；嘴－近灰；脚－粉褐。叫声：通常无声。鸣声不详。偶尔发出似金丝雀的响亮啾啾声。分布范围：喜马拉雅山脉至中国西部。习性：夏季栖居于林线灌丛及高山草甸，冬季下至竹林密丛。惧生。

褐氅身着点墨纹，长长耳羽好精神。
夜间听视皆灵敏，捕鼠卓能立大勋。

雕鸮

鸱鸮科，体长 69厘米，耳羽簇长，橘黄色的眼特显形大。体羽褐色斑驳。胸部片黄，多具深褐色纵纹且每片羽毛均具褐色横斑。羽延伸至趾。虹膜－橙黄；嘴－灰色；脚－黄色。叫声：沉重的 poop声。嘴叩击出嗒嗒声。分布范围：古北界、中东、印度次大陆。分布状况：虽分布广泛但普遍稀少。栖于有林山区，营巢于岩崖，极少于地面。习性：白天看见时总是在被乌鸦及鸥类围攻。于警情中的鸟会作出两翼弯曲头朝下低的宽宏姿态。飞行迅速。

嘴尾皆乌玉体娇，空泽雅态自逍遥。
恬宁机警舞姿靓，捕得鱼儿作美肴。

东方白鹳

鹳科，体长105厘米，纯白色。两翼和厚直的嘴黑色，腿红，眼周裸露皮肤粉红。飞行时黑色初级飞羽及次级飞羽与纯白色体羽成强烈对比。与白鹳的区别在嘴黑色而非偏红。亚成鸟污黄白色。虹膜－稍白；嘴－黑色；脚－红色。叫声：嘴叩击有声。中国有分布。全球性易危。繁殖于中国东北，栖于开阔原野及森林。越冬在长江下游的湖泊。夏候鸟偶见于内蒙古西部鄂尔多斯高原。在黑龙江的繁殖地对人工营造供其繁殖的"树"有所采用。习性：同白鹳。

上体橄棕下近琮，眉纹黄淡秀玲珑。
河洲之上关关叫，君子好逑淑女情。

东方大苇莺

莺科，体长 19厘米，褐色。具显著的皮黄色眉纹。野外与噪大苇莺的区别为嘴较钝较短且粗，尾较短且尾端色浅，下体色重且胸具深色纵纹；拿在手上时其区别为外侧初级飞羽（第九枚）比第六枚长，嘴裂偏粉色而非黄色。与异域分布的大苇莺的区别在体型较小，初级飞羽凸出较短而胸侧多纵纹。虹膜 – 褐色；嘴 – 上嘴褐色，下嘴偏粉；脚 – 灰色。叫声：冬季仅间歇性地发出沙哑似喘息的单音 chack。分布范围：繁殖于东亚；冬季迁徙至印度、东南亚、菲律宾及印度尼西亚，偶尔远及新几内亚及澳大利亚。习性：喜芦苇地、稻田、沼泽及低地次生灌丛。

东方鸻

鸻科，体长24厘米，褐色及白色。嘴短。冬羽：胸带宽，棕色；嘴狭，脸偏白；上体全褐，无翼上横纹。夏羽：胸橙黄色，具黑色下边，脸无黑色纹。与金斑鸻、蒙古沙鸻及铁嘴鸻区别在腿黄色或近粉。一些年长鸟头部沾些白色。飞行时翼下包括腋羽为浅褐色。虹膜－淡褐；嘴－橄榄棕色；腿－黄色至偏粉。叫声：尖哨音 kwink，上飞时重复响亮的 chip-chip-chip。分布范围：繁殖于蒙古及中国北方；冬季至马来西亚及澳大利亚。分布状况：繁殖在内蒙古东部呼伦池周围和辽宁的荒瘠无树草原及沙漠中的泥石滩。迁徙经中国东部但不常见。习性：于多草地区、河流两岸及沼泽地带取食。

额甲突出顶赤旌，
麻纹褐体立骄风。
晨昏活动常游走，
击鼓鸣声调似咚。

董鸡

秧鸡科，体长 40厘米，黑色或皮黄褐色，绿色的嘴形短。雌鸟褐色，下体具细密横纹。繁殖期雄鸟体羽黑色，具红色的尖形角状额甲。虹膜－褐色；嘴－黄绿；脚－绿色，繁殖雄鸟为红色。叫声：于夏季巢区作深沉吟叫，但冬季常寂静无声。中国有分布。习性：性羞怯。主为夜行性，多藏身于芦苇沼泽地。有时到附近稻田取食稻谷。

遍体乌黑嘴厚粗，喉间壮羽紫辉涂。
呱呱鸣叫声洪亮，神乌高超智慧殊。

渡鸦

鸦科，体长 66厘米，全黑色。嘴粗厚，与其他乌鸦尤其是大嘴乌鸦的区别在喉部具粗羽，头顶不上拱，翼开展时具长的"翼指"，尾呈楔型，叫声为深沉的嘎嘎声。亚种 tibetanus比其他亚种体型大而多辉光。虹膜－深褐色；嘴－黑色；脚－黑色。叫声：独特的深而空的嘎嘎叫声 honk pruk–pruk–pruk–pruk有别于任何其他鸦类。也作其他叫声包括咕噜噜的喉音及枯涩的粗喘声 kraa。分布范围：北美洲、古北界、印度西北部及喜马拉雅山脉。习性：成对或结小群活动，偶成大群。飞行有力，随气流翱翔，有时在空中翻滚。时常攻击并杀伤其他猛禽。俗名：渡乌、老鸹。

上身缀玉下胸纹，
两耳簇毛头短存。
荒漠丘陵除鼠害，
不详鸣叫枉加君。

短耳鸮

鸱鸮科，体长 38厘米，黄褐色。翼长，面庞显著，短小的耳羽簇于野外不可见，眼为光艳的黄色，眼圈暗色。上体黄褐，满布黑色和皮黄色纵纹；下体皮黄色，具深褐色纵纹。飞行时黑色的腕斑显而易见。虹膜－黄色；嘴－深灰；脚－偏白。叫声：飞行时发出 kee-aw吠声，似打喷嚏。分布范围：全北界及南美洲；在东南亚为冬候鸟。分布状况：不常见的季节性候鸟。指名亚种繁殖于中国东北，越冬时见于中国海拔 1500米以下的大部湿润地区。习性：喜有草的开阔地。其叫声令人产生一种不愉快甚至不寒而栗的恐惧感，认为闻得“不祥”之鸟的啼鸣，就可能会有不测的祸事降身。误解使它蒙受了不白之冤。

素色之衣沙色裳，
眉纹点玉黛条妆。
飞行鸣唱如麻雀，
荒漠盐滩振翅翔。

短趾百灵

百灵科，体长 14厘米，沙色。上体具黑色纵纹，下体皮黄白色，上胸具深色的细小纵纹。眉纹白，下有黑色线。与亚洲短趾百灵的区别为颈侧具模糊的黑色块斑，嘴较大，喉部细纹较少，眉线较宽。三级飞羽长及初级飞羽的端部。亚种 dukhunensis的下体浅皮黄，上体褐色甚深。虹膜－褐色；嘴－角质色；脚－肉色。叫声：飞行叫声似麻雀 tjirp及云雀 drelt。盘旋飞行时作短促突发性重复鸣唱。分布范围：古北界南部至中国及日本。习性：栖于半荒漠、盐碱滩地及干旱平原，冬季于农耕地。

沉重身形气势凶，褐鹫灰衣纹纵明。
咪咪哀怨发愁唱，呼啸云端两翼平。

短趾雕

鹰科，体长65厘米。身体沉重，上体灰褐，下体白而具深色纵纹，喉及胸单一褐色，腹部具不明显的横斑，尾具不明显的宽阔横斑。亚成鸟较成鸟色更浅。飞行时覆羽及飞羽上长而宽的纵纹极具特色。虹膜－黄色；嘴－黑色；蜡膜－灰色；脚－偏绿。叫声：冬季通常无声，偶作哀怨的咪咪叫声。分布范围：非洲、古北界、印度、中国北部及小巽他群岛。分布状况：繁殖于新疆西北部天山，可能在中国中北区也有繁殖。罕见候鸟记录分散于中国北方各地，可能有忽略。西藏东南部有其分布。习性：栖于森林边缘及次生灌丛。盘旋及滑翔时两翼平直，常停在空中振羽似巨大的红隼。

中等身材著黛装，
红霞艳丽亮纹襄。
鸣声快速笛声润，
捉捕虫儿进膳房。

短嘴山椒鸟

鸦科，体长 19厘米，黑色。具红色或黄色斑纹。红色雄鸟甚艳丽，似赤红山椒鸟但体型较细小，尾较长，而后者具双叉型红色翼斑。雌鸟：与灰喉山椒鸟及长尾山椒鸟的区别在额部呈鲜艳黄色，与赤红山椒鸟的区别在翼部斑纹较简单。虹膜－褐色；嘴－黑色；脚－黑色。叫声：响亮而甜润的单音节笛音，快速复杂的鸣声。分布范围：喜马拉雅山脉至中国南方、缅甸及印度北部。习性：多成对活动，在与长尾山椒鸟同时出现的地区一般比长尾山椒鸟少见。

头及下体裹白绸，
如墨眼纹冠羽优。
大爱诗经宣美韵，
关关觅偶在河洲。

鹗

鹰科，体长 55厘米，褐、黑及白色。头及下体白色，特征为具黑色贯眼纹。上体多暗褐色，深色的短冠羽可竖立。亚种区别在头上白色及下体纵纹多少。虹膜－黄色；嘴－黑色，蜡膜灰色；裸露跗蹠及脚－灰色。叫声：繁殖期发出响亮哀怨的哨音。巢中雏鸟见亲鸟时发出大声尖叫。分布范围：全世界。分布状况：分布广泛但一般罕见。留鸟分布在中国多数地区，夏候鸟于东北及西北。习性：捕鱼之鹰，从水上悬枝深扎入水捕食猎物，或在水上缓慢盘旋或振羽停在空中然后扎入水中。诗经关关雎鸠，即言此鸟 。

粗壮之躯短尾君，眉纹眼下小斑痕。
歌吟变调音沙哑，浪起波伏展翅频。

二斑百灵

百灵科，体长16.5厘米，粗壮而尾短。嘴厚且钝，眉纹及眼下方的小斑纹白色。颏、喉及半颈环白，其下有黑色的项纹。上体具浓褐色杂斑；下体白，两肋棕色，胸侧有纵纹。飞行时翼下暗而略灰，无白色的翼后缘，尾有狭窄的白色羽端，但无白色羽缘。虹膜－褐色；嘴－偏粉色，上嘴中线及嘴端色深；脚－橘黄。叫声：飞行叫声为沙哑洪亮的 trrelit，也作 dre-lit叫声。似短趾百灵。鸣声从地面或于盘旋飞行时发出，为多变调的短句并常加上拖长的卷舌音叫声。分布范围：小亚细亚、西南亚；越冬至阿拉伯、非洲东北部、印度西北部及中国西部。习性：飞行低而波状起伏。

前额冠羽发丝飘，外尾曲弯向上摇。
成对空翻粗厉叫，飞行优雅燕滑骄。

发冠卷尾

鸦科，体长 32厘米，黑天鹅绒色。头具细长羽冠，体羽斑点闪烁。尾长而分叉，外侧羽端钝而上翘形似竖琴。指名亚种嘴较厚重。虹膜 – 红或白色；嘴及脚 – 黑色。叫声：悦耳嘹亮的鸣声，偶有粗哑刺耳叫声。分布范围：印度、中国、东南亚及大巽他群岛。分布状况：亚种 brevirostris繁殖于华中、华东及台湾；冬季北方鸟南迁越冬。指名亚种繁殖于西藏东南部及云南西部；常见于低地及山麓林，尤其在较干燥的地区。习性：喜森林开阔处，有时（尤其晨昏）聚集一起鸣唱并在空中捕捉昆虫，甚吵嚷。从低栖处捕食昆虫，常与其他种类混群并跟随猴子，捕食被它们惊起的昆虫。

滑稽体型高矮兼，繁殖本色醒眸轩。
常翻石草寻食物，搜到贝虫吃美餐。

翻石鹬

丘鹬科，体长 23厘米，嘴、腿及脚均短，腿及脚为鲜亮的橘黄色。特征为头及胸部具黑色、棕色及白色的复杂图案。嘴型颇具特色。飞行时翼上具醒目的黑白色图案。虹膜－褐色；嘴－黑色；脚－橘黄。叫声：断断续续的似金属晃动声 trik-tuk-tuk-tuk或悦耳的 kee-oo 声。分布范围：繁殖于全北界纬度较高地区；冬季南迁至南美洲、非洲及亚洲的热带地区至澳大利亚及新西兰。习性：结小群栖于沿海泥滩、沙滩及海岸石岩。有时在内陆或近海开阔处进食。通常不与其他种类混群。在海滩上翻动石头及其他物体找食甲壳类。奔走迅速。

细细长长喙上翻，乌颜素裹玉洁端。
水中倒立泳游善，清亮笛音天地间。

反嘴鹬

鹬科，体高 43厘米，黑白色。形长的腿灰色，黑色的嘴细长而上翘。飞行时从下面看体羽全白，仅翼尖黑色。具黑色的翼上横纹及肩部条纹。虹膜－褐色；嘴－黑色；脚－黑色。叫声：经常发出清晰似笛的叫声 kluit-kluit-kluit。中国有分布。繁殖于中国北部；冬季结大群在东南沿海及西藏至印度越冬。偶见于台湾。习性：进食时嘴往两边扫动。善游泳，能在水中倒立。飞行时不停地快速振翼并作长距离滑翔。成鸟做佯装断翅状的表演以将捕食者从幼鸟身边引开。

头顶凤冠面抹霜，项圈如墨颈乔装。
江河湖泊鱼虾美，浪里白条潜水强。

凤头䴙䴘

䴙䴘科，亦稱冠䴙䴘、浪里白。体长 50厘米以上，雄雌差别不大。颈修长，具显著的深色羽冠，下体近白，上体纯灰褐。繁殖期成鸟颈背栗色，颈具鬃毛状饰羽。与赤颈䴙䴘的区别在脸侧白色延伸过眼，嘴形长。虹膜－近红；嘴－黄色，下颚基部带红色，嘴峰近黑；脚－近黑。叫声：成鸟发出深沉而洪亮的叫声。雏鸟乞食时发出笛声 ping–ping。中国有分布。分布状况：指名亚种为地区性常见鸟，广布于较大湖泊。为部分型候鸟。习性：繁殖期成对作精湛的求偶炫耀，两相对视，身体高高挺起并同时点头，有时嘴上还衔着植物。

旷野荒沙大草原，谁将心迹付琴弹。
甜明婉丽音偏好，雅态端姿著凤冠。

凤头百灵

百灵科，体长 18厘米，具褐色纵纹。冠羽长而窄。上体沙褐而具近黑色纵纹，尾覆羽皮黄色。下体浅皮黄，胸密布近黑色纵纹。看似矮墩而尾短，嘴略长而下弯。飞行时两翼宽，翼下锈色；尾深褐而两侧黄褐。幼鸟上体密布点斑。与云雀区别在侧影显大而羽冠尖，嘴较长且弯，耳羽较少棕色且无白色的后翼缘。亚种 magna下体较白。虹膜－深褐；嘴－黄粉色，嘴端深色；脚－偏粉色。叫声：升空时作清晰的 du-ee及笛音 ee或 uu。鸣声为 4~6音节甜美而哀婉的短句。不断重复且间杂着颤音。较云雀的鸣声慢、短而清晰。中国有分布。夏季常见于适合的栖息生境。习性：栖于干燥平原、半荒漠及农耕地。于栖处或于高空飞行时鸣唱。

湖泽湿地凤头娇，背绿腹白妆碧涛。
消灭害虫禾木健，成群结队乐逍遥。

凤头麦鸡

鸻科，体长 30厘米，黑白色。具长窄的黑色反翻型凤头。上体具绿黑色金属光泽；尾白而具宽的黑色次端带；头顶色深，耳羽黑色，头侧及喉部污白；胸近黑；腹白。虹膜 – 褐色；嘴 – 近黑；腿及脚 – 橙褐。叫声：拖长的鼻音 pee–wit。分布范围：古北界；冬季南迁至印度及东南亚的北部。甚常见。繁殖于中国北方大部分地区，越冬于北纬 32° 以南。习性：喜耕地、稻田或矮草地。

全身两色墨白明，冠羽长飘俊逸风。
全眼嘴蓝尖墨点，飞行沙哑放歌声。

凤头潜鸭

鸭科，体长 42厘米。头带特长羽冠。雄鸟黑色，腹部及体侧白。雌鸟深褐，两肋褐而羽冠短。飞行时二级飞羽呈白色带状。尾下羽偶为白色。雌鸟有浅色脸颊斑。雏鸟似雌鸟但眼为褐色。头形较白眼潜鸭顶部平而眉突出。虹膜 – 黄色；嘴及脚 – 灰色。叫声：冬季常少声。飞行时发出沙哑、低沉的 kur–r–r, kur–r–r叫声。分布范围：繁殖于整个北古北区；南方越冬。分布状况：繁殖在中国东北，迁徙时经中国大部地区至华南包括台湾越冬。地方性常见。习性：常见于湖泊及深池塘，潜水找食。飞行迅速。

淡褐容颜相貌凶，
常栖峻岭展长空。
腐食啮齿宅偏爱，
天葬之台标大功。

高山兀鹫

鹰科，体长 120厘米，浅土黄色。下体具白色纵纹，头及颈略被白色绒羽，具皮黄色的松软领羽。初级飞羽黑色。亚成鸟深褐色，羽轴色浅成细纹。飞行显得甚缓慢。翼尖而长，略向上扬。与兀鹫的区别在尾较短，成鸟色彩一般较浅，下体纵纹较少，幼鸟色彩深沉。 虹膜－橘黄；嘴－灰色；脚－灰色。叫声：偶尔发出咕嗒咕嗒的叫声及哨音。 分布范围：中亚至喜马拉雅山脉。 分布状况：喜马拉雅山脉部分地区、青藏高原、中国西部及中部高海拔栖息环境下的常见食腐肉的鸟。 习性：通常于高空翱翔，有时结小群活动，或停栖于多岩峭壁。

黑褐着装栗项圈，眉纹经目玉琮沾。
满身鳞黛增娇色，鸣叫嘈杂警厉尖。

高原山鹑

雉科，体长 28厘米，灰褐色。具醒目的白色眉纹和特有的栗色颈圈，眼下脸侧有黑色点斑。上体黑色横纹密布，外侧尾羽棕褐色。下体显黄白，胸部具很宽的黑色鳞状斑纹并至体侧。虹膜－红褐；嘴－角质绿；脚－淡绿褐。叫声：嘈杂叫声如 scherrrrrreck-scherrrrrreck。被驱赶时发出尖厉的 chee-chee-chee-chee-chee声。分布范围：喜马拉雅山脉及西藏高原。习性：多以10～15只鸟为群活动。不喜飞行，被驱赶时多三三两两散开向山下跑至安全处。

单峰嘴上巨盔突，翅膀边缘玉韵殊。
持续嘎嘎刺耳叫，飞机之鸟纵天都。

冠斑犀鸟

犀鸟科，体长 75厘米，黑白色。具黄色、白色大盔突，有时盔突上具黑色纹理。全身体羽黑色，仅眼下方有一小块白色。下腹部、大腿及尾下覆羽白，飞羽羽端及外侧尾羽亦白。虹膜－深褐；眼周裸皮及喉囊－白色；嘴及盔突－黄色 /白色，下颚基部及盔突前部具黑色点斑；脚－黑色。叫声：持续不断的刺耳嘎嘎叫声，中国有分布。分布状况：罕见于西藏东南部、云南南部及广西南部低地的原始林及次生林。习性：喜较开阔的森林及林缘。成对或喧闹成群，振翅飞行或滑翔在树间。喜食昆虫多于果实。

花斑顶翠钓鱼郎，冠羽发达缀玉琅。
隧道掘来营雅舍，飞行厉叫哨声扬。

冠鱼狗

翠鸟科，体长 41厘米，冠羽发达，上体青黑并多具白色横斑和点斑，蓬起的冠羽也如是。大块的白斑由颊区延至颈侧，下有黑色髭纹。下体白色，具黑色的胸部斑纹，两肋具皮黄色横斑。雄鸟翼线白色，雌鸟黄棕色。 虹膜－褐色；嘴－黑色；脚－黑色。 叫声：飞行时作尖厉刺耳的 aeek叫声。喜马拉雅山脉及印度北部山麓地带，中国的南部及东部有分布。 分布状况：M. l.guttulata为偶见留鸟，于华中、华东及华南的整个地区，包括海南岛，高可至海拔 2000米。M. l. lugubris为中国东北辽宁的不罕见鸟种。 习性：常光顾流速快、多砾石的清澈河流及溪流。栖于大块岩石。飞行慢而有力且不盘飞。

福头背蓝脖腹橙，
侧扁粗长大嘴红。
河谷岸边寻猎物，
亮尖歌唱笑音宏。

鹳嘴翡翠

翠鸟科，体长33~37厘米，蓝背。特征为硕大的红嘴，头顶、脸侧及颈背灰色 /棕色。下体橘黄色偏粉。虹膜－褐色；嘴－红色；脚－红色。叫声：亮而尖的wiak－wiak似笑声，告警时作粗嚎。分布范围：印度、东南亚、菲律宾及马来诸岛。分布状况：罕见迷鸟，在云南南部西双版纳有记录。习性：常于大型河流的沿岸。

羽色咖啡或栗黑，河流两岸筑宫闱。
浮游潜走皆高妙，悦目尤其水上飞。

河乌

河乌科，体长20厘米，深褐色。特征为颏及喉至上胸具白色的大斑块。下背及腰偏灰。深色型的白色喉胸块可能呈烟褐色，偶具浅色纵纹。通常的浅色型喉胸纯白。亚种 leucogaster腹部白色。幼鸟灰色较重，下体较白。虹膜－红褐；嘴－近黑；脚－褐色。叫声：尖厉刺耳的鸣声。飞行时发出粗哑的 zrets叫声。分布范围：古北界、喜马拉雅山脉、中国西部及缅甸东北部。分布状况：甚常见于海拔 2400~4250米的适宜生境。习性：栖于森林及开阔区域清澈而湍急的山间溪流。在部分地区有季节性垂直迁移。身体常上下点动，作振翅炫耀。善游泳及潜水，头从水中冒起如瓶塞。

通体沙灰下近白，眼先眉线黛颜裁。
拖长细弱快音哨，雪域高原乐比侪。

褐背拟地鸦

鸦科，体长 19厘米，沙灰色。下体近白，眼先斑纹暗色；中央尾羽褐色，外侧尾羽黄白。幼鸟多皮黄色并具皮黄色颈环。虹膜－深褐；嘴－黑色；脚－黑色。叫声：叫声为细弱拖长的吱吱声，也作短促的吱吱声接以快速的哨音 cheep-cheep-cheep-cheep。分布范围：青藏高原及中国西部昆仑山脉。分布状况：地区性常见于整个青藏高原海拔 4000~5500米处，又从新疆西南部东至甘肃及宁夏经四川西部至云南东北部。习性：栖于林线以上有稀疏矮丛的多草平原及山麓地带。

体羽全黑翼栗红。复音连串上音升。
森缘地带常寻乐。跳跃林间灌木丛。

褐翅鸦鹃

鸦鹃科，体长52厘米。体羽全黑，仅上背、翼及翼覆羽为纯栗红色。虹膜－红色；嘴－黑色；脚－黑色。叫声：一连串深沉的boop声，开始时慢，渐升速而降调，复又音调上升，速度下降至一长连串音高相等的或缩短的四声 boop叫声。又作突然的 plunk声。分布范围：印度、中国、东南亚、大巽他群岛及菲律宾。分布状况：中国南方的常见留鸟，上至海拔 800米。亚种 intermedius于海南岛及云南南部及西部；sinensis于云南东部至福建。习性：喜林缘地带、次生灌木丛、多芦苇河岸及红树林。常下至地面，但也在小灌丛及树间跳动。比小鸦鹃更喜较厚植被。

上体灰辉白眼先，下身赤褐布横斑。
林缘旷野鼓双翼，鼠类逢君命定完。

褐耳鹰

鹰科，体长33厘米。雄鸟：上体浅蓝灰色与黑色的初级飞羽成对比，喉白并具浅灰色纵纹，胸及腹部具棕色及白色细横纹。雌鸟：似雄鸟，但背褐色，喉灰色较浓。亚成鸟：灰褐色具棕色鳞状纹，下体具褐色棕纹及黑色羽干纹；与雀鹰亚成鸟的区别在下体具棕纹，与松雀鹰亚成鸟的区别为上体色淡，尾部横纹较窄。虹膜－黄至褐色；嘴－褐色；脚－黄色。叫声：通常无声。于繁殖地发出似笛声的 kyeew。分布范围：非洲至印度、中国南方、东南亚。习性：喜林缘、开阔林区及农田。由栖处捕食，追逐其他鸟，有时在天空中盘旋。

褐河乌

河乌科，体长21厘米，深褐色。体无白色或浅色胸围。有时眼上的白色小块斑明显。亚种 tenuirostris的褐色较其他亚种为淡。虹膜－褐色；嘴－深褐；脚－深褐。叫声：尖厉的 dzchit-dzchit声。但不如河乌的叫声尖厉。圆润而有韵味的短促鸣声比河乌的鸣声悦耳。分布范围：南亚及东亚、喜马拉雅山脉、中国及印度北部。习性：成对活动于高海拔的繁殖地，略有季节性垂直迁移。常栖于巨大砾石，头常点动，翘尾并偶尔抽动。在水面游泳然后潜入水中似小鸊鷉。炫耀表演时两翼上举并振动。俗名：水黑老婆。

通身素裹色如银，尾翼交辉绿紫深。
圆润歌喉堪悦耳，飞行迅速小结群。

褐灰雀

燕雀科，体长 16.5厘米，灰色。尾长而凹，嘴强有力，尾及两翼闪辉深绿紫色，翼上具浅色块斑，腰白。雄鸟额具杂乱的鳞状斑纹及狭窄的黑色脸罩。雌鸟全身皮黄灰。雄雌两性眼下均具白色的小块斑。亚种 ricketti眼先及额近黑。虹膜－褐色；嘴－绿灰，嘴端黑色；脚－粉褐。叫声：叫声为圆润的 per-lee声，似红交嘴雀。鸣声为重复的圆润音 her-dee-a-duuee。分布范围：喜马拉雅山脉至中国西南、缅甸北部、中国东南部及台湾、马来半岛。习性：冬季结小群活动。飞行迅速而径直。

紧凑墩圆堪小娇，双翮短且尾微凹。
清晰带串哨音美，隐匿溪林乐岭高。

褐柳莺

莺科，体长 11厘米，单一褐色。外形甚显紧凑而墩圆，两翼短圆，尾圆而略凹。下体乳白，胸及两胁沾黄褐。上体灰褐，飞羽有橄榄绿色的翼缘。嘴细小，腿细长。虹膜－褐色；嘴－上嘴色深，下嘴偏黄；脚－偏褐。叫声：鸣声为一连串响亮单调的清晰哨音，以一颤音结尾。似巨嘴柳莺但鸣声较慢。叫声为尖厉的 chett－ chett似击石头之声。分布范围：繁殖于亚洲北部、西伯利亚、蒙古北部、中国北部及东部，冬季迁徙至中国南方、东南亚、印度及喜马拉雅山麓。习性：隐匿于沿溪流、沼泽周围及森林中潮湿灌丛的浓密低植被之下，高可上至海拔 4000米。翘尾并轻弹尾及两翼。

通体褐灰尾近白，如丝尾羽落琼骸。
栖息低矮山林里，物种濒危保必怀。

褐马鸡

雉科，体长100厘米，近褐色。极似蓝马鸡，但通体灰褐而非蓝灰色，丝状尾羽较长。虹膜－橘黄色；嘴－粉红色；脚－红色。叫声：觅食时发出 gu–ji gu–ji的叫声。求偶的雄鸟作深沉的 gu–gu gu–gu叫。分布范围：中国北方特有种。分布状况：全球性易危。数量非常稀少。仅存于山西、北京郊区及河北西北部海拔 1300米以上的几处地点。习性：同其他马鸡。栖于低矮山林，觅食于灌丛及林间草地。

顶枕茶玄颈侧白，
林中嬉戏动灵乖。
唧唧鬼子尖明亮，
小巧娇姿惹眼来。

褐头山雀

山雀科，体长 11.5厘米。头顶及颏褐黑，上体褐灰，下体近白，两胁皮黄，无翼斑或顶纹。与沼泽山雀易混淆，但一般具浅色翼纹，黑色顶冠较大而少光泽，头显比例较大。虹膜－褐色；嘴－略黑；脚－深蓝灰。叫声：鼻音的 dzee及 tchay声，前有尖细的 si-si声，且常由响而尖的 tzit或 tzit-tzit导出，与沼泽山雀的爆破音 pitchou成对比。鸣声随分布区域而异，基本上为相同音调的长音似 duu-duu-duu-duu及 s'pee-s'pee-s'pee-s'pee。分布范围：欧洲及亚洲北部至日本。习性：似沼泽山雀但喜湿润森林。

褐色华服黛纵纹，胸及两肋粉颜新。
低音短促鸣偏好，唯喜石坡不爱林。

褐岩鹨

麻雀科，体长 15厘米，褐色具暗黑色纵纹。白色的眉纹粗显，下体白色，胸及两肋沾粉色。不同地理亚种在色调上有异，色最淡的亚种见于昆仑山。虹膜－浅褐；嘴－近黑；脚－浅红褐。叫声：鸣声为短促的低音颤鸣；告警时作微弱的啷声；叫声似鹀类的颤音 ziet, ziet, ziet。分布范围：中亚，阿富汗，喜马拉雅山脉，中国西北及北方、青藏高原，西伯利亚南部及俄罗斯外贝加尔。还至甘肃南部。习性：喜开阔有灌丛至几乎无植被的高山山坡及碎石带。

波纹上体下灰黑，尖嘴长长细若锥。
极地栖息凌雪冻，水中觅捕软虫炊。

鹤鹬

丘鹬科，体长 32.1厘米。红腿灰色涉禽。嘴长且直，繁殖羽黑色具白色点斑。冬季似红脚鹬，但体型较大，灰色较深，嘴较长且细，嘴基红色较少。两翼色深并具白色点斑，过眼纹明显。飞行时区别在后缘缺少白色横纹，脚伸出尾较长。虹膜－褐色；嘴－黑色，嘴基红色；脚－橘黄。叫声：飞行或歇息时发出独特的、具爆破音的尖哨音 chee-wik；告警时发出较短的 chip声。分布范围：繁殖在欧洲；迁至非洲、印度及东南亚越冬。分布状况：于新疆西北部天山有繁殖记录。迁徙时常见于中国的多数地区，结大群在南方各习性：似红脚鹬。喜鱼塘、沿海滩涂及沼泽地带。

红脚长长尖嘴黑，
身材修丽美中魁。
银湖少女真娇媚，
笛管高音伴浪飞。

黑翅长脚鹬

鸻科，高挑、身长37厘米，黑白色。特征为细长的嘴黑色，两翼黑，长长的腿红色，体羽白。颈背具黑色斑块。幼鸟褐色较浓，头顶及颈背沾灰。虹膜－粉红；嘴－黑色；腿及脚－淡红色。叫声：高音管笛声及燕鸥样的 kik-kik-kik声。分布范围：印度、中国及东南亚。分布状况：指名亚种为罕见季候鸟。繁殖在新疆西部、青海东部及内蒙古西北部。中国其余地区均有过境记录，越冬鸟于台湾、广东及香港。习性：喜沿海浅水及淡水沼泽地。

黑色纵纹扮褐身，节节木处可踪寻。
性情胆怯犹生惧，圆润啾啾唱短音。

黑顶麻雀

麻雀科，体长15厘米。繁殖期雄鸟头顶有黑色的冠顶纹至颈背，眼纹及颏黑，眉纹及枕侧棕褐，脸颊浅灰。上体褐色而密布黑色纵纹。雌鸟色暗但上背的偏黑色纵纹以及中覆羽和大覆羽的浅色羽端明显。虹膜－深褐；嘴－雄鸟黑色，雌鸟黄色，嘴端黑色；脚－粉褐。叫声：圆润的啾啾声及短促哨音。分布中亚至中国西北及蒙古。地区性常见。习性：栖于沙漠绿洲、河床及贫瘠山麓地带等生有节节木 (Arthrophytum haloxylon)的地方。甚惧生。冬季常与黑胸麻雀混群。

黑脑黑头顶羽冠，
体型优雅著黄衫。
笛音六韵惊沙哑，
苔藓枝头虫饱餐。

黑顶歌鹛

莺科，体长 23.5厘米，棕色。头黑且略具羽冠。尾具黑色次端带，羽基部棕黄色。翼上多灰色，次级飞羽及初级覆羽近黑而端灰。虹膜 – 红褐；嘴 – 黑色；脚 – 粉褐。叫声：鸣声为似笛声的 tee-dee-dee-dee-dee-o-lu，前五声为单音，第六声最低，末声于其间。告警时发粗哑的 chrai-chrai-chrai-chrai-chrai。叫声为快速的 chi-chi声。分布范围：喜马拉雅山脉至印度阿萨姆。分布状况：罕见留鸟于西藏南部春丕河谷。习性：栖于海拔 2200~2600米的混交林。成对或结小群活动，性吵嚷。绝对的树栖型，甚活跃于多苔藓的树枝上觅食。常加入混合鸟群。

整体通黑尾略叉，亮红嘴脚泛朝霞。
叫声多变吹尖哨，植果昆虫皆馔餐。

黑短脚鹎

鹎科，体长 20厘米，黑色。尾略分叉，嘴、脚及眼亮红色。部分亚种头部白色，西部亚种的前半部分偏灰。与红嘴椋鸟的区别在胸及背部色深。亚成鸟偏灰，略具平羽冠。虹膜－褐色；嘴－红色；脚－红色。叫声：叫声甚多变，包括响亮的尖叫、吱吱声及刺耳哨音。常有带鼻音的咪叫声。分布范围：印度、中国南方 (包括台湾、海南岛)、缅甸。习性：食果实及昆虫，有季节性迁移。冬季于中国南方可见到数百只的大群。

甚直立势尾朝下，沙哑喘息吹哨歌。

黑翅白斑具黛额，下身淡粉浅灰颏。

黑额伯劳

伯劳科，体长约20厘米。雄鸟额部黑色较多，次级飞羽黑色较浓。两肋带粉色。虹膜褐色；嘴灰色；脚黑色。粗哑的喘息叫声；吱吱的哨音略似鸫鸟。分布于欧洲南部及东部、亚洲中部；越冬至非洲。巢由枝、草茎、编成，内衬草茎及羽毛。也选用具有芳香气味的蒿草等整株植物编巢，这在红尾伯劳等多种伯劳的筑巢行为中均有发现。习性：立势甚直，尾直朝下。飞行不似其他伯劳波动。

墨黛之头黑凤冠，黄袍加体赤皇颜。
次生林里栖息美，轻快哨音愉耳传。

黑冠黄鹎

鹎科，体长 18厘米。偏黄色。头及羽冠黑色，上体褐橄榄色，下体黄。亚种 flaviventris的腹部多黄色。虹膜－偏红；嘴及脚－黑色。叫声：欢悦吵嚷的轻快哨音 hee-tee-hee-tee-weet，最后音节为下降声。分布范围：印度、中国南方、东南亚及大巽他群岛。分布状况：常见于高可至海拔 1200米的低地及山林。亚种 flaviventris见于云南南部（西双版纳）及广西。指名亚种于云南西南部澜沧江以西及西藏东南部。甚羞怯，喜林缘及次生林枝叶稠密的较高树木。偶尔追捕空中昆虫，但通常积极觅食果实。兴奋时羽冠耸起。

肩翅白斑额领青，上胸宽阔月星琼。
无常起落凤冠美，歌唱咪咪叫假声。

黑冠鹃隼

鹰科，体长 32厘米，黑白色。黑色的长冠羽常直立头上。整体体羽黑色，胸具白色宽纹，翼具白斑，腹部具深栗色横纹。两翼短圆，飞行时可见黑色衬，翼灰而端黑。飞行时振翼如鸦，滑翔时两翼平直。虹膜－红色；嘴－角质色，蜡膜灰色；脚－深灰。叫声：作一至三轻音节的假声尖叫，似海鸥的咪咪叫。分布范围：印度、中国南部、东南亚，越冬在大巽他群岛。分布状况：有三个亚种出现：wolfei在四川，syama在华南及西南，指名亚种在海南岛。地区性并不罕见，栖于开阔有林的低地。习性：成对或成小群活动，振翼作短距离飞行至空中或于地面捕捉大型昆虫。

体色鲜明体态优，
长长红嘴赤足修。
照来光线色多变，
涉水捕食鱼类愁。

黑鹳

鹳科，体长 100厘米，黑色。下胸、腹部及尾下白色，嘴及腿红色。黑色部位具绿色和紫色的光泽。飞行时翼下黑色，仅三级飞羽及次级飞羽内侧白色。眼周裸露皮肤红色。亚成鸟上体褐色，下体白色。虹膜－褐色；嘴－红色；脚－红色。叫声：繁殖期发出悦耳喉音。 分布欧洲至中国北方；越冬至印度及非洲。分布状况：罕见且数量仍在下降。季候鸟。繁殖于中国北方，越冬至长江以南地区及台湾。20世纪 60年代曾定期地至香港米埔越冬，现极少有记录。习性：栖于沼泽地区、池塘、湖泊、河流沿岸及河口。性惧人。冬季有时结小群活动。

头颈涂漆腹瓦灰，基黄黑嘴翅轻黑。
丘陵丛灌常活动，浆果昆虫饥饿没。

黑喉鸫

鹟科，体长25厘米。雄鸟上体灰褐色，颈侧、喉及胸黑色，翼灰褐色，尾羽暗褐色，无棕色羽缘，腹部白色。雌鸟似雄鸟，羽色稍浅，喉部有黑色纵纹。虹膜暗褐色，下嘴基部黄色，脚黄褐色或暗褐色。栖息于丘陵疏林，平原灌丛中，成群活动，以昆虫、浆果、植物种子为食。

褐羽黑头戴羽冠，霞毛尾下点绯颜。
叫声欢快偶甜美，吵闹叽喳多惹烦。

黑喉红臀鹎

鹎科，体长 20厘米，偏褐色鹎。头黑，具羽冠，尾下覆羽绯红，尾上覆羽近白，耳羽褐色，喉黑，胸色暗。虹膜－深褐；嘴－黑色；脚－暗角质色至黑色。叫声：欢快的叫声，重音在尾音上。示警时发出响而尖的 peep声。苦楚的叽喳叫声 peep-a-peep-a-lo。也有甜美的低音小调。分布范围：印度、缅甸至中国西南。分布状况：亚种 stanfordi为地方性常见鸟，见于云南极西部怒江以西。习性：典型的群栖性吵嚷鹎类。

白眉娇美背装灰，
锈腹浓艳喉点黑。
清脆叫声鸣细弱，
林间草地取食欢。

黑喉红尾鸲

鹟科，体长 15厘米，色彩浓艳。雄鸟：似北红尾鸲，但眉白；颈背灰色延至上背，白色的翼斑较窄。与北红尾鸲phoenicuroides亚种的区别在头顶前部及翼斑白色。雌鸟似雌北红尾鸲但眼圈偏白而非皮黄，胸部灰色较重且无白色翼斑。较雌赭红尾鸲的上体色深。虹膜－褐色；嘴－黑色；脚－近黑。叫声：叫声为清脆的 prit声；告警声为不停歇的 trrr，tschrrr。鸣声短促细弱而无起伏。分布范围：喜马拉雅山脉、西藏高原至中国中部。越冬至印度东北部及缅甸北部。习性：喜开阔的林间草地及灌丛，常近溪流，习性似红尾水鸲。取食在树间，如鹟类般捕猎食物。

灌树竹丛靓女纯，
次生林里唱清音。
动听响亮声圆润，
大赏山呼唱曲殷。

黑喉噪鹛

莺科，体长23厘米，深灰色。头侧及喉黑色，腹部及尾下覆羽橄榄灰。蓬松的黑色前后具白色边缘。内陆型亚种的脸颊白色，但海南亚种颈后及颈侧棕褐色。初级飞羽羽缘色浅。虹膜－红色；嘴－黑色；脚－黄或灰色。叫声：清晰而动听的似鹅鸣声及响亮的咯咯群鸟笑声。分布范围：中国南部及印度。分布状况：常见于云南西南部(lochmius)，云南东南部至广东(chinensis)及海南岛 (monachus)的低地森林，高可至海拔 1200米。习性：结小群栖于竹林密丛及半常绿林中的浓密灌丛。

身材中等褐白黑，地面营巢育女儿。
两块石头击撞响，此君责骂儿声迴。

黑喉石䳭

鹟科，体长14厘米，黑、白及赤褐色。雄鸟头部及飞羽黑色，背深褐，颈及翼上具粗大的白斑，腰白，胸棕色。雌鸟色较暗而无黑色，下体皮黄，仅翼上具白斑。亚种 presvalskii的喉皮黄，下体黄褐。与雌性白斑黑石䳭的区别在色彩较浅，且翼上具白斑。虹膜－深褐；嘴－黑色；脚－近黑。叫声：责骂声 tsack-tsack，似两块石头的敲击声。中国有分布。习性：喜开阔的栖息生境如农田、花园及次生灌丛。栖于突出的低树枝以跃下地面捕食猎物。

前颈黑黑眼染霜，繁期耳簇软松黄。
笛音哀怨时尖厉，乐在湖泽育子郎。

黑颈䴙䴘

䴙䴘科，体长30厘米，繁殖期成鸟具松软的黄色耳簇，耳簇延伸至耳羽后，前颈黑色，嘴较角䴙䴘上扬。冬羽：与角䴙䴘的区别在嘴全深色，且深色的顶冠延至眼下。颏部白色延伸至眼后呈月牙形，飞行时无白色翼覆羽。幼鸟似冬季成鸟，但褐色较重，胸部具深色带，眼圈白色。虹膜－红色；嘴－黑色；脚－灰黑。叫声：繁殖期发出哀怨笛音 poo-eeet及尖厉颤音。分布范围：分布不连贯，于北美洲西部、欧亚大陆至蒙古西部、非洲、南美洲及中国东北。冬季分散至北纬30° 以南地区。分布状况：指名亚种为罕见繁殖鸟及冬候鸟。习性：成群在淡水或咸水上繁殖。冬季结群于湖泊及沿海。

黑颈红头尾若裳，
广滩信步舞长泽。
神禽驮誉高原上，
与世无争堪圣佛。

黑颈鹤

鹤科，体高150厘米，偏灰色。头、喉及整个颈黑色，仅眼下、眼后具白色块斑，裸露的眼先及头顶红色，尾、初级飞羽及形长的三级飞羽黑色。虹膜－黄色；嘴－角质灰色、绿色，近嘴端处多些黄色；脚－黑色。叫声：一连串的号角声。繁殖于西藏高原；越冬在不丹、印度东北部、中国西南部。全球性易危。种群数量稀少。在青藏高原东部至四川西北部的沼泽及湖泊周围繁殖。越冬南迁至西藏南部、云南及贵州的潮湿耕作区，当地视其危害农作物。习性：飞行如其他鹤，颈伸直，呈"V"字编队，有时成对飞行。

通体黑泽燕尾修，
性情凶猛乐群殴。
敏捷动作空行叫，
捕获飞虫作美馐。

黑卷尾

鸦科，体长 30厘米，蓝黑色而具辉光。嘴小，尾长而叉深，在风中常上举成一奇特角度。亚成鸟下体下部具近白色横纹。台湾亚种 harterti的尾较短。虹膜－红色；嘴及脚－黑色。叫声：叫声多变，为 hee-luu-luu, eluu-wee-weet或hoke-chok-wak-we-wak声。分布范围：伊朗至印度、中国、东南亚、爪哇及巴厘岛。分布状况：常见的繁殖候鸟及留鸟，见于开阔原野低处，偶尔上至海拔1600米。习性：栖于开阔地区，常立在小树或电线上。

大嘴长长状若匙，
素身黑脸展娇姿。
长蓑头顶凤冠戴，
稳定夫妻赋爱诗。

黑脸琵鹭

鹮科，体长 76厘米，白色。长长的嘴灰黑色而形似琵琶。似冬季的白琵鹭但嘴全灰，脸部裸露皮肤黑色且少扩展。虹膜－褐色；嘴－深灰色；腿及脚－黑色。叫声：繁殖期外寂静无声。繁殖在朝鲜岛屿，中国东北可能有繁殖地尚未被发现。冬季至中国台湾及南部、越南北部，过去曾在菲律宾越冬。全球性易危（Collar et al., 1994）。种群数量越来越少。迁徙时见于中国东北，于近辽东半岛东侧的小岛上近期有繁殖记录。春季在内蒙古东部曾有记录。冬季南迁至江西、贵州、福建、广东及海南岛。世界上仅存 600余只，多数在台湾及香港越冬。习性：同白琵鹭。

头胸杂染墨白纹，黛玉领圈彰贵尊。
哀笑尖柔吹短哨，群栖吵嚷炫精神。

黑脸噪鹛

莺科，体长 30厘米，灰褐色。特征为额及眼罩黑色；上体暗褐；外侧尾羽端宽，深褐；下体偏灰渐次为腹部近白，尾下覆羽黄褐。虹膜－褐色；嘴－近黑，嘴端较淡；脚－红褐。叫声：联络及告警时的叫声响亮刺耳，唧唧喳喳的群鸟叫声。分布范围：留鸟于中国华东、华中及华南和越南北部。分布状况：常见于华南及华东的适宜的低地生境，见于从陕西南部往南、四川中部及云南东部往东的除海南岛外的地区。习性：结小群活动于浓密灌丛、竹丛、芦苇地、田地及城镇公园。取食多在地面。性喧闹。

黛玉领环翻背卷，白头素腹眼周黄。
哨音刺耳堪沙哑，牲口群中觅美尝。

黑领椋鸟

椋鸟科，体长 28厘米，黑白色。头白，颈环及上胸黑色；背及两翼黑色，翼缘白色；尾黑而尾端白；眼周裸露皮肤及腿黄色。雌鸟似雄鸟但多褐色。幼鸟少黑色颈环。与斑椋鸟的区别在体型较大，喉及头顶白色，眼周裸露皮肤黄色，缺少清楚的白色翼纹，嘴黑。虹膜－黄色；嘴－黑色；脚－浅灰。叫声：叫声为沙哑的刺耳音及哨音。分布范围：中国南方及东南亚。分布状况：常见于中国南方的农田，一般结小群取食于稻田、牧场及开阔地。习性：有时在水牛群或牲口群中找食。

耳羽琼白染黛纹，
上身栗褐下棕新。
枝间跳跃寻虫果，
翘尾点头吵闹频。

黑领噪鹛

莺科，体长约29厘米，棕褐色。头胸部具复杂的黑白色图纹。似小黑领噪鹛但区别主要在眼先浅色，且初级覆羽色深而与翼余部成对比。见于云南及海南岛的5个亚种有微小差异，但分布于中国中南及华东的 picticollis亚种最为独特，喉及眼先较白，项纹的黑色由宽灰色所代。虹膜－栗色；嘴－上嘴黑色，下嘴灰色；脚－蓝灰。叫声：尖柔的群鸟联络叫声以及哀而下降的"笑声"与短哨音的响亮合唱。中国华中及华东有分布。习性：吵嚷群栖；取食多在地面。与其他噪鹛包括相似的小黑领噪鹛混。炫耀表演时并足跳动，头点动，两翼展开同时鸣叫。作长距离的滑翔。

通黑体羽墨光鲜。尾羽洁白头顶丹。
脚健身强真善走。素食之客嫩芽餐。

黑琴鸡

雉科，雄鸟：体长 54厘米，黑色、带蓝绿色光泽。翅黑，翼覆羽基端呈粗白色横纹。尾黑色，呈叉状向外弯曲，以使白色的尾下覆羽能扇形竖起作 "跑圈 "炫耀。红色的冠状肉瘤形成眉块。雌鸟：体型较小 41厘米，深褐色，羽尖具皮黄色斑，圆型尾。虹膜 – 深褐；嘴 – 黑色；脚 – 铅灰。叫声：雄鸟发出 gururustudy的连续叫声。中国东北部有分布。习性：数只雄鸟聚集于雌鸟前作优雅的求偶炫耀，表演 "跑圈 "。俗名：斗鸡 、黑鸡、 黑雷鸡 、黑野鸡 、胡日、 乌鸡。

嘴及额甲色红鲜，一点黄金上喙端。
脚上围箍朱带艳，善潜捕猎做佳餐。

黑水鸡

秧鸡科，体长 31厘米，黑白色，额甲亮红，嘴短。体羽全青黑色，仅两肋有白色细纹而成的线条以及尾下有两块白斑，尾上翘时此白斑尽显。虹膜－红色；嘴－暗绿色，嘴基红色；脚－绿色。叫声：响而粗的嘎嘎作叫 pruruk-pruuk-pruuk。分布范围：除澳大利亚及大洋洲外，几乎遍及全世界。冬季北方鸟南迁越冬。习性：多见于湖泊、池塘及运河。栖水性强，常在水中慢慢游动，边在水面浮游植物间翻拣找食。也取食于开阔草地。于陆地或水中尾不停上翘。不善飞，起飞前先在水上助跑很长一段距离。

玉润眉纹佐顶黑，背灰腹素小玲瑰。
笛音成串间责骂，乐在松林筑雅闹。

黑头鳾

鳾科，体长 11.6厘米，黑头鳾雄鸟额基白色，眉纹亦为白色或白沾棕黄色长而显著，从额基沿眼上向后一直延伸到后枕侧面，头顶、枕至后颈亮黑色，眼先、眼后和耳羽污黑色，具白色眉纹和细细的黑色过眼纹。耳羽常杂有白色细纹。背、肩、腰至尾上覆羽等上体蓝色。中央尾羽亦为灰蓝色，但较上体浅淡。飞羽黑褐色，外羽缘灰蓝色。脸颊、头侧、颏、喉污白色或近白色，其余下体灰棕色或浅棕黄色，尾下覆羽暗棕灰色，端缘较浅淡。鸣声似“维 –儿，维 –儿”或“仔 –仔，滴 –滴”，似责骂的沙哑 schraa声，圆润的成串管笛声 wip–wip–wip；短促鼻音 quir–quir。鸣声为一连串上升的纯哨音。

素韵娇娇头墨乌，优优雅态逸闲途。
相交同类居和睦，物种稀缺护必殊。

黑头白鹮

鹮科，身长约75厘米，体型中等大小，体羽全白。头黑色，嘴长而下弯，尾为灰色的蓬松丝状三级覆羽所覆盖。虹膜－红褐色；嘴及脚－黑色。叫声：通常无声，但繁殖季节发出奇怪的咕哝声。中国华南及华东有分布。分布状况：全球性近危。可能繁殖于黑龙江，但在中国尚无繁殖记录。习性：喜多芦苇的沼泽及漫水的多草地。常成小群，不停走动寻找食物或成群飞翔。与鹳及其他水鸟混群营巢。

头尾双翩回点黑，洁白下体肋如灰。
五音鸣唱两三调，苔藓枝头作笨飞。

黑头奇鹛

莺科，体长 20~24厘米，灰色。头、尾及两翼黑色，上背沾褐，顶冠有光泽。中央尾羽端灰而外侧尾羽端白。喉及下体中央部位白，两肋烟灰。虹膜－褐色；嘴－黑色；脚－灰色。叫声：五音节的鸣声，前三音节音调相同，后两音节调低。分布范围：缅甸、中国西部及中部、泰国北部和印度。分布状况：亚种 desgodinsi常见于中国中南部及南部海拔 1200米以上的山区森林。习性：似松鼠，在苔藓和真菌覆盖的树枝上悄然移动，性甚隐秘且动作笨拙。

顶冠颈背墨白纹，黛玉长眉素带新。
鸣叫嘟嘟林野畔，丘陵湿润享佳津。

黑头穗鹛

莺科，体长 13.5厘米，橄榄褐色。顶冠及颈背近黑而带白色纵纹，黑色的长眉纹下有一白线，白色的下颊纹其上为灰色，颏及喉深灰，眼圈白，下体橄榄皮黄色。虹膜－浅褐；嘴－偏黑；脚－暗黄。叫声：嘟声的 prrreee–prrreee叫。分布范围：尼泊尔至中国西南、东南亚、马来半岛、苏门答腊及婆罗洲。分布状况：指名亚种见于西藏东南部；coltarti为留鸟于云南西部；yunnanensis于云南东南部及广西西南部。常见于海拔 1000~1500米的丘陵及山区森林的林下植被。习性：结小群活动，栖于湿润丘陵及山区森林林下植被的近地面处。

通体青灰看似黑，橙黄颈侧腹麻瑰。

翔行唱响呱呱曲，蓄怯性情治地飞。

黑尾鳽

鹭科，身长 55 ~ 65 厘米，雄性成鸟：额、头顶至后颈、背羽、翅和尾羽均为沾蓝的黑色；颏和上喉淡棕白、中央颏纹淡棕栗色；颈侧橙黄色，形成显著黄斑；中央喉纹棕栗色，斑杂黑色；前胸满布淡棕白色和黑色相杂条纹，下体余部黑褐色。雌鸟：上体羽色暗褐，无蓝色；颊和耳羽栗红色；颏、喉、前颈淡棕白色，中央纹呈栗红色点斑状；下喉及颈侧满布栗红色斑杂黑色和淡皮黄色斑纹；下体、胸、腋羽和肋部褐色，较背羽浅淡。虹膜橙红色；嘴黑褐色，下嘴黄褐色；眼先裸露皮肤淡紫色；跗蹠、趾暗褐色。

夏羽红棕冬褐黄，
斑斓点体嘴直长。
发声偶尔堪清亮，
喜顾泥滩与海旁。

黑尾塍鹬

丘鹬科，体长 42厘米，长腿、长嘴涉禽。似斑尾塍鹬，但体型较大，嘴不上翘，过眼线显著，上体杂斑少，尾前半部近黑，腰及尾基白色。白色的翼上横斑明显；亚种 melanuroides的翼斑较窄，而罕见的指名亚种其翼斑较宽。虹膜－褐色；嘴－嘴基粉色；脚－绿灰。 叫声：通常无声，飞行时偶尔发出响亮的 wikka–wikka–wikka或 kip–kip–kip。 中国有分布。习性：光顾沿海泥滩、河流两岸及湖泊。食性同斑尾塍鹬，但更喜淤泥，头往泥里探得更深，有时头的大部分都埋在泥里。

酒红腰背闪乌辉，沙褐上身头顶灰。
鸣叫如摇拨浪鼓，营巢地面夜回归。

黑尾地鸦

鸦科，体长30厘米，浅褐色。上体沙褐色，背及腰略沾酒红色，头顶黑色具蓝色光泽，两翼闪辉黑色，初级飞羽具白色大块斑，尾蓝黑。虹膜－深褐；嘴－黑色；脚－黑色。叫声：叫声似木质拨浪鼓的clack-clack-clack声，也作粗哑哨音。分布蒙古及中国西北部。甚常见。分布于海拔 2000~3000米处，从内蒙古西部的巴丹吉林沙漠及甘肃北部、新疆北部、青海东北部至天山北部及南部荒漠山麓地带、青海东北部柴达木及准噶尔盆地。习性：栖于开阔多岩石的地面及灌丛，以种子及无脊椎动物为食。巢营于地面，但喜在树上停栖。

异色雌雄又异形，
尾黑黄嘴却相同。
鸣声婉转堪高亢，
大胆活泼可入笼。

黑尾蜡嘴雀

燕雀科，体长17厘米，墩实。黄色的嘴硕大而端黑。繁殖期雄鸟外形极似有黑色头罩的大型灰雀，体灰，两翼近黑。与黑头蜡嘴雀的区别在嘴端黑色，初级飞羽、三级飞羽及初级覆羽羽端白色，臀黄褐。雌鸟似雄鸟但头部黑色少。幼鸟似雌鸟但褐色较重。虹膜－褐色；嘴－深黄而端黑；脚－粉褐。叫声：鸣声为一连串的哨音和颤音，似赤胸朱顶雀。叫声为响亮而沙哑的 tek-tek。中国有分布。地方性常见。习性：利用林地及果园，从不见于密林。

胸颈洁白背暗灰，黄足淡淡尾颜黑。
乌环金嘴尖橙染，池沼河湖振翅飞。

黑尾鸥

鸥科，体长 47厘米，两翼长窄，上体深灰，腰白，尾白而具宽大的黑色次端带。冬季头顶及颈背具深色斑。合拢的翼尖上具四个白色斑点。第一冬的鸟多沾褐，脸部色浅，嘴粉红而端黑，尾黑，尾上覆羽白。第二年似成鸟但翼尖褐色，尾上黑色较多。虹膜－黄色；嘴－黄色，嘴尖红色，继以黑色环带；脚－绿黄色。叫声：哀怨的咪咪叫声。分布范围：日本沿海及中国海域。分布状况：常见。习性：繁殖于多岩岛屿。松散群栖。

背胸翼尾抹深灰，臀腹琮白肋栗瑰。
连串洪声甜润美，性情孤怯隐林阑。

黑胸鸫

鸫科，体长 23厘米。雄鸟：整个头、上背及胸黑色，背深灰，翼及尾黑，下胸及两肋为特征性鲜亮栗色，腹中央及臀白。雌鸟上体深橄榄色，颏白，喉具黑及白色细纹，胸橄榄灰并具黑色点斑。胸部灰色而有别于雌灰背鸫。臀白，翼近黑，尾深橄榄色。虹膜－褐色；嘴－黄至橘黄；脚－黄至橘黄。叫声：甜美圆润的鸣声。叫声包括单薄的 seee 声及一连串洪亮的 tup-tup-tup声。分布范围：印度东北部至中国西南。分布状况：甚常见于云南、广西及贵州的高山和丘陵灌丛、森林及林地。习性：性孤单羞怯。多在地面取食。

黄白黑紫金光闪，
纤嘴长长向下曲。
起舞翩跹啄蜜美，
性情活跃闹林区。

黑胸太阳鸟

太阳鸟科，体长 14厘米，尾有延长，光线不足时看似近黑色且腰及胸色浅；光线好时头顶及尾均为金属蓝色，上背暗淡紫色，喉黑，胸灰橄榄色而具细小的深暗色纵纹。亚种 saturata黄色腰带有限；petersi下体的黄色较多；assamensis胸部的黑色扩展。雌鸟甚小，腰白黄色。虹膜－褐色；嘴－黑色；脚－深褐。叫声：快速的 ti-ti-ti-ti-ti-ti-ti叫声。中国有分布。习性：常至溪流边的开花矮树丛。

性情凶猛悍如鹰，健翅高翔九汉庭。
珠缀褐衣纹尾列，鱼蛙鼠兔概盘羹。

黑鸢

鹰科，体长 55厘米，深褐色。浅叉型尾为本种识别特征。飞行时初级飞羽基部浅色斑与近黑色的翼尖成对照。头有时比背色浅。与黑耳鸢区别在于前额及脸颊棕色。亚成鸟头及下体具皮黄色纵纹。虹膜－棕色；嘴－灰色；蜡膜－黄色；脚－黄色。叫声：尖厉嘶叫 ewe-wir-r-r-r-r。中国有分布。分布状况：亚种 govinda为云南西部及西藏东南部的留鸟。习性：喜开阔的乡村、城镇及村庄。优雅盘旋或作缓慢振翅飞行。栖于柱子、电线、建筑物或地面，在垃圾堆找食腐物。俗名：饿老刁、黑耳鸢、老鹰、老鸢、牙鹰、岩鹰、鹞鹰。

通体金黄艳艳明，绕头枕后墨圈呈。
林间田野群嬉戏，婉转歌喉悦耳鸣。

黑枕黄鹂

鸦科，体长26厘米，黄色及黑色。过眼纹及颈背黑色，飞羽多为黑色。雄鸟体羽余部艳黄色。与细嘴黄鹂的区别在嘴较粗，颈背的黑带较宽。雌鸟色较暗淡，背橄榄黄色。亚成鸟背部橄榄色，下体近白而具黑色纵纹。虹膜－红色；嘴－粉红色；脚－近黑。叫声：清澈如流水般的笛音 lwee-wee-wee-leeow，有多种变化。也作甚粗哑的似责骂叫声及平稳哀婉的轻哨音。分布范围：印度、中国、东南亚、巽他群岛、菲律宾及苏拉威西岛。北方鸟南迁越冬。习性：栖于开阔林、人工林、园林、村庄及红树林。成对或以家族为群活动。常留在树上但有时下至低处捕食昆虫。飞行呈波状，振翼幅度大，缓慢而有力。

玲珑小巧钻石蓝，
两抹乌黑颏顶沾。
树上营巢繁后代，
敏捷行动几啁喧。

黑枕王鹟

鸦科，体长 16厘米，灰蓝色。雄鸟：头、胸、背及尾蓝色，翼上多灰色，腹部近白，羽冠短，嘴上的小块斑及狭窄的喉带黑色。雌鸟：头蓝灰，胸灰色较浓，背、翼及尾褐灰，少雄鸟的黑色羽冠及喉带。虹膜－深褐；眼周裸露皮肤－亮蓝色；嘴－偏蓝，嘴端黑色；脚－偏蓝。叫声：鸣声为清脆的 pwee-pwee-pwee-pwee声，联络叫声为粗哑的 chee, chweet声。分布范围：印度至中国、东南亚、菲律宾、大巽他群岛及苏拉威西岛。习性：性活泼好奇，栖于低地林及次生林。模仿其联络叫声易引出此鸟。常与其他种类混群。多栖于森林较低层，尤喜近溪流的浓密灌丛。

过眼黑纹颈背延，橙红细嘴衬黄颜。
高音特色笛声美，开阔疏林丽影宣。

黑枕细嘴黄鹂

鸦科，体长 25厘米，黄色。黑色的过眼纹延至颈背，甚似黑枕黄鹂但嘴较细，黑色过眼线较细而在颈背部尤细，背部更呈橄榄色。雌鸟似雄鸟但多绿色，下体具些许深色纵纹。幼鸟纵纹较重，过眼纹不甚清晰。虹膜－红色；嘴－橙红；脚－灰色。叫声：本种特有的高音似啄木鸟的 kich叫声，也发出黄鹂特有的笛音。分布范围：喜马拉雅山脉至缅甸，中国南部及印度。分布状况：繁殖于云南山地森林海拔 2500~4300米处。下至低处开阔常绿阔叶林越冬。因常被捕捉作为笼鸟买卖而数量稀少。习性：栖于松林、开阔林地、人工林及有稀疏树木的开阔原野。

通体纯黑头顶红，
林医大个起伏平。
寻疾问诊连音响，
脆亮咯咯放朗声。

黑啄木鸟

啄木鸟科，体长 40~46厘米，通体纯黑色。雄鸟额、头顶和枕全为血红色；雌鸟仅后头有血红色。雄性成鸟 额、头顶、枕血红色；颏、喉烟灰色；上、下体其余部分全为深黑色。雌性成鸟只枕部为血红色，身体其余部分全为深黑色。虹膜淡黄色或灰白色；嘴淡绿白色，尖端黑褐色；跗蹠暗褐灰色。虹膜－近白；嘴－象牙色，端暗；脚－灰色。嘴楔状；鼻孔被羽；4趾。第 1片初级飞羽很小，不及第 2片的 1/2。主食蚂蚁，进食时挖洞很大。告警或飞行时发出响亮的“krri-krri-krri”声、清亮的“klee-ay”声。春季发出“kwee-kwee-kwee-kwee-kwee-kwee-kwee”的朗声大叫，尾音不衰。也作带鼻音咯咯声。响亮的錾木声持续 2~3秒。

两脚丹红头颈黑，琼瑶眼下背青灰。
银翎玉羽白花绽，一任飘云水上飞。

黑嘴鸥

鸥科，全长约 35厘米，夏羽及冬羽均似红嘴鸥，但体型较小，具粗短的黑色嘴。夏羽头部的黑色延至颈后，色彩比红嘴鸥深；具清晰的白色眼环。初级飞羽合拢时呈斑马样图纹，飞行时白色后缘清晰可见，翼下初级飞羽外侧黑色。虹膜－褐色；嘴－黑色；脚－深红。叫声：尖厉的 eek eek叫声。分布范围：为中国东部特有的繁殖鸟。分布状况：全球性濒危。种群数量稀少。习性：飞行非常轻盈而似燕鸥。与其他鸥混群。紧贴着潮线。取食方式为飞行中突然垂直下降，快降落时又一转身然后捕食螃蟹及其他蠕虫。如失误又赶紧飞至空中。几乎从不游泳。

羽褐嘴黑衣点白，
善于行走乐林怀。
杉松树地情偏好，
响亮声迴啭啭来。

黑嘴松鸡

雉科，雄鸟：体长 86厘米，黑色矮胖型，钝而圆的尾能如火鸡般竖起成扇形。上体紫色，胸部绿色，红色肉垂成眉。尾上羽形长，黑色，白色羽端使尾羽扇开时大块白点成弧形，肩羽及翅上覆羽端白。下体黑而带白色点斑。雌鸟：较小 61 厘米，深褐色而密布皮黄色蠹斑及白色横斑；翅上横斑近白，中央尾羽端白。虹膜－深褐；嘴－黑色；脚－灰色被羽。叫声：非常响亮的啭啼声。分布范围：西伯利亚东部至萨哈林岛。分布状况：罕见，在中国见于东北大兴安岭、小兴安岭和长白山区海拔 300~1000米的落叶松及松树林。游荡鸟可抵及辽宁及河北边境。习性：同西方松鸡。

上体褐灰妆玉颜，胸及两肋布横斑。
嘈杂刺耳听如笑，开阔田林享乐欢。

横斑腹小鸮

鸱鸮科，体长 20厘米，褐色。无耳羽簇，眼黄色。上体灰褐，头顶具白色小点斑，两翼及背部的白色点斑大些。淡皮黄色的颈圈不完整。眉及喉偏白。下体偏白，胸及两侧具灰色横斑。下体无纵纹。比 Asian Barred Owlet 的尾稍短而头显平。虹膜 – 黄色；嘴 – 灰色；脚 – 白色被羽。叫声：粗哑刺耳的 chirurrr–chirurrr–chirurrr继之 cheevak–cheevak–cheevak。也发出嘈杂而不连贯的尖叫声及似笑声。分布范围：伊朗南部至印度次大陆，中国西南部及东南亚。分布状况：亚种 pulchra(poikila)为云南南部西双版纳的罕见留鸟；ultra于西藏东南部。习性：结小群活动于疏树的开阔地、农耕地及灌木丛。

背尾喉胸覆羽棕，
娇娇色彩自鲜明。
轻弹秀尾两边甩，
响亮活泼吹哨声。

红背红尾鸲

鹟科。雄鸟：体长 15厘米，色彩鲜艳。喉、胸、背及尾上覆羽棕色；头顶及颈背的灰色及浅色的眉纹与黑色的眼先、过眼纹、脸颊及肩部成对比。两翼近黑，上有白色长条纹；尾棕色，两枚中央尾羽褐色；腹部及尾下覆羽白。雌鸟浓褐，尾似雄鸟；眼圈、喉、翼上纹及三级飞羽羽缘皮黄；尾下白。虹膜－褐色；嘴－黑色；脚－灰黑。叫声：鸣声响亮活泼；告警时发出 gre–er声及音节含糊的叫声，也有较响亮的哨音 few–eet。雄鸟在春季甚喧闹。尾上下轻弹而不往两边甩。中国有分布。分布状况：罕见。习性：雄鸟在春季甚喧闹。尾上下轻弹而不往两边甩。越冬于中海拔地带的荒漠灌丛及林地。

双颊赤色两翮红，
山地稠林匿俊容。
随季垂迁结小队，
高歌响亮二三声。

红翅薮鹛

莺科，体长 23厘米，脸侧及初级飞羽绯红。与丽色噪鹛及赤尾噪鹛易区分，不同处在头侧红色。体羽余部大致灰褐。方形的尾黑色，尾端橘黄。虹膜－褐色；嘴－深角质色；脚－褐色。叫声：响亮悦耳的 2~4声的叫声 chi-chweew，或 tu-reew-ri等；低声的颤鸣。分布范围：喜马拉雅山脉东部至中国西南、缅甸北部、西部及东部和印度北部。分布状况：罕见于云南西北部 (bakeri)、云南西部 (ripponi)及云南东南部 (wellsi)海拔 900~2200米，随季节作垂直迁移。习性：惧生，隐匿于常绿山地林、林缘及次生林的稠密林下植被。

优雅灰装翅点红，
攀爬飞舞耀人睛。
悬崖曼妙蝴蝶鸟，
尖细笛音复哨声。

红翅旋壁雀

䴓科，体长 16厘米，尾短而嘴长，翼具醒目的绯红色 斑纹。繁殖期雄鸟脸及喉黑色，雌鸟黑色较少。非繁殖期成鸟喉偏白，头顶及脸颊沾褐。飞羽黑色，外侧尾羽羽端白色显著，初级飞羽两排白色点斑飞行时成带状。虹膜－深褐；嘴－黑色；脚－棕黑。叫声：尖细的管笛音及哨音，不似䴓科的叫声沙哑。鸣声为一连串多变而重复的高哨音 ti–tiu–tree。声速加快。广泛分布于亚欧大陆，红翅旋壁雀经常在陡峭的岩崖峭壁或亚热带常绿阔叶林和针阔混交林带中的山坡壁上攀爬，飞舞，显得格外耀眼动人，被称为“悬崖上的蝴蝶鸟”。

红额金翅雀

燕雀科，体长 14.5厘米，嘴细，额及胸兜红色，具醒目的黑、白及黄色翼斑。中国的亚种比欧洲的亚种灰色较重且头无黑色。叉形的尾黑色，尾端有狭窄白色。幼鸟褐色较重，头顶、背及胸具纵纹，头无红色但具黄色的宽阔翼斑。虹膜－深褐；嘴－粉橙；脚－粉褐。叫声：叫声为尖声 pee-uu及音有起伏的联络声。鸣声为混合唧啾声杂以重复的 tew-tew-tew及 tewee-it声。为颇受欢迎的笼鸟。分布范围：欧洲、中东至中亚及中国西部。习性：栖于针叶林及混交林的林间空地及林缘或果园，高可至海拔 4250米。成对或结小群活动。喜食药草种子。

头妆黛韵着高髻，
眠下后方虹彩宽。
常在乔枝开亮嗓，
清新布比悦心怡。

红耳鹎

鹎科，体长 20厘米，黑色的羽冠长窄而前倾，特征为黑白色的头部图纹上具红色耳斑。上体余部偏褐色，下体皮黄，臀红，尾端具白色缘。亚种 monticola具完整的黑色胸带。亚成鸟无红色耳斑，臀粉红。虹膜－褐色；嘴及脚－黑色。叫声：响亮不断的叽叽喳喳叫声，两或三音节短而甜的哨音鸣声 wit-t-waet；也作悦耳的 prroop声。分布范围：印度、中国南方及东南亚。引种至澳大利亚及其他地区。分布状况：甚常见于林园、公园、次生林及灌丛。指名亚种见于中国南方；monticola 于西藏东南部至云南南部；有争议的亚种 hainanensis 于广东南部及硇洲岛。习性：吵嚷好动而喜群栖。喜栖于突出物上，常站在小树最高点鸣唱或叽叽叫。喜开阔林区、林缘、次生植被及村庄。

低矮之足嘴短尖，鳞灰上体肋金鲜。
头埋沙里寻鲎卵，歌唱叽喳悦耳轩。

红腹滨鹬

丘鹬科，体长 24厘米，低矮而腿短，偏灰色。深色的嘴短且厚，具浅色眉纹。上体灰色，略具鳞状斑；下体近白，颈、胸及两肋淡皮黄色。飞行时翼具狭窄的白色横纹，腰浅灰。夏季下体棕色。虹膜－深褐；嘴－黑色；脚－黄绿。叫声：低喉音 knutt-knutt声，进食时发出悦耳的叽喳声。喜沙滩、沿海滩涂及河口。通常群居，常结大群活动。与其他涉禽混群。进食时嘴快速下啄，有时为取食把整个头都埋进去。 食物主要喜欢鲎卵。

翼上白斑堪大琮，下身尾羽染橙红。
雪飘颈顶增娇媚，短促清晰响哨声。

红腹红尾鸲

鹟科，体长 18厘米，雄鸟：似北红尾鸲但体型较大，头顶及颈背灰白，尾羽栗色。翼上白斑甚大，黑色部位于冬季有烟灰色的缘饰。雌鸟似雌性欧亚红尾鸲但体型较大，褐色的中央尾羽与棕色尾羽对比不强烈。翼上无白斑。具点斑羽衣的幼鸟已具明显的白色翼斑。叫声包括微弱的 lik及较生硬的 tek声。鸣声为短促清晰的哨音 tit–tit–titer接以突发的似喘息短促音，于突出的栖木上或炫耀飞行时鸣唱。虹膜 – 褐色；嘴 – 黑色；脚 – 黑色。中国有分布。耐寒，栖于高海拔。性惧生而孤僻。炫耀时，雄鸟从突出栖处作高空翱翔，两翼颤抖以显示其醒目的白色翼斑。有时在动物尸体上觅食昆虫。

上腹及胸呈粉红，白腰尾翼染乌青。
常青树上歌声婉，总被人捉入铁笼。

红腹灰雀

燕雀科，体长约15厘米，一种最普通的灰雀外表呈黑色和白色，雄性的腹部呈绯红色，这种灰雀主要栖息在终年常青的树林和灌木丛中，叫声委婉动听，是人们喜欢的笼鸟之一。叫声：为有特色的柔声尖叫 teu。为重复的叫声偶尔间杂三音符的尖叫声。分布于欧洲、北亚、勘察加半岛、萨哈林岛、日本、朝鲜半岛以及中国大陆的东北、内蒙古、河北等地，多栖息于山区的白桦林和次生林区以及冬季至海拔 800 米以下的针阔混交林缘和平原的杂木林中，在中国罕见。

华丽乔妆顶凤冠，五光十色悦眸玄。
林中草野观娇影，疑是金凰落九天。

红腹锦鸡

雉科，雄鸟：体长98厘米，头顶及背有耀眼的金色丝状羽；枕部披风为金色并具黑色条纹；上背金属绿色，下体绯红。翼为金属蓝色，尾长而弯曲，中央尾羽近黑而具皮黄色点斑，其余部位黄褐色。雌鸟体型较小，为黄褐色，上体密布黑色带斑，下体淡皮黄色。虹膜－黄色；嘴－绿黄；脚－角质黄色。声音：雌鸟春季发出cha–cha的叫声。其他雌鸟应叫。雄鸟回以gui–gui–gui或gui–gu–gu–gu或悦耳的短促gu gu gu声。飞行时，雄鸟发出快速的zi zi zi叫声。中国中部特有种。全球性近危。常见于海拔800~1600米，偶上至2800米。习性：单独或成小群活动，喜有矮树的山坡及次生的亚热带阔叶林及落叶阔叶林。常被驯养。

身材娇小巧玲珑，尾羽基白喉色橙。
针阔林中营雅舍，活泼胆怯静粗声。

红喉姬鹟

鹟科，体长 13厘米，褐色。尾色暗，基部外侧明显白色。繁殖期雄鸟胸红沾灰，但冬季难见。雌鸟及非繁殖期雄鸟暗灰褐，喉近白，眼圈狭窄白色。尾及尾上覆羽黑色区别于北灰鹟。虹膜－深褐；嘴－黑色；脚－黑色。叫声：遇警时发出粗糙的 trrrt声、静静的 tic声及粗哑的 tzit声。分布范围：繁殖于古北界；冬季迁徙至中国、菲律宾、东南亚及婆罗洲。分布状况：迁徙经中国东半部。常见越冬于广西、广东及海南岛。习性：栖于林缘及河流两岸的较小树上。有险情时冲至隐蔽处。尾展开显露基部的白色并发出粗哑的咯咯声。

上身重褐纵腰纹，红粉喉间脚肉纯。
悦耳叫声尖又细，稻田湿地乐由君。

红喉鹨

麻雀科，体长 15厘米，褐色。与树鹨的区别在上体褐色较重，腰部多具纵纹并具黑色斑块，胸部较少粗黑色纵纹，喉部多粉红色。与北鹨的区别在腹部粉皮黄色而非白色，背及翼无白色横斑，且叫声不同。虹膜－褐色；嘴－角质色，基部黄色；脚－肉色。叫声：飞行时发出尖细的 pseeoo叫声，比其他鹨的叫声悦耳。分布范围：繁殖于古北区北部。分布状况：并不罕见的候鸟，迁徙经中国北方、华东、华中至长江以南地区并海南岛和台湾越冬。习性：喜湿润的耕作区包括稻田。

嘴近黑颜上下交，
橘黄砖锈领风骚。
倒悬进膳飞行速，
响亮连声爆破嚣。

红交嘴雀

燕雀科，体长 16.5厘米，繁殖期雄鸟的砖红色随亚种而有异，从橘黄至玫红及猩红，但一般比任何朱雀的红色多些黄色调。红色一般多杂斑，嘴较松雀的钩嘴更弯曲。雌鸟似雄鸟但为暗橄榄绿而非红色。雄雌两性的成鸟、幼鸟与白翅交嘴雀的区别在均无明显的白色翼斑，且三级飞羽无白色羽端。极个别红交嘴雀翼上略显白色翼斑但绝不如白翅交嘴雀醒目而完整，头形也不如其拱出。虹膜－深褐；嘴－近黑；脚－近黑。叫声：叫声为生硬的爆破音 jip–jip，告警时则成串，进食时作压抑的喊喳声。鸣声为一连串响亮叫声间杂颤音或颤鸣声，有时于盘旋炫耀飞行时作叫。分布范围：全北界及东南亚的温带针叶林。习性：冬季游荡且部分鸟结群迁徙。飞行迅速而带起伏。倒悬进食，用交嘴嗑开松子。

体羽多纹耳角标，棕灰两色染衣袍。
深沉单调蟾鸣似，老鼠逢君无处逃。

红角鸮

鸱鸮科，体长 20厘米，有耳羽。眼黄色，体羽多纵纹。有棕色型和灰色型之分。与叫声有异的东方角鸮在分布上无重叠。虹膜－黄色；嘴－角质色；脚－褐灰。叫声：为深沉单调的 chook声，约三秒钟重复一次，声似蟾鸣。雌鸟叫声较雄鸟略高。分布范围：古北界西部至中东及中亚。分布状况：在中国的分布极为有限。习性：候鸟。纯夜行性的小型角鸮，喜有树丛的开阔原野。俗名：大头鹰、恨狐、横虎、呼侉鹰、老兔、猫头鹰、王哥哥、乌拉包尔－乌尔巴、夜猫子、夜食鹰。

体色清新典雅装，无瑕夺目泛珠光。
鲜红脚蹼妆洁韵，扑水飞花壮景扬。

红脚鲣鸟

鲣鸟科，体长48厘米，黑白色或烟褐色。以红脚白尾为其特征，具浅、深及中间3种色型。浅色型：体羽多白色，初级飞羽及次级飞羽黑色。深色型：头、背及胸烟褐色，尾白。所有色型均具红脚及粉红色的嘴基。亚成鸟全身烟褐色。虹膜－褐色；嘴－偏灰，嘴基粉红，嘴基裸露皮肤蓝色，嘴下裸露皮肤黑色；脚－亮红色（为识别特征），但所有色型的幼鸟脚均为黄灰色。叫声：于海上无声，仅在巢时发出叫声。分布范围：热带洋面。分布状况：繁殖于西沙群岛，于中国南海为地区性常见种。冬季有时至东南沿海，在香港及台湾东南部的海上有记录。习性：同其他鲣鸟。

上身橄榄脸胸灰，
柔软翔行脚下垂。
暮怯性情昏晚动，
拖长哨响颤音飞。

红脚苦恶鸟

秧鸡科，身长约 28厘米，色暗而腿红。上体全橄榄褐色，脸及胸青灰色，腹部及尾下褐色。幼鸟灰色较少。体羽无横斑。飞行无力，腿下悬。虹膜－红色；嘴－黄绿；脚－洋红。叫声：拖长颤哨音，降调。分布范围：印度次大陆至中国及印度东北部。分布状况：繁殖在多芦苇或多草的沼泽。在中国南方的山区稻田为地区性常见鸟。习性：性羞怯，多在黄昏活动。尾不停地抽动。

臀及腿脚泛棕红，裸露眼周金色呈。
健羽迁徙君最远，诛杀虫害筑丰功。

红脚隼

隼科，体长 30厘米，灰色。臀部棕色。似阿穆尔隼但翼下覆羽及腋羽暗灰而非白色。雌鸟与阿穆尔隼区别甚大，上体偏褐色，头顶棕红，下体具稀疏的黑色纵纹。眼区近黑，颏、眼下斑块及领环偏白。两翼及尾灰色，尾下具横斑。翼下覆羽褐色。幼鸟下体偏白而具粗大纵纹，翼下黑色横斑均匀，眼下的黑色条纹似燕隼。虹膜－褐色；嘴－灰色，蜡膜橙红；脚－橙红。叫声：高音的叫声 ki-ki-ki；也有尖厉的 keewi-keewi声。分布范围：东欧至西伯利亚西部。分布状况：在中国罕见。繁殖在新疆西北部乌伦河谷。习性：同阿穆尔隼。常结群营巢。停于空中振翼。黄昏后有时结群捕食昆虫似燕鸻。

上瓦下白脚橙红，
黄基黑嘴若锥形。
此君生性堪机警，
边叫边飞迅隐踪。

红脚鹬

丘鹬科，体长 28厘米，上体褐灰，下体白色，胸具褐色纵纹。腿橙红色，嘴基半部为红色。比红脚的鹤鹬体型小，矮胖，嘴较短较厚，嘴基红色较多。飞行时腰部白色明显，次级飞羽具明显白色外缘。尾上具黑白色细斑。虹膜－褐色；嘴－基部红色，端黑；脚－橙红色。叫声：多有声响。飞行时发出降调的悦耳哨音 teu hu–hu，在地面时作单音 teyuu。分布范围：繁殖于非洲及古北界；冬季南移远及苏拉威西、东帝汶及澳大利亚。分布状况：常见。习性：喜泥岸、海滩、盐田、干涸的沼泽及鱼塘、近海稻田，偶尔在内陆。通常结小群活动，也与其他水鸟混群。

乔装颈项栗条呈，眼上琼斑夺目明。
嬉戏清涟旋细浪，借机捕猎饱食丰。

红颈瓣蹼鹬

丘鹬科，体长 18厘米，嘴细长，体灰色和白色，常见游泳于海上。头顶及眼周黑色；上体灰，羽轴色深；下体偏白；飞行时深色腰部及翼上的宽白横纹明显。飞行似燕。夏羽色深，喉白，棕色的眼纹至眼后而下延颈部成兜围，肩羽金黄。与滨鹬的区别在嘴细并具黑色眼斑。虹膜－褐色；嘴－黑色；脚－灰色。叫声：单个或重复的 chek声。分布范围：繁殖于全北界；于世界各地的海上越冬。分布状况：罕见过境鸟，在内陆曾有记录，但冬季有时常见于海南岛、台湾和香港的沿海水域及港湾。习性：冬季在海上结大群，食物为浮游生物。甚不惧人，易于接近。有时到陆上的池塘或沿海滩涂取食。

灰褐衣着颈染绯，白白下体并琼眉。
笛音一曲吹柔细，沿海滩涂敏翅飞。

红颈滨鹬

丘鹬科，体长15厘米，灰褐色。腿黑，上体色浅而具纵纹。冬羽：上体灰褐，多具杂斑及纵纹；眉线白；腰的中部及尾深褐；尾侧白；下体白。与长趾滨鹬区别在于灰色较深而羽色单调，腿黑色。春夏季头顶、颈的体羽及翅上覆羽棕色。与小滨鹬区别在嘴较粗厚，腿较短而两翼较长。虹膜－褐色；嘴－黑色；脚－黑色。叫声：细弱的笛音 chit-chit-chit，音比小滨鹬稍粗稍低。分布范围：繁殖于西伯利亚北部；越冬于东南亚至澳大利亚。习性：喜沿海滩涂，结大群活动，性活跃，敏捷行走或奔跑，拣起食物或兴奋时头上下点动或往后一甩。较长趾滨鹬更为滨海鸟。

橘黄两肋腹白瑶，琼色眉纹蓝背娇。
轻唱双音传树野，温湿林里筑家巢。

红肋蓝尾鸲

鹟科，体长 15厘米，喉白色。特征为橘黄色两肋与白色腹部及臀成对比。雄鸟上体蓝色，眉纹白；亚成鸟及雌鸟褐色，尾蓝。雌鸟与雌性蓝歌鸲的区别在喉褐色而具白色中线，而非喉全白，两肋橘黄而非皮黄。亚种 rufilatus的腰、小覆羽及眉纹亮丽海蓝色，喉灰色较重。虹膜－褐色；嘴－黑色；脚－灰色。叫声：叫声为单音或双轻音的 chuck。声轻且弱的 churrr-chee或 dirrh-tu-du-dirrrh。分布范围：繁殖于亚洲东北部及喜马拉雅山脉。冬季迁至中国南方及东南亚。习性：长期栖于湿润山地森林及次生林的林下低处。

绿色着装细尾长，
红环佐领秀情张。
爱食谷物和浆果，
连续嘎嘎刺耳乡。

红领绿鹦鹉

鹦鹉科，体长 38~42厘米，长尾，绿色。嘴红色；尾蓝色，端黄；雄鸟头绿，枕偏蓝，上体深草绿色，下体与上体同色但较浅。颈基部有一条环绕颈后和两侧的粉红色宽带；从颈前向颈侧环绕有半环形黑领带。雌鸟整个头均为绿色。虹膜 – 黄色；嘴 – 红色，蜡膜蓝色；脚 – 偏绿色。主要栖息于山麓开阔的疏林地带以及村庄、农田和乡镇庭园等地区。以植物果实与种子为食，也吃谷物和其他灌木浆果、花朵、花蜜等。沙哑尖叫，嘈杂，特别是早晨和傍晚，常常发出“嘎嘎”的连续叫声。飞行快而有力，有时飞得很高，然后又突然降落到树上。

上身赤褐布横斑，健翅翱翔天地间。
猛将每闻捉兔鼠，高声刺耳嗓音尖。

红隼

隼科，体长33厘米，赤褐色。雄鸟头顶及颈背灰色，尾蓝灰无横斑，上体赤褐略具黑色横斑，下体皮黄而具黑色纵纹。雌鸟体型略大：上体全褐，比雄鸟少赤褐色而多粗横斑。亚成鸟：似雌鸟，但纵纹较重。与黄爪隼区别在尾呈圆形，体型较大，具髭纹，雄鸟背上具点斑，下体纵纹较多，脸颊色浅。虹膜－褐色；嘴－灰而端黑，蜡膜黄色；脚－黄色。叫声：刺耳高叫声 yak-ya-yak-yak-yak。中国有分布。习性：在空中特别优雅，捕食时懒懒地盘旋或斯文不动地停在空中。猛扑猎物，常从地面捕捉猎物。停栖在柱子或枯树上。喜开阔原野。

红栗妆来头颈娇，善潜深水乐逍遥。
飞行迅速走则笨，繁衍芦丛筑爱巢。

红头潜鸭

鸭科，体长 46厘米，外观漂亮的鸭类。栗红色的头部与亮灰色的嘴和黑色的胸部及上背成对比。腰黑色但背及两肋显灰色。近看为白色带黑色蠕虫状细纹。飞行时翼上 的灰色条带与其余较深色部位对比不明显。雌鸟背灰色，头、胸及尾近褐色，眼周皮黄色。虹膜－雄鸟红而雌鸟褐；嘴－灰色而端黑；脚－灰色。叫声：雄鸟发出喘息似的二哨音。雌鸟受惊时发出粗哑的 krrr大叫。分布范围：西欧至中亚，越冬于北非、印度及中国南部。分布状况：繁殖于中国西北，冬季迁至华东及华南。习性：栖于有茂密水生植被的池塘及湖泊。

锈褐背肩头颈绯，
颏须一绺向前飞。
性情孤怯静枝上，
波浪翔行捕猎威。

红头咬鹃

咬鹃科，体长 33厘米，头红色。雄鸟以红色的头部为特征。背部颈圈缺失，红色的胸部上具狭窄的半月形白环。雌鸟与其他雌咬鹃区别在腹部红色，胸部具半月形白环；而与所有雄咬鹃的区别在头黄褐色。虹膜－褐色；眼周裸皮蓝色；嘴－近蓝；脚－偏粉。叫声：重复的圆润 tiaup声，也作 tewirrr的连声。中国有分布。习性：由密林的低树枝上猎取食物。

胸兜头顶暗颜黑，棕色项圈翼尾灰。
常聚小群欢树野，嘶嘶短唱美盈飞。

红头长尾山雀

山雀科，体长 10厘米，活泼优雅。各亚种有别。头顶及颈背棕色，过眼纹宽而黑，颏及喉白且具黑色圆形胸兜，下体白而具不同程度的栗色。亚种 talifuensis及 concinnus的下胸及腹部白色，胸带及两肋浓栗色；前者略显深。亚种 iredalei 下体多皮黄色，胸及两肋沾黄褐，上背及两翼灰色，尾近黑而缘白。幼鸟头顶色浅，喉白，具狭窄的黑色顶纹。虹膜－黄色；嘴－黑色；脚－橘黄。叫声：似银喉长尾山雀。尖细的联络声 psip–psip；低颤鸣声 chrr–trrt–trrt；嘶嘶声 si–si–si–si–li–u及高音啭鸣。中国有分布。常见于海拔 1400~3200米的开阔林、松林及阔叶林。习性：性活泼，结大群，常与其他种类混群。

体型周正淡灰身，尾羽棕红黑眼圈。
常在枝头欢跳跃，诛杀虫害建功垂。

红尾伯劳

伯劳科，体长 20厘米，淡褐色，喉白。成鸟：前额灰，眉纹白，宽宽的眼罩黑色，头顶及上体褐色，下体皮黄。亚种 superciliosus上体多灰色而具灰色顶冠；亚种 lucionensis和 confusus的额偏白。亚成鸟：似成鸟但背及体侧具深褐色细小的鳞状斑纹。黑色眉毛使其有别于虎纹伯劳的亚成鸟。 虹膜 – 褐色；嘴 – 黑色；脚 – 灰黑。 叫声：冬季通常无声。繁殖期发出 cheh–cheh–cheh的叫声及鸣声。中国有分布。一般性常见，高可至海拔 1500米。习性：喜开阔耕地及次生林，包括庭院及人工林。单独栖于灌丛、电线及小树上，捕食飞行中的昆虫或猛扑地面上的昆虫和小动物。

尾棕背褐下白沾，
胸有斑纹一整圈。
碗状巢窝枝草就，
杀除虫害大功专。

红尾鸫

鹟科，体长 25厘米，具明显黑白色图纹。具浅棕色的翼线和棕色的宽阔翼斑。雄鸟（亚种 eunomus）：耳羽及胸上横纹黑色而与白色的喉、眉纹及臀成对比，下腹部黑色而具白色鳞状斑纹。雌鸟褐色及皮黄色较暗淡，斑纹同雄鸟。虹膜－褐色；嘴－上嘴偏黑，下嘴黄色；脚－褐色。叫声：轻柔而甚悦耳的尖细叫声 chuck-chuck或 kwa-kwa-kwa，也有似椋鸟的swic声。告警时发出快速的 kveveg声。分布范围：繁殖于东北亚，迁徙至喜马拉雅山脉、中国。分布状况：迁徙时常见。习性：栖于开阔的多草地带及田野。冬季成大群。也叫斑鸫。

头戴凤冠闪绿光，莹白项链颈间镶。
河湖岸上安偏好，捕获鱼虾饱腹肠。

红胸秋沙鸭

鸭科，体长 53厘米，嘴细长而带钩，捕食鱼类。丝质冠羽长而尖。雄鸟黑白色，两侧多具蠕虫状细纹。与中华秋沙鸭的区别在于胸部棕色，条纹深色；与普通秋沙鸭的区别在于胸色深而冠羽更长。雌鸟及非繁殖期雄鸟色暗而褐，近红色的头部渐变成颈部的灰白色。虹膜－红色；嘴－红色；脚－橘黄色。叫声：相当安静。雄鸟发情时发出多种轻柔而似猫的咪咪叫声。雌鸟发情及飞行时均发出似喘息的叫声。 中国有分布。 黑龙江北部有繁殖；冬季经中国大部地区至中国东南沿海省份包括台湾越冬。习性：同其他秋沙鸭。

眉纹一道玉瑶莹，
大嘴粗钩泛赤红。
圆润双音沙哑派，
松杉林里捕昆虫。

红嘴钩嘴鹛

莺科，体长 23厘米，褐色。眉纹白，红色的嘴粗大。与棕头钩嘴鹛的区别在嘴粗大而少橙红色，白色的眉线上具黑色条带，脸侧较黑。指名亚种顶冠近黑。虹膜－草黄；嘴－红色；脚－褐色。叫声：沙哑的嘟声似灰头钩嘴鹛；也有圆润的双音节上扬哨音。分布范围：喜马拉雅山脉。分布状况：稀少。指名亚种为留鸟于西藏东南部；亚种 orientalis为留鸟于云南东南部及极西部。习性：栖于海拔 900~2000米的山地常绿林。

通体洁白墨顶娇，形红尖嘴大粗标。
鸣声沙哑喘息促，淡水啄食本领高。

红嘴巨鸥

鸥科，体长 49厘米，特征为具形大的红嘴。顶冠夏季黑色，冬季白并具纵纹。初级飞羽腹面黑色。亚成鸟上体具褐色横斑。第一冬鸟似成鸟，但两翼具褐色杂点，顶冠深黑。虹膜－褐色；嘴－红色，嘴尖偏黑；脚－黑色。叫声：沙哑的喘息声 kraaah。繁殖于沿海从渤海至海南及长江上游；北方迁徙鸟及南方留鸟同在华南、东南、台湾及海南岛越冬。习性：喜沿海、湖泊、红树林及河口。

黑头赤嘴体白蓝，
长尾如凰悦众观。
嘈吵啨声常绕耳，
翔姿优美浪波翻。

红嘴蓝鹊

鸦科，体长 68厘米，具长尾，头黑而顶冠白。与黄嘴蓝鹊的区别在嘴猩红，脚红色。腹部及臀白色，尾楔形，外侧尾羽黑色而端白。虹膜－红色；嘴－红色；脚－红色。叫声：发出粗哑刺耳的联络叫声和一系列其他叫声及哨音。中国有分布。常见并广泛分布于林缘地带、灌丛甚至村庄。指名亚种为留鸟于中国中部、西南、华南、东南和海南岛；alticola于云南西北部及西部；brevivexilla从甘肃南部及宁夏南部至山西、河北、内蒙古东南部及辽宁西部。习性：性喧闹，结小群活动。以果实、小型鸟类及卵、昆虫和动物尸体为食，常在地面取食。主动围攻猛禽。

弯嘴细长身色乌，群居展翼抱红足。
可饲玩赏仿人语，下地捉虫舞美实。

红嘴山鸦

鸦科，体长45厘米，黑色。鲜红色的嘴短而下弯，脚红色。亚成鸟似成鸟但嘴较黑。与黄嘴山鸦区别在嘴较短，为红色而非黄色。虹膜－偏红；嘴－红色；脚－红色。 叫声：叫声为粗犷尖厉的 keeach声。 中国有分布。习性：飞行甚敏捷，在热气流上玩耍，滑翔时短宽的两翼及显见的初级飞羽 "翼指 "张开。红嘴山鸦结小群至大群活动，生活于青藏高原及喜马拉雅山脉的中高海拔区、中国东北部较低海拔处的建筑物及农场周围。

朱红小嘴眼圈黄，艳丽风姿赛凤凰。
婉转清歌飘阔野，相思有趣寄妻郎。

红嘴相思鸟

莺科，体长 15.5厘米。具显眼的红嘴。上体橄榄绿，眼周有黄色块斑，下体橙黄。尾近黑而略分叉。翼略黑，红色和黄色的羽缘在歇息时成明显的翼纹。虹膜－褐色；嘴－红色；脚－粉红。叫声：鸣声细柔但甚为单调。中国有分布。指名亚种为留鸟于中国华中及东南；kwantungensis于华南；yunnanensis于云南西部；calipyga于西藏南部及东南部。习性：吵嚷成群栖于次生林的林下植被。鸣声欢快、色彩华美及相互亲热的习性使其常为笼中宠物。休息时常紧靠一起相互舔整羽毛。

飞行健将啸长空，头雁领头呼弟兄。
嘹亮歌声惊四野，归来离去绎春冬。

鸿雁

鸭科，体长 88厘米，颈长，黑且长的嘴与前额成一直线，一道狭窄白线环绕嘴基。上体灰褐但羽缘皮黄。前颈白，头顶及颈背红褐，前颈与后颈有一道明显界线。腿粉红，臀部近白，飞羽黑。与小白额雁及白额雁区别在于嘴为黑色，额及前颈白色较少。虹膜 – 褐色；嘴 – 黑色；脚 – 深橘黄。叫声：飞行时作典型雁叫，升调的拖长音。分布范围：繁殖于蒙古、中国东北及西伯利亚，越冬于中国中部、东部和台湾以及朝鲜。分布状况：全球性易危。习性：成群栖于湖泊，并在附近的草地田野取食。

头顶及额染乳白，玄乌一簇羽须裁。
淡橙下体胸鲜亮，裸骨充饥食性乖。

胡兀鹫

鹰科，体长110厘米，皮黄色。黑色粗大贯眼纹与灰白色的头成对比。下体黄褐，上体褐色具皮黄色纵纹。具髭须，成鸟具红色裸露眼圈。飞行时两翼尖而直与楔形长尾为本种识别特征。虹膜－黄色/红色；嘴－灰色；脚－灰色。叫声：通常不叫。繁殖期发出响亮哨音。分布范围：非洲、南欧、中东、东亚及中亚。分布状况：中国西部及中部山区，高可至海拔7000米。习性：骚扰野羊群及家禽，等着野外动物在悬崖上摔倒受伤或在冬季被冻死，把小型猎物及较大猎物的骨头衔起摔到大岩石上成碎片，然后进食。

覆羽边缘雪线殊，
下身玉素缀珍珠。
鸣声干涩凄笛抑，
分布稀缺保莫忽。

槲鸫

鹟科，体长28厘米，褐色，下体皮黄白而密布黑色点斑。与欧歌鸫的区别在体型较大，上体褐色较浓，外侧尾羽端白，翼下白。覆羽边缘白色。雌鸟似雄鸟。虹膜－褐色；嘴－黑色，基部黄色；脚－粉褐。 叫声：叫声为干涩的颤音 zerrrrr，鸣声为凄凉且抑郁的下降笛音。似乌鸫。分布范围：欧洲及亚洲北部至中亚、西伯利亚中部及中国西部。 分布状况：种群数量稀少。亚种 bonapartei 繁殖于新疆西南部及西北部的天山。 习性：性惧生而谨慎。站姿甚直。觅食于农耕地、开阔地、森林地面及林间。

巨体虎纹形像凶，上翻羽下霞瑶琼。
长空狂啸沉嘶哑，气度不凡猛悍雄。

虎头海雕

鹰科，体长 100厘米，黑色。特征为黄色的嘴特大，翼上覆羽、腰、臀及楔尾均白。亚成鸟深灰褐色，尾近白，边缘灰色，翼上有浅色斑纹。似白尾海雕但黄色的嘴特大。虹膜－褐色；嘴－黄色；脚－黄色。叫声：粗哑吠声 kyow-kyow-kyow，争夺食物或停歇时发出强烈的 kra-kra-kra-kra叫声。中国有分布。种群数量稀少并仍在下降，主要原因为环境污染导致渤海鱼类死亡。冬候鸟。在辽宁及河北曾有记录。习性：冬季成群活动。主食从海面上抓起的鱼类。

翅尾上棕下半琼，
虎纹附体显威风。
丘陵林地餐虫美，
凶猛高歌粗哑声。

虎纹伯劳

伯劳科，体长19厘米，背部棕色。较红尾伯劳明显嘴厚、尾短而眼大。雄鸟：顶冠及颈背灰色；背、两翼及尾浓栗色而多具黑色横斑；过眼线宽且黑；下体白，两肋具褐色横斑。雌鸟似雄鸟但眼先及眉纹色浅。亚成鸟为较暗的褐色，眼纹黑色具模糊的横斑；眉纹色浅；下体皮黄，腹部及两肋的横斑较红尾伯劳为粗。虹膜－褐色；嘴－蓝色，端黑；脚－灰色。叫声：粗哑似喘息的吱吱叫声，如红尾伯劳。繁殖于吉林、河北至华中及华东，冬季南迁。甚常见于高至海拔900米处。习性：典型的伯劳习性，喜在多林地带，通常在林缘突出树枝上捕食昆虫。不如红尾伯劳显眼，多藏身于林中。

背绿尾黑红顶冠，
皮黄胸次羽缘斑。
叫声尖厉渐低抑，
开阔林中觅美餐。

花腹绿啄木鸟

啄木鸟科，体长30厘米，绿色。雄鸟顶冠红色，雌鸟黑色；背绿；腰黄；尾黑；初级飞羽黑色具白色条纹；喉皮黄；胸皮黄而具明显的绿色羽缘花纹；黑色的过眼纹及颊纹杂白；颊蓝灰。虹膜－红色；嘴－黑色；脚－近绿。叫声：尖厉的kweep叫声，渐下抑。分布范围：孟加拉、东南亚至苏门答腊及爪哇。分布状况：亚种eisenhoferi在云南南部(西双版纳)高至海拔 200米的适宜生境内为地方性常见。习性：见于开阔林地及人工林。于地面、倒木或竹林取食。

五彩缤纷水上彰，形神兼备似鸳鸯。
湖泊苇沼结群戏，水草虫螺作美尝。

花脸鸭

鸭科，雄鸟：体长42厘米，头顶色深，纹理分明的亮绿色脸部具特征性黄色月牙形斑块。多斑点的胸部染棕色，两肋具鳞状纹似绿翅鸭。肩羽形长，中心黑而上缘白。翼镜铜绿色，臀部黑色。雌鸟：似白眉鸭及绿翅鸭，但体略大且嘴基有白点；脸侧有白色月牙形斑块。虹膜－褐色；嘴－灰色；脚－灰色。叫声：雄鸟春季发出深沉的wot-wot-wot似笑叫声。雌鸟发出呱呱的低叫声。繁殖于东北亚，越冬于中国、朝鲜及日本。全球性易危。习性：喜结大群并常与其他种混群。取食于水面及稻田。栖于湖泊、河口地带。

玫瑰粉色化头妆，
翠绿衣着蓝尾长。
一曲轻柔沙哑调，
丘陵湿地觅食粮。

花脸鹦鹉

鹦鹉科，体长 30厘米，绿色。尾特长。雄鸟头部玫瑰粉色，枕部淡染紫罗兰色，喉部黑色延伸成狭窄的黑色颈环。翼上有小块的深栗色肩斑，偏蓝色的尾其端部浅黄色，尾不如灰头鹦鹉长。雌鸟头灰，喉无黑色，无颈环。与灰头鹦鹉幼鸟的区别在于嘴的色彩及深栗色的肩斑。虹膜－黄色；嘴－上嘴黄色，下嘴深灰；脚－灰色。叫声：哨音较其他鹦鹉轻柔、不刺耳。分布范围：印度北部及东部、东南亚及中国南部。分布状况：指名亚种为广西南部、广东西部的罕见留鸟。可能在云南南部及西藏东南部也有分布。习性：栖于落叶林、开阔林地及次生丛林。

通体灰装顶短冠，鼻生黛羽素黄兼。
林中活动食浆果，振翼清晰吭唱欢。

花尾榛鸡

雉科，体长 36厘米，具明显冠羽，喉黑而带白色宽边。上体烟灰褐色，蠹斑密布。两翼杂黑褐色；肩羽及翼上覆羽羽缘白色成条带。尾羽近褐，外侧尾羽带黑色次端斑而端白。下体皮黄，羽中部位带棕色及黑色月牙形点斑。两肋具棕色鳞状斑。红色的肉质眉垂不明显。虹膜－深褐；嘴－黑色；脚－角质色。叫声：清晰的 boorr-boorr振翼声。炫耀叫声为拖长的吸吮音 tseeuu-eee tititi。告警时为快速的 pyittittittitt-ett-ett声。分布范围：欧亚区北部、阿尔泰山北部至萨哈林岛。分布状况：常见于中国东北海拔 800~2100米的针叶林区及有森林覆盖的平原地区。习性：模仿其叫声能招引此鸟。多成对活动。雏鸟数日龄就能飞上树。喜近溪流的稠密桦树及桤木缠结处。

画眉

莺科，体长22厘米，棕褐色。特征为白色的眼圈在眼后延伸成狭窄的眉纹。顶冠及颈背有偏黑色纵纹。台湾亚种 taewanus无白色眉纹，灰色较多且纵纹浓重。海南亚种 owstoni具白色眼纹，但下体较淡，较亚种 canorus下体多橄榄色。 虹膜－黄色；嘴－偏黄；脚－偏黄。 叫声：鸣声为悦耳活泼而清晰的哨音，令爱鸟者备加赞美。分布中国华中及东南、台湾、海南岛和印度北部。常见于华中、华南及东南的灌丛及次生林，高可至海拔 1800米。 习性：甚惧生，于腐叶间穿行找食。成对或结小群活动。

环颈鸻

鸻科，全长约16厘米，嘴短的褐色及白色。与金眶鸻的区别在腿黑色，飞行时具白色翼上横纹，尾羽外侧更白。雄鸟胸侧具黑色块斑；雌鸟此斑块为褐色。亚种 dealbatus嘴较长较厚。虹膜－褐色；嘴－黑色；腿－黑色。叫声：重复的轻柔单音节升调叫声 pik。分布范围：美洲、非洲及古北界的南部；南方越冬。习性：单独或成小群进食，常与其余涉禽混群于海滩或近海岸的多沙草地，也于沿海河流及沼泽地活动。

羽色鲜华艳丽娇，领环夺目脸红潮。
飘飘长尾炫多彩，观赏肉食皆妙高。

环颈雉

雉科，雄鸟头部具黑色光泽，有显眼的耳羽簇，宽大的眼周裸皮鲜红色。有些亚种有白色颈圈。身体披金挂彩，满身点缀着发光羽毛，从墨绿色至铜色至金色；两翼灰色，尾长而尖，褐色并带黑色横纹。雌鸟形小(60厘米)而色暗淡，周身密布浅褐色斑纹。被赶时迅速起飞，飞行快，声音大。中国有19个地域型亚种，体羽细部差别甚大。虹膜－黄色；嘴－角质色；脚－略灰。叫声：雄鸟的叫声为爆发性的噼啪两声，紧接着便用力鼓翼。广泛分布在有矮树的开阔地区。过去常见，如今局部地区已降至低水平。习性：雄鸟单独或成小群活动，雌鸟与其雏鸟偶尔与其他鸟合群。栖于不同高度的开阔林地、灌木丛、半荒漠及农耕地。

弯红细嘴若朱鹮，池下塘中觅美餐。
黑色胸纹相墨脸，声迴雪域响铃般。

鹮嘴鹬

鹬科，体长 40厘米，灰、黑及白色。识别特征为腿及嘴红色，嘴长且下弯。一道黑白色的横带将灰色的上胸与其白色的下部隔开。翼下白色，翼上中心具大片白色斑。幼鸟上体具皮黄色鳞状纹，黑色斑纹不甚清楚，腿及嘴近粉色。虹膜－褐色；嘴－绯红；脚－绯红。叫声：重复的响铃般的 Klew–klew声，似沙锥；也有响亮而快速的似中杓鹬的叫声 tee–tee–tee–tee。 分布喜马拉雅山脉及中南亚。罕见地方性留鸟及垂直性迁移的候鸟。 习性：栖于海拔 1700~4400米间多石头、流速快的河流。炫耀时姿势下蹲，头前伸，黑色顶冠的后部耸起。

上背乌棕贯眼黑，棕白下体点珠瑰。
林缘空地君安所，粗哑喘息丛野廻。

荒漠伯劳

伯劳科，雄性成鸟：繁殖期上体灰沙褐色；嘴基至前额淡沙褐色，头顶至上背灰沙褐色，下背至尾上覆羽染以锈色。雌性成鸟：羽色似雄鸟但眼先斑为褐色并杂有淡黄色羽，微有少数黑羽；过眼纹及耳羽均为褐色；初级飞羽基部的白色翅斑不发育，有的只限于内翈，有的内、外翈均不具白色；胸、肋部染以污黄色，在颈侧及胸部隐约可见细微的褐色鳞斑。中国国内分布于黑龙江，内蒙古，甘肃，宁夏，青海以及新疆的荒漠、半荒漠地区。习性：在所食昆虫中，鞘翅目昆虫占 90%以上，其余是蝗虫、蜂、蝇、蛾、蚂蚁、瓢虫、金华虫等。也吃植物种子。

顶枕额头冠羽铅，三级飞羽背黄肩。
苇丛阔水君怀乐，捉捕鱼虾做美餐。

黄斑苇鳽

鹭科，体长 32厘米，皮黄色及黑色。成鸟：顶冠黑色，上体淡黄褐色，下体皮黄，黑色的飞羽与皮黄色的覆羽成强烈对比。亚成鸟似成鸟但褐色较浓，全身满布纵纹，两翼及尾黑色。虹膜 – 黄色；眼周裸露皮肤 – 黄绿色；嘴 – 绿褐色；脚 – 黄绿色。叫声：通常无声。飞行时发出略微刺耳的断续轻声 kakak–kakak。中国有分布。分布状况：常见湿地鸟，繁殖于中国东北至华中及西南、台湾和海南岛。越冬在热带地区。习性：喜河湖港汊地带的河流及水道边的浓密芦苇丛，也喜稻田。

娇小身躯炫彩宣，
下黄上橄亮肩斑。
啾啾韵律清音颤，
跳去跳来矮树间。

黄腹花蜜鸟

太阳鸟科，体长 10厘米，腹部灰白。雄鸟颏及胸金属黑紫色，有绯红及灰色胸带，具艳橙黄色丝质羽的肩斑，上体橄榄绿色，繁殖期后金属紫色缩小至喉中心的狭窄条纹。雌鸟无黑色，上体橄榄绿色，下体黄，通常具浅黄色的眉纹。虹膜－深褐；嘴及脚－黑色。叫声：有韵律的啾啾叫声 cheep-cheep-chee-weet 及以一清晰颤音结尾的短调。分布范围：安达曼群岛及尼科巴群岛、中国南方、东南亚、菲律宾、印度尼西亚至新几内亚及澳大利亚。习性：性吵嚷，结小群在花期的树上或矮丛间跳来跳去。雄鸟有时来回相互追逐。常光顾林园、沿海灌丛及红树林。

黄腹黑胸头点霜，
翅斑玉素布琳琅。
高山林里娇姿美，
物种珍稀护所当。

黄腹山雀

山雀科，体长 10厘米，尾短。下体黄色，翼上具两排白色点斑，嘴甚短。雄鸟头及胸兜黑色，颊斑及颈后点斑白色，上体蓝灰，腰银白。雌鸟头部灰色较重，喉白，与颊斑之间有灰色的下颊纹，眉略具浅色点。幼鸟似雌鸟但色暗，上体多橄榄色。体型较小且无大山雀及绿背山雀胸腹部的黑色纵纹。虹膜－褐色；嘴－近黑；脚－蓝灰。叫声：高调的鼻音 si-si-si-si。鸣声为重复的单音或双音似煤山雀，但较有力。中国东南部的特有种。地区性常见于华南、东南、华中及华东部的落叶混交林，北可至北京；夏季高可至海拔 3000米，冬季较低。习性：结群栖于林区。有间发性的急剧繁殖。

下体额眉尽染黄，长长扇尾玉端镶。
活泼多动翘张尾，甜润高歌悦四方。

黄腹扇尾鹟

鸦科，体长12厘米，扇尾。额、眉纹及下体黄色，眼罩宽，雄鸟黑色，雌鸟深绿色。扇形的尾甚长，尾端白色而有别于黑脸鹟莺。虹膜－褐色；嘴－黑色；脚－黑色。叫声：甜润的高颤音或单个高音鸣叫。分布范围：喜马拉雅山脉至中国西南及印度北部。分布状况：不常见，于西藏南部及东南部、四川南部和云南海拔800~3700米的丘陵及高山林。习性：性活泼多动，扇形尾不停张开或上翘。

下体绿蓝披栗衣，
黄喉一点悦眸奇。
翔姿优雅略波动，
响亮歌声悦耳弥。

黄喉蜂虎

蜂虎科，体长28厘米，色彩亮丽。背部金色显著，喉黄，具狭窄的黑色前领，下体余部蓝色，颈、头顶及枕部栗色。幼鸟中央尾羽无延长，背绿色。虹膜－红色；嘴－黑色；脚－灰色。叫声：悠长的 kruuht叫声反复重复。似红嘴鸥的啼声。分布范围：南欧、北非、中东、中亚及印度次大陆西北部。冬季迁至其分布区南部越冬。分布状况：为天山西部及新疆极北部的罕见鸟。习性：结群优雅地盘桓于开阔原野上空觅食昆虫。振翼极快。

体羽颜形麻雀妆，
颏喉胸腹具鲜黄。
林缘空地安居乐，
清脆鸣音栖处扬。

黄喉鹀

燕雀科，体长15厘米，腹白，头部图纹为清楚的黑色及黄色，具短羽冠。雌鸟似雄鸟但色暗，褐色取代黑色，皮黄色取代黄色。与田鹀的区别在于脸颊清褐色而无黑色边缘，且脸颊后无浅色块斑。亚种 ticehursti较指名亚种色淡而上背纵纹窄；elegantula较指名亚种色深，上背、胸及两肋的纵纹粗且深。虹膜－深栗褐；嘴－近黑；脚－浅灰褐。叫声：鸣声为单调的啾啾声，由树栖处作叫，似田鹀。叫声为重复而似流水的偏高声 tzik。中国有分布。甚常见。习性：栖于丘陵及山脊的干燥落叶林及混交林。越冬在多荫林地、森林及次生灌丛。

黑黑眼罩顶冠蓝，
喉染鲜黄披褐衫。
细弱唧唧传树野，
密林深处觅佳餐。

黄喉噪鹛

莺科，体长 23厘米，顶冠蓝灰色，特征为具黑色的眼罩和鲜黄色的喉。上体褐色，尾端黑色而具白色边缘，腹部及尾下覆羽皮黄色而渐变成白色。思茅亚种色较淡。虹膜－红褐；嘴－黑色；脚－灰色。叫声：细弱的唧唧叫声。分布范围：印度阿萨姆的东北部至缅甸掸邦。于中国东南部及云南南部有两独立群体。分布状况：全球性近危（Collar et al., 1994）。云南的亚种（simaoensis）仅有所存的模式标本。罕见于江西婺源的丘陵地带（courtoisi）。习性：隐匿于亚热带常绿林和浓密灌丛，于地面杂物中取食。

橄褐相兼作背装，腹胸玉润或沾黄。
尖声悦耳重重颤，常伴畜群和沼塘。

黄鹡鸰

麻雀科，体长18厘米，褐色或橄榄色。似灰鹡鸰但背橄榄绿色或橄榄褐色而非灰色，尾较短，飞行时无白色翼纹或黄色腰。虹膜－褐色；嘴－褐色；脚－褐至黑色。叫声：群鸟飞行时发出尖细悦耳的 tsweep声，结尾时略上扬。鸣声为重复的叫声间杂颤鸣声。分布范围：繁殖于欧洲至西伯利亚及阿拉斯加；南迁至印度、中国等地。习性：喜稻田、沼泽边缘及草地。常结成甚大群，在牲口及水牛周围取食。

身披葱绿染黄斑，
两道金纹二翼沾。
沙哑颤鸣清脆复，
多能活跃可笼观。

黄颊山雀

山雀科，体长 14厘米，冠羽显著，头部具黑色及黄色斑纹。体羽余部于亚种 rex为黑、灰及白色，指名亚种上背及下体沾黄。雌鸟：多绿黄色，具两道黄色的翼纹。亚成鸟下体黑色较少。虹膜－褐色；嘴－深灰或黑色；脚－蓝灰。叫声：似大山雀。沙哑的颤鸣；尖叫声 si-si-si；tee cher；tsee-tsee-chi-chi-chi；咴舌音 witch-a-witch-a-witch-a。鸣声为重复的清脆三音节主调 chee-chee-piu。常见于中国西藏南部及云南极西部（spilinotus）和南方省份（rex）的开阔林，高可至海拔 2400米。习性：似大山雀。

脚喉艳艳泛金辉，
橄榄衣衫下著灰。
顿挫抑扬歌悦耳，
无花果树乐宫闱。

黄脚绿鸠

鸠鸽科，体长 33厘米，绿色。脚黄，特征为上胸的黄橄榄色条带延伸至颈后而与灰色下体及狭窄的灰色后领成反差。尾上偏绿，具宽大的深灰色端斑。虹膜－外圈粉红，内圈浅蓝；嘴－灰色，蜡膜绿色；脚－黄色。叫声：一连串圆润悦耳、抑扬顿挫的哨音似橙胸绿鸠，但更响亮而音低。分布范围：印度、斯里兰卡、缅甸。分布状况：亚种 viridifrons为云南西部及南部（西双版纳）的罕见留鸟。由于栖息生境的丧失及滥猎而数量减少。习性：栖于半常绿林及次生林，分布至海拔800米。与其他鸽类及犀鸟栖于结实的无花果树。

环领皮黄眼外白，浓浓冠羽髭纹开。
金铃响处声清脆，吵嚷成群喧闹哉。

黄颈凤鹛

莺科，体长 13厘米，具浓密冠羽的凤鹛。眼圈白，领环皮黄褐色。黑色的髭纹将灰色的头后与白色的喉隔开。上体全褐，胸侧及两肋淡黄褐，脸侧具特征性的白色纵纹。虹膜 – 褐色；嘴 – 上嘴深褐，下嘴浅褐；脚 – 黄褐。叫声：尖细的 swi–swii–swii声及金属般清脆的铃声。群鸟不停地唧啾作叫。鸣声似 twe–tyurwi–tyawi–tyawa。分布范围：喜马拉雅山脉至中国西南，缅甸西部、北部、东部，印度北部。分布状况：不常见的山区留鸟。指名亚种见于西藏南部及东南部；rouxi于云南西南部、南部及东南部。习性：栖于海拔 1500~2285米的常绿林。吵嚷成群。

通身黄泛染黑纹，茂密林梢乐聚群。
大笑螳螂忽后路，居高鼓翼炫歌音。

黄雀

燕雀科，体长11.5厘米，特征为嘴短，翼上具醒目的黑色及黄色条纹。成体雄鸟的顶冠及颏黑色，头侧、腰及尾基部亮黄色。雌鸟色暗而多纵纹，顶冠和颏无黑色。幼鸟似雌鸟但褐色较重，翼斑多橘黄色。与所有其他小型且色彩相似的雀的区别在于嘴形尖直。虹膜－深褐；嘴－偏粉色；脚－近黑。叫声：鸣声为丁当作响的金属音啾叫、颤音及喘息声的混合，于高栖处或在作姿势如蝙蝠的炫耀飞行时发出。典型叫声为细弱的tsuu–ee或干涩的 tet–tet声。告警时也作唧啾叫声及尖声的 tsooeet。中国有分布。甚常见。习性：冬季结大群作波状飞行。觅食似山雀且活泼好动。

头胸腹色亮鲜黄，尾背皆黑玉线妆。
趋目昆虫偏爱捕，颤鸣重复喘息扬。

黄头鹡鸰

麻雀科，体长 18厘米，头及下体艳黄色。诸亚种上体的色彩不一。亚种 citreola背及两翼灰色；werae背部灰色较淡；calcarata背及两翼黑。具两道白色翼斑，雌鸟头顶及脸颊灰色。与黄鹡鸰的区别在于背灰色。亚成鸟暗淡白色取代成鸟的黄色。虹膜－深褐色；嘴－黑色；脚－近黑。叫声：喘息声 tsweep，不如灰鹡鸰或黄鹡鸰的沙哑。从栖处或于飞行时鸣叫，为重复而有颤鸣叫声。分布范围：繁殖于中东北部、俄罗斯、中亚、印度西北部、中国北方；越冬至印度及中国南方和东南亚。习性：喜沼泽草甸、苔原带及柳树丛。

棕色衣裳缀墨玲，
娇娇耳簇佐黄睛。
沉深细嗓如猫叫，
物种濒危保莫松。

黄腿渔鸮

鸱鸮科，全长约 60厘米，上体橙棕色，具宽阔的黑褐色羽干纹；丙翼黑褐色，具橙棕色横斑，飞羽和大覆羽末端棕白色；尾羽黑褐色，具不规则的橙棕色横斑。面盘橙棕色，眉斑及盘缘白色，耳羽有橙色羽干。喉部羽基白色，形成一大块白斑，下体余部橙棕色，具黑褐色羽干纹。虹膜黄色，嘴角黑色，跗跖上半部被以绒状羽，其裸出部分和趾黄色，爪角黑色，爪下具缺刻缘，适于捕鱼。生活习性：栖于山林，常到溪流边捕食，嗜食鱼类，也吃蟹、蛙、蜥蜴和雉类。昼夜活动，白天也能捕食，常在枝叶茂密的大树上停息，直到黄昏才活跃起来，受到惊扰时不轻易飞走，能发出深沉的呼呼声，或“mi–mi”的猫叫声。

颈背乌黑并顶冠，臀黄耳褐玉喉宣。
声声沙哑轻欢哨，羞怯性情栖木巅。

黄臀鹎

鹎科，体长 20厘米，灰褐色。顶冠及颈背黑色。与白喉红臀鹎的区别在于耳羽褐色，胸带灰褐，尾端无白色。与白头鹎的区别在于耳羽褐色，翼上无黄色，尾下覆羽黄色较重。亚种 andersoni几无褐色胸带。虹膜 – 褐色；嘴 – 黑色；脚 – 黑色。叫声：沙哑的 brzzp声。分布范围：中国南方、缅甸及印度北部。分布状况：甚常见于海拔 800~4300米。指名亚种于四川西部、云南西部、南部及西藏东南部有记录。亚种 andersoni于华中、华东及华南。习性：典型的群栖型鹎鸟，栖于丘陵次生荆棘丛及蕨类植丛。

领背深棕喉脸苍，
横白翼角领环黄。
高音缓慢鸣金属，
芦苇棘丛育子郎。

黄胸鹀

燕雀科，体长 15厘米，色彩鲜亮。繁殖期雄鸟顶冠及颈背栗色，脸及喉黑，黄色的领环与黄色的胸腹部间隔有栗色胸带，翼角有显著的白色横纹。虹膜－深栗褐；嘴－上嘴灰色，下嘴粉褐；脚－淡褐。叫声：于突出的栖处鸣唱，鸣声为 djiiii–djiiii weee–weee ziii–ziii，较圃鹀缓慢而音高，且变调多为上升音调。叫声为短促而响亮的金属音 tic。中国有分布。习性：栖于大面积的稻田、芦苇地或高草丛及湿润的荆棘丛。冬季结成大群并常与其他种类混群。

颈背金黄面色乌，
眉纹翅羽褐颜涂，
营巢梨状毒蜂共，
合唱轻柔哨响殊。

黄胸织布鸟

麻雀科，体长15厘米，顶冠金色的织布鸟。繁殖期雄鸟：顶冠及颈背金黄色，脸黑，下体皮黄，上体深灰褐，羽缘色浅。雌鸟：头无黄色及黑色斑纹，眉纹及胸茶黄褐色。虹膜－褐色；嘴－黑灰至褐色；脚－浅褐。叫声：不停地沙哑吱叫 chit-chit-chit。雄鸟合唱的鸣声为轻柔的 chit-chit-chit接高而喘息哨音 chee-ee-ee。中国有分布。地方性常见于低地及丘陵，高可至海拔 1000米。亚种 burmanicus为留鸟于云南西部及南部。香港的鸟群可能是出逃之鸟。习性：于开阔地区以公有的营巢树为中心营建起庞大的社会性巢群。习性似纹胸织布鸟 。

腹部深灰胸亮红，乌黑两翼尾青灵。
轻柔明快歌声美，常顾林缘喜刺桐。

黄腰太阳鸟

太阳鸟科，体长 13厘米，包括尾长的亮红色 (仅雄鸟)太阳鸟。腹部深灰。雌鸟暗橄榄绿色，两翼和尾不沾红色。亚种 tonkinensis及owstoni的中央尾羽无延长。虹膜－色深；嘴－近黑；脚－偏蓝。叫声：轻柔的 seeseep–seeseep。3~6个清晰音节的轻快鸣声 tsip–it–tsip–it–sit。中国南方有分布。常见的低地留鸟，高可至海拔 900米。习性：单独或成对光顾种植园及森林边缘的刺桐 (Erythrina)丛及类似的花期树木。

嘴基金霞爪颜黄，灰褐间躯颈项霜。
阔野林缘虫果腹，性情活跃叫尖扬。

黄爪隼

隼科，体长约30.5厘米，红褐色。雄鸟头灰色，上体赤褐而无斑纹，腰及尾蓝灰。下体淡棕色，颏及臀白。胸具稀疏黑点。尾近端处有黑色横带，端白。雌鸟红褐色较重，上体具横斑及点斑，下体具深色纵纹。虹膜－褐色；嘴－灰色，端黑，蜡膜黄色；脚－黄色。叫声：高叫声似红隼但较快，似 kikikiki也作粗喘气声 chay–chay–chay。幼鸟尖叫如红隼。中国北方有分布。分布状况：全球性易危。为不常见季候鸟。习性：于悬崖峭壁结群营巢。主要以昆虫为食。较红隼少停在空中鼓翼，振翼甚快。迁徙时结大群。

玉润一身冠羽飘，
基黄黑嘴领风骚。
受惊才有呱呱叫，
世界濒危保必高。

黄嘴白鹭

鹭科，体长 68厘米，白色。腿偏绿色，嘴黑而下颚基部黄色。冬季与白鹭区别在于体型略大，腿色不同；与岩鹭的浅色型的区别在于腿较长，嘴色较暗。成繁殖羽时嘴黄色，腿黑色。繁殖期脸部裸露皮肤蓝色。虹膜－黄褐；嘴－黑色，下基部黄色；脚－黄绿至蓝绿色。叫声：通常无声。受惊时发出低音的呱呱叫声。分布范围：全球性濒危。繁殖于朝鲜西部沿海岛屿及中国东部岛屿。越冬主要在菲律宾，极少至婆罗洲及马来半岛。习性：似白鹭，不停地在浅水中追逐猎物。

褐身娇小粉红腰，颈背纵纹妆墨条。
沙哑鼻音啾颤美，乐栖林地喜群嘈。

黄嘴朱顶雀

燕雀科，体长 13厘米，褐色具纵纹，腰粉红或近白。与其他朱顶雀的区别在于头顶无红色点斑，体羽色深而多褐色，尾较长，叫声也不同。与赤胸朱顶雀的区别在于嘴黄且小，头褐色较浓，颈背及上背多纵纹，翼上及尾基部的白色较少。叫声：飞行叫声为带鼻音的啾啾声，似赤胸朱顶雀但较沙哑。亚种 rufostigata有特殊的 ditoo, didoowit声及假嗓的 twayee。鸣声为叫声的延伸及唧啾颤音。分布范围：欧洲及中亚、青藏高原、喜马拉雅山脉西部及中部至中国中部。习性：垂直迁移的候鸟。夏季栖于开阔山地、泥淖地及有林间空地的针叶林及混交林，高可至海拔 4850米。飞行快速而有起伏但不颠簸。取食多在地面，结群而栖。

上体沙灰下体白，
娇娇纯色小身材。
颤鸣悦耳音多变，
尾动歙合彰影乖。

灰白喉林莺

莺科，体长 13厘米，纯色。上体清沙灰色，喉及下体白，尾缘白色。与白喉林莺的区别在于体羽灰色较淡，无近黑色的耳羽且嘴较小。与漠地林莺的区别在于体羽灰色而非棕褐色，且尾上覆羽灰色。虹膜－褐色；嘴－黑色；脚－灰褐。叫声：悦耳多变的颤鸣，缺少白喉林莺的嘟声。叫声为沙哑的颤鸣，喊喳声或 tit–titic。分布范围：库尔德斯坦至中国西北；越冬至巴基斯坦及印度西北部。分布状况：地方性常见的季候鸟。指名亚种繁殖于新疆西部天山；亚种 margelanica繁殖于从新疆东部至宁夏。习性：较其他林莺活跃。尾常抽动。

后颈黑白半领圈，多灰装扮脚红颜。
三声响亮传八面，温顺常栖电线杆。

灰斑鸠

鸠鸽科，体长32厘米，褐灰色。明显特征为后颈具黑白色半领圈。较山斑鸠以及体小得多的粉色火斑鸠，其色浅而多灰。虹膜–褐色；嘴–灰色；脚–粉红。叫声：响亮的三音节coo–cooh–coo声，重音在第二音节。分布范围：欧洲至土耳其斯坦、缅甸及中国。分布状况：相当常见，尤其在分布区北部。亚种stoliczkae于新疆喀什及天山地区；指名亚种由华北、四川至印度；xanthocyclus为偶然迷鸟出现在安徽、福州及云南。习性：相当温顺。栖于农田及村庄。停栖于房子、电杆及电线上。

上羽灰白尾霞银，性情凶猛猎虫身。
喘息粗哑模他鸟，雪域高原乐寄欣。

灰背伯劳

伯劳科，体长25厘米，尾长。似棕背伯劳但区别在上体深灰色，仅腰及尾上覆羽具狭窄的棕色带。初级飞羽的白色斑块小或无。虹膜－褐色；嘴－绿色；脚－绿色。叫声：粗哑喘息叫声并模仿其他鸟的叫声。分布范围：喜马拉雅山脉至中国的南部及西部；越冬至东南亚。分布状况：在西藏及中国西部。替代棕背伯劳，于华中两者有些重叠。地方性常见于喜马拉雅山脉高可至海拔 4500米的灌丛、开阔地区及耕地。习性：习性及叫声均似棕背伯劳。甚不惧人。

大部洁白背黛灰，嘴黄腿粉溢鲜瑰。
沙滩海岸集群动，捉捕鱼螺作美炊。

灰背鸥

鸥科，体长61厘米，背部深灰色。腿粉红色，嘴黄色上具红点。似银鸥的复合体但上体灰色更深，腿更显粉红。白色月牙形肩带较宽。冬季成鸟头后及颈部具褐色纵纹。第一冬鸟比多数银鸥色深，尾完全深褐。虹膜－黄色；嘴－黄色，上具红点；脚－深粉色。叫声：似银鸥。分布范围：繁殖于西伯利亚东部沿海及日本北部。分布广及太平洋西北部。越冬在日本及朝鲜沿海。分布状况：冬季甚常见于沿海地区，见于中国哈尔滨附近及旅顺、河北（北戴河）、山东（威海及烟台）、福建、广东、香港、海南岛和云南（石屏）。习性：典型的大洋鸥特性。

棕胸灰背细纹缠，
后颈绕匝棕领圈。
有道其名鸽子虎，
叫声刺耳厉尖传。

灰背隼

隼科，体长 30厘米，结构紧凑。无髭纹。雄鸟头顶及上体蓝灰，略带黑色纵纹；尾蓝灰，具黑色次端斑，端白；下体黄褐并多具黑色纵纹，颈背棕色；眉纹白。雌鸟及亚成鸟上体灰褐，腰灰，眉纹及喉白色，下体偏白而胸及腹部多深褐色斑纹，尾具近白色横斑。飞行侧影如微缩的游隼。虹膜－褐色；嘴－灰色，蜡膜黄色；脚－黄色。叫声：告警时发出一连串快速上升的尖厉刺耳叫声。幼鸟乞食声为 yeee-yeee。分布范围：全北界；越冬南迁。分布状况：不常见季候鸟。习性：栖于酸沼地及开阔草地。飞掠地面捕捉小型鸟类。

背顶灰装胸布鳞，长长燕尾点琼纯。
敲击金属尖而亮，常立溪流乐密林。

灰背燕尾

鹟科，体长 23厘米，黑白色。与其他燕尾的区别在于头顶及背灰色。幼鸟头顶及背青石深褐色，胸部具鳞状斑纹。虹膜－褐色；嘴－黑色；脚－粉红。叫声：高而尖的金属声 teenk。分布范围：喜马拉雅山脉至中国南方及印度支那。分布状况：常见于西藏东南部、四川、云南、贵州、广西、广东、湖南及福建海拔 400~1800米的山林溪流。习性：似其他燕尾。常立于林间多砾石的溪流旁。

橄榄衣装绣眼睛，
腹间一道泛黄莹。
轻柔高调敲金属，
群鸟叽喳叫不停。

灰腹绣眼鸟

绣眼鸟科，体长11厘米，橄榄绿色。似暗绿绣眼鸟，但区别为沿腹中心向下具一道狭窄的柠檬黄色斑纹，眼先及眼区黑色，白色的眼圈较窄。虹膜－黄褐；嘴－黑色；脚－橄榄灰。叫声：轻柔的高音嘁喳叫声 dzi-da-da或重复金属声 dza-dza。群鸟嘁喳叫个不停。分布范围：印度至中国南方、东南亚及巽他群岛。分布状况：亚种 siamensis为常见留鸟，见于西藏东南部及四川南部至广西西南部高至海拔1400米的低地及丘陵。亚种 joannae在中国西部有记录但状况不详。随季节迁移。习性：喜原始林及次生植被。形成大群，与其他鸟类如山椒鸟等随意混群，在最高树木的顶层活动。

灰鹤

鹤科，体长 125厘米，灰色。前顶冠黑色，中心红色，头及颈深青灰色。自眼后有一道宽的白色条纹伸至颈背。体羽余部灰色，背部及长而密的三级飞羽略沾褐色。虹膜－褐色；嘴－污绿色，嘴端偏黄；脚－黑色。叫声：配偶的二重唱为清亮持久的 Kaw-Kaw-Kaw号角声。迁徙时成大群，发出的号角声如 krraw。分布范围：古北界。分布状况：繁殖于中国的东北及西北。冬季南移至中国南部及印度支那。喜湿地、沼泽地及浅湖。越来越稀少。习性：迁徙时停歇和取食于农耕地。作高跳跃的求偶舞姿。飞行时颈伸直，呈“V”字编队。

大头短嘴体型康，褐氅麻纹斑玉卷。
哀婉三声音调混，滩涂健涉捕虾尝。

灰斑鸻

鸻科，体长28厘米，嘴短厚，体型较金斑鸻大，头及嘴较大，上体褐灰，下体近白，飞行时翼纹和腰部偏白，黑色的腋羽于白色的下翼基部成黑色块斑。繁殖期雄鸟下体黑色似金斑鸻，但上体多银灰色，尾下白色。虹膜－褐色；嘴－黑色；腿－灰色。叫声：哀伤的三音节哨音 chee-woo-ee，不甚清晰，音调各有升降。分布范围：繁殖于全北界北部；越冬于热带及亚热带沿海地带。分布状况：迁徙途经中国东北、华东及华中。常见冬候鸟于华南、海南岛、台湾和长江下游的沿海及河口地带。习性：以小群在潮间带沿海滩涂及沙滩取食。

大体丹红橄榄腰，灰喉顶尾墨深描。
飛行姿态堪优美，鸣叫咻咻尖细嘹。

灰喉山椒鸟

山椒鸟科，体长 17厘米，红或黄色。红色雄鸟与其他山椒鸟的区别在于喉及耳羽暗深灰色。黄色雌鸟与其他山椒鸟的区别在于额、耳羽及喉少黄色。亚种 montpelieri的雄鸟上背暗橄榄色，腰橄榄黄色，尾覆羽红色。 虹膜－深褐；嘴及脚－黑色。 叫声：轻柔而略似喘息声的 tsee-sip。 分布喜马拉雅山脉、中国南方、东南亚至大巽他群岛。亚种 griseogularis为常见留鸟，见于中国东南及华南、台湾；montpelieri于云南北部及西北部；指名亚种于西藏东南部及云南南部。一般见于海拔 1200~2000米的山区森林。 习性：同其他山椒鸟。

强健嘴形曲喙峰，全身羽色法兰星。
构巢精巧浅杯状，虫害遇君定灭生。

灰卷尾

鸦科，体长28厘米，灰色。脸偏白，尾长而深开叉。各亚种色度不同。虹膜－橙红；嘴－灰黑；脚－黑色。叫声：清晰嘹亮的鸣声 huur-uur-cheluu或 wee-peet, wee-peet。另有咪咪叫声及模仿其他鸟的叫声，据称有时在夜里作叫。分布范围：阿富汗至中国、东南亚、巴拉望岛及大巽他群岛。分布状况：常见留鸟及季候鸟，分布在海拔 600~2500米的丘陵和山区开阔林地及林缘，但在云南可高至近 4000米。习性：成对活动，立于林间空地的裸露树枝或藤条，捕食过往昆虫，攀高捕捉飞蛾或俯冲捕捉飞行中的猎物。

全身黑褐点横斑，背膀尾毛妆眼环。
孔雀之形名有故，鸣声光贵四方传。

灰孔雀雉

雉科，雄鸟体长 50~67厘米；雌鸟体长 33~52厘米。雄鸟头上有蓬松而延长的发状冠羽，上面杂有细小的黑白相间的斑点；在颈后边还披有乌褐色的翎领，具棕白色横斑；通体为乌褐色，各羽上布满了棕白色细点和横斑，上体的棕白色点状斑，由前向后逐渐扩大，两翼内侧各羽的近端部有一个金属蓝紫色眼状斑，外边还围以狭窄的黑褐色圆圈及较宽阔的白圈，极为醒目，下体横斑较多；颏、喉白色；尾羽在靠近末端处有成对的紫绿色眼状斑，有点近似孔雀的尾屏。叫声宏亮、高昂，似“guanggui——guanggui（光贵）”，傣语称之为“诺光贵”，是因为“诺”是傣语中“鸟”的意思。雄鸟占域叫声为响亮的 trew-tree爆破音。雌鸟告警时发出响亮的 ga-ga声或作快速的 ok-kok-kok-kok叫。

下体黄棕上暗蓝，
眼先头尾化妆玄。
混交林里觅虫饱，
娇小怡眸玩得欢。

灰蓝姬鹟

鹟科，体长 13厘米，青石蓝色，下体近白，尾黑，外侧基部白，头侧及喉深灰并延至胸侧。雄鸟喉部具三角形橄榄色块斑。虹膜－褐色；嘴－黑色；脚－黑色。叫声：告警叫声为 ee-tick；也作快速的 ee-tick-tick-tick-tick。中国南方有分布。习性：多栖于林下灌丛，冬季栖于针叶林。两翼下悬，尾不停抽动。

宝石蓝背腹白莹，
体态丰腴玉韵凝。
吵闹活泼鸣句短，
专杀虫害益林农。

灰蓝山雀

山雀科，体长13厘米，偏白色。尾略长，身体图纹似青山雀，且能与之混交，但头和下体白色，体纹灰色与紫蓝色。翼斑、次级飞羽的宽阔羽端以及尾缘白色。幼鸟下体可沾浅黄。与相似的黄胸山雀的区别在于缺少胸部对比的黄色。虹膜－深褐；嘴－深蓝灰；脚－深灰。叫声：联络叫声为含糊的 tsirrup声，鼻音 tsee-tsee-dze-dze，告警叫声似责骂声 chr-r-r-r-rit。鸣声多变，包括颤音及“tea-cher”短句。中国北方有分布。习性：性活泼吵嚷，结群藏匿于柳树丛、矮小植被及果园的矮树和低丛。

着装大体染灰棕，臀羽横纹点玉琮。
单调吱吱开亮嗓，群栖原野饱农耕。

灰椋鸟

椋鸟科，体长 24厘米，棕灰色椋鸟。头黑，头侧具白色纵纹，臀、外侧尾羽羽端及次级飞羽狭窄横纹白色。雌鸟色浅而暗。虹膜－偏红；嘴－黄色，尖端黑色；脚－暗橘黄。叫声：单调的吱吱叫声chir-chir-chay-cheet-cheet。分布范围：西伯利亚、中国、日本、越南北部及缅甸北部、菲律宾。分布状况：繁殖于中国北部及东北，冬季迁徙经中国南部。常见于有稀疏树木的开阔郊野及农田。习性：群栖性，取食于农田，在远东地区取代紫翅椋鸟。俗名：杜丽雀 、高粱头、管莲子、假画眉、竹雀。

林原田野小精灵，哀怨笛音细哨鸣。
消灭虫害真匠手，编织杯舍育儿生。

灰林䳭

鹟科，体长 15厘米，偏灰色。雄鸟：特征为上体灰色斑驳，醒目的白色眉纹及黑色脸罩与白色的颏及喉成对比；下体近白，烟灰色胸带及至两肋；翼及尾黑色；飞羽及外侧尾羽羽缘灰色，内覆羽白色（飞行时可见）；停息时背羽有褐色缘饰；旧羽灰色重。雌鸟似雄鸟，但褐色取代灰色，腰栗褐。幼鸟似雌鸟，但下体褐色具鳞状斑纹。虹膜－深褐；嘴－灰色；脚－黑色。叫声：上扬的 prrei声；告警叫为轻声的 churr 接哀怨的管笛音 hew。鸣声为短促细弱的颤音，以洪亮哨音收尾。中国有分布。甚常见。习性：喜开阔灌丛及耕地，在同一地点长时间停栖。尾摆动。在地面或于飞行中捕捉昆虫。

条纹头染具灰黑，
暖褐下身摇韵瑰。
吟唱唧啾舌卷速，
丘陵沟壑展欢眉。

灰眉岩鹀

燕雀科，体长 16厘米，头具灰色及黑色条纹，下体暖褐色。雌鸟似雄鸟但色暗。与戈氏岩鹀的区别在于头部条纹黑色而非褐色，且头部的灰色甚显白。亚种 stracheyi较小，下体色深，腰棕色较深。亚种 stracheyi及 par均具皮黄色的翼斑。虹膜－深红褐；嘴－灰色，嘴端近黑，下嘴基黄或粉色；脚－橙褐。叫声：鸣声甚悠长，加速成清晰的啾啾短句声似鹡鸰或芦鹀。叫声为尖而拖长的 tsii；告警时加长并重复。其他叫声包括短促的 tiip，唧啾声及卷舌音 trrr。分布范围：西北非、南欧至中亚和喜马拉雅山脉。习性：喜干燥少植被的多岩丘陵山坡及沟壑深谷，冬季移至开阔多矮丛的栖息生境。

体羽灰黑佐玉白，眼先黛墨顶琼骸。
飞行颤唱敲金属，木野捉食乐忘怀。

灰山椒鸟

鸦科，体长 20厘米，体羽黑、灰及白色。与小灰山椒鸟的区别在于眼先黑色。与鹃鵙的区别在于下体白色，腰灰。雄鸟：顶冠、过眼纹及飞羽黑色，上体余部灰色，下体白。雌鸟色浅而多灰色。虹膜－褐色；嘴及脚－黑色。叫声：飞行时发出金属般颤音。分布范围：东北亚及中国东部。冬季往南至东南亚、菲律宾及大巽他群岛。分布状况：指名亚种繁殖于黑龙江的小兴安岭，于台湾可能也有繁殖。迁徙时见于中国华东及华南。罕见于高至海拔 900米的落叶林地及林缘。习性：在树层中捕食昆虫。飞行时不如其他色彩艳丽的山椒鸟易见。可形成多至 15只鸟的小群。俗名：宾灰燕儿、呆鸟 、十字鸟。

灰褐衣着颈背锡，逍遥树上乐难疲。
琼斑两翅玉妆肋，跳跃枝间尖叫啼。

灰树鹊

鸦科，体长 38厘米，褐灰色。颈背灰色，具甚长的楔形尾。下体灰色，臀棕色；上背褐色；尾黑，或黑而中央尾羽灰；腰及下背浅灰或白，两翼黑色，初级飞羽基部具白色斑块。虹膜－红褐色；嘴－黑色，嘴基灰色；脚－深灰色。叫声：粗犷的金属般铿锵声 klok-kli-klok-klikli。也作粗哑乐音，告警时叽喳作叫。常成对或成小群活动。树栖性，多栖于高大乔木顶枝上，喜不停地在树枝间跳跃，或从一棵树飞到另一棵树，喜鸣叫，叫声尖厉而喧闹。主要以浆果、坚果等植物果实与种子为食，也吃昆虫等动物性食物。习性：性怯懦而吵嚷，立于低处等待猎物，于地面或树叶间捕食，常在树冠的中上层穿行跳跃。有时吵闹成群或与其他种类混群活动。

灰背鸫

鹟科，体长 24厘米，灰色。两肋棕色。雄鸟：上体全灰，喉灰或偏白，胸灰，腹中心及尾下覆羽白，两肋及翼下橘黄。雌鸟：上体褐色较重，喉及胸白，胸侧及两肋具黑色点斑。与雌鸟灰鸫的区别在于上体灰色较重，嘴黄；与雌黑胸鸫的区别在胸较白。虹膜－褐色；嘴－黄色；脚－肉色。叫声：优美悦耳的鸣声。告警时发出轻笑声及似喘息的 chuck-chuck声。分布范围：繁殖于西伯利亚东部及中国东北，越冬至中国南方。甚常见。繁殖于中国东北大部包括黑龙江北部。迁徙经中国东部的大多数地区，越冬于长江以南。偶见于海南岛及台湾。习性：在林地及公园的腐叶间跳动。甚惧生。

厚实体态嘴弯钩，黑尾黄胸灰色头。
树顶高原寻快乐，三声哨响细柔柔。

灰头灰雀

燕雀科，体长 17厘米，灰雀嘴厚略带钩。似其他灰雀但成鸟的头灰色。雄鸟胸及腹部深橘黄色。雌鸟下体及上背暖褐色，背有黑色条带。幼鸟似雌鸟但整个头全褐色，仅有极细小的黑色眼罩。飞行时白色的腰及灰白色的翼斑明显可见。虹膜－深褐；嘴－近黑；脚－粉褐。叫声：叫声为缓慢的 soo-ee似灰腹灰雀。分布范围：喜马拉雅山脉至中国中部及台湾。分布状况：地区性常见于海拔 2500~4100米。习性：栖于亚高山针叶林及混交林。冬季结小群生活。甚不惧人。

通身近绿翠葱鲜，额顶红霞一抹丹。
栖隐山林情胆怯，育期洪亮叫声欢。

灰头绿啄木鸟

啄木鸟科，全长27厘米，绿色。识别特征为下体全灰，颊及喉亦灰。雄鸟前顶冠猩红，眼先及狭窄颊纹黑色。枕及尾黑色。雌鸟顶冠灰色而无红斑。嘴相对短而钝。虹膜－红褐；嘴－近灰；脚－蓝灰。叫声：似绿啄木鸟的朗声大叫但声较轻细，尾音稍缓。告警叫声为焦虑不安地重复kya声。常有响亮、快速，持续至少1秒的錾木声。分布范围：欧亚大陆、印度、中国、东南亚及苏门答腊。分布状况：并不常见，但广泛分布于各类林地甚或城市园林。习性：怯生谨慎。常活动于小片林地及林缘，亦见于大片林地。有时下至地面寻食蚂蚁。

一片灰颜几点黄，五描炭墨映白方。
河池田野成群起，追斩虫儿无处藏。

灰头麦鸡

鸻科，体长35厘米，黑、白及灰色。头及胸灰色；上背及背褐色；翼尖、胸带及尾部横斑黑色，翼后余部、腰、尾及腹部白色。亚成鸟似成鸟但褐色较浓而无黑色胸带。虹膜－褐色；嘴－黄色，端黑；脚－黄色。叫声：告警时叫声为响而哀的 chee-it，chee-it声，飞行时作尖声的 kik。中国有分布。全球性近危。繁殖于东北各省至江苏和福建；迁徙经华东及华中，越冬于云南及广东，偶见于台湾。通常不常见。习性：栖于近水的开阔地带、河滩、稻田及沼泽。

灰喉颈背眼颏重，
上体余茶布纵纹。
连串活泼清脆唱，
栖息苇荡与丛林。

灰头鹀

燕雀科，体长 14厘米，黑色及黄色。指名亚种繁殖期雄鸟的头、颈背及喉灰，眼先及颏黑；上体余部浓栗色而具明显的黑色纵纹；下体浅黄或近白；肩部具一白斑，尾色深而带白色边缘。雌鸟及冬季雄鸟头橄榄色，过眼纹及耳覆羽下的月牙形斑纹黄色。冬季雄鸟与硫黄鹀的区别在于无黑色眼先。虹膜－深栗褐；嘴－上嘴近黑并具浅色边缘，下嘴偏粉色且嘴端深色；脚－粉褐。叫声：由显露的栖处作叫，鸣声为一连串活泼清脆的吱吱声及颤音，似芦鹀。叫声为轻嘶声 tsii–tsii。分布范围：繁殖于西伯利亚、日本、中国东北及中西部，越冬至中国南方。习性：不断地弹尾以显露外侧尾羽的白色羽缘。越冬于芦苇地、灌丛及林缘。

颜颊镶玉墨颜妆，小嘴短粗蜡样黄。
吵闹成群竹灌下，昆虫种子尽当粮。

灰头鸦雀

莺科，体长18厘米，褐色。特征为头灰色，嘴橘黄。头侧有黑色长条纹，喉中心黑色。下体余部白色。虹膜－红褐；嘴－橘黄；脚－灰色。叫声：单声jieu或约四声的快速清脆叫声chiu-chiu-chiu-chiu，带沙哑的吱叫声。分布范围：锡金至中国南方及东南亚。 分布状况：常见留鸟，指名亚种应见于西藏东南部；fokiensis于长江以南及四川；hainanus于海南岛。习性：于海拔450~1850米，栖于低地森林的树冠层、林下植被、竹林及灌丛。吵嚷成群。

小巧玲珑麻雀身，腹胸两肋褐灰纹。
前额翅尾霞白雪，响亮嘹歌任放音。

灰纹鹟

鹟科，体长14厘米，眼圈白，下体白，胸及两肋满布深灰色纵纹。额具一狭窄的白色横带，并具狭窄的白色翼斑。翼长，几至尾端。较乌鹟而无半颈环，较斑鹟体小且胸部多纵纹。虹膜褐色；嘴黑色；脚黑色。叫声据称是响亮悦耳，性惧生，栖于密林、开阔森林及林缘，甚至在城市公园的溪流附近。繁殖于中国极东北部的落叶林，但迁徙经华东、华中及华南和台湾。

黑头灰体尾翮蓝，种子昆虫尽可餐。
保护田林生物好，著名益鸟誉人寰。

灰喜鹊

鸦科，体长 35厘米，灰色。顶冠、耳羽及后枕黑色，两翼天蓝色，尾长并呈蓝色。虹膜－褐色；嘴－黑色；脚－黑色。叫声：叫声为粗哑高声的 zhruee或清晰的 kwee声。中国有分布。常见且广泛分布于中国华东及东北。习性：性吵嚷，结群栖于开阔松林及阔叶林、公园甚至城镇。飞行时振翼快，作长距离的无声滑翔。在树上、地面及树干上取食，食物为果实、昆虫及动物尸体。

耳羽灰白头顶棕，
眼先眼后细纹崇。
叽喳甜美连声唱，
生性活泼闹树丛。

灰肋噪鹛

莺科，体长 24厘米，棕褐色。下体白；耳羽灰白；头顶棕褐；眼先及眼后细纹黑色，眼周裸露皮肤偏蓝色；两肋灰色。虹膜－棕色；嘴－深角质色；脚－灰色。叫声：唧唧喳喳，多变的甜美叫声及不连贯告警叫；响亮的 oh dear-dear声。分布范围：喜马拉雅山脉东段至中国西南及西藏东南部、缅甸北部。分布状况：偶见于西藏东南部 (caerulatus)，罕见于云南怒江－澜沧江分水岭 (latifrons)海拔 1500~2700米。习性：性活泼，栖于林下竹丛及山地灌丛。

凸形长尾玉灰兼，褐色妆身扮素衫。
尖响鸣声升速止，次生林下喜干原。

灰胸山鹪莺

扇尾莺科，体长 12厘米，灰褐色。具略长的凸形尾。繁殖期成鸟：上体偏灰，飞羽的棕色边缘形成翼上的褐色镶嵌型斑纹；下体白，具明显的灰色胸带。非繁殖期的成鸟及幼鸟难与非繁殖期的暗冕鹪莺相区分，但浅色的眉纹较短（于眼后模糊不清）；嘴较小而色深，尾端白色而非皮黄色。尾比褐头鹪莺短很多。亚种 rufula 于非繁殖期头顶多棕色，下体奶棕色。虹膜－橘黄；嘴－黑色（冬季褐色）；脚－偏粉色。叫声：鸣声为响而尖的 chiwee-chiwee-chiwi-chip-chip-chip声，音调音量均上升至突然停止。叫声为 chew-chew-chew或连续的 zee-zee-zee声。中国西南有分布。习性：冬季结群。惧生且藏匿不露。习性似暗冕鹪莺但喜较干燥的栖息环境。

一身朴素着灰裳，喙脚粉红唯特彰。
引颈高翔歌九汉，忠贞大爱楷模扬。

灰雁

鸭科，身长 75~90 厘米，寿命 17年。以粉红色的嘴和脚为本种特征。嘴基无白色。上体体羽灰而羽缘白，使上体具扇贝形图纹。胸浅烟褐色，尾上及尾下覆羽均白。飞行中浅色的翼前区与飞羽的暗色成对比。虹膜 – 褐色；嘴 – 红粉；脚 – 粉红。叫声：深沉的雁鸣声。中国有分布。繁殖于中国北方大部，结小群在中国南部及中部的湖泊越冬。一些鸟冬季至江西鄱阳湖。可能取食于海南沿海地区的海草。习性：栖居于疏树草原、沼泽及湖泊；取食于矮草地及农耕地。俗名：大雁、红嘴雁、黄嘴灰鹅、灰腰雁、沙鹅、沙雁。

顶颈蓝灰缀领环，通身栗色尾沾玄。
田林开阔食浆果，鸣叫深沉咕复喧。

火斑鸠

鸠鸽科，成年红鸠体长约 23厘米，颈部的黑色半领圈前端白色。雄鸟头部偏灰，下体偏粉，翼覆羽棕黄。初级飞羽近黑，青灰色的尾羽羽缘及外侧尾端白色。雌鸟色较浅且暗，头暗棕色，体羽红色较少。虹膜－褐色；嘴－灰色；脚－红色。叫声：叫声为深沉的 cru-u-u-u-u声，重复数次，重音在第一音节。中国有分布。分布状况：华南、华东的开阔林地和较干旱的沿海林地与次生植被条件下的留鸟，并越青藏高原南部及东部至华北、华中、华东及华南的大多数地区。北方种群于南方越冬。习性：在地面急切地边走边找食物。

长长尾羽艳猩红，美丽多娇五彩呈。
一唱清音单颤调，取食杜鹃并棘丛。

火尾太阳鸟

太阳鸟科，体长 20厘米，色彩艳丽。雄鸟：红色，具形长的艳猩红色中央尾羽。头顶金属蓝色，眼先和头侧黑色，喉及髭纹金属紫色。下体黄色，胸具艳丽的橘黄色块斑。雌鸟灰橄榄色，腰黄，体型比雄鸟小许多。虹膜－褐色；嘴－黑色；脚－黑色。叫声：叫声为轻声颤音 shweet。鸣声为单调的 dzidzi–dzidzi–dzidzi声。分布范围：喜马拉雅山脉及印度阿萨姆至缅甸及青藏高原东南部。分布状况：见于中国西南及西藏南部的亚高山针叶林至林线的林间空地。习性：取食于开花的杜鹃丛、荆棘丛及开花的树丛。

娇小身材堪喜人，
贯睛黛线淡眉纹。
一身淡褐微沾橄，
鸣叫叽喳悦耳闻。

叽咋柳莺

莺科，体长 11厘米，绿褐色，眼纹黑，眉纹皮黄，无顶纹且一般无显著翼斑，翼角淡黄。亚种 tristis 较其他亚种显灰而白。与东方叽咋柳莺易混淆，区别在腰、尾上覆羽、飞羽及尾羽的羽缘均沾橄榄色，眼圈皮黄而非白色。下体乳白，两胁带暖皮黄色，有时大覆羽浅色羽端成微弱翼斑，与旧羽的草绿篱莺易混淆，但无草绿篱莺的拱张散的黄色眉纹，虹膜－褐色；嘴－黑色；脚－黑色。叫声：鸣声较 (欧洲的)指名亚种 P. c. collybita哀婉而快速 chi–vit, chi–vit, chi–vit或 weechoo–weechoo–cheweechoo成一连串悦耳的丁当声。清而细的 peep或 heep叫声似灰腹灰雀。中国有分布。习性：小型柳莺的典型特性。

简朴衣着二色妆，纤纤细嘴捕虫忙。
栖息滩岸培儿女，行健点头停尾张。

矶鹬

丘鹬科，体长 20厘米，褐色及白色。嘴短，性活跃，翼不及尾。上体褐色，飞羽近黑；下体白，胸侧具褐灰色斑块。特征为飞行时翼上具白色横纹，腰无白色，外侧尾羽无白色横斑。翼下具黑色及白色横纹。 虹膜－褐色；嘴－深灰；脚－浅橄榄绿。叫声：细而高的管笛音 twee-wee-wee-wee。中国有分布。常见。繁殖于中国西北、中北及东北；冬季南迁至北纬 32° 以南的沿海、河流及湿地。习性：光顾不同的栖息生境，从沿海滩涂和沙洲至海拔 1500米的山地稻田及溪流、河流两岸。行走时头不停地点动，并具两翼僵直滑翔的特殊姿势。

一身四色体型狂，物种外来侵害强。
毁誉齐集多敏慧，贼头贼脑坏贼王。

家八哥

棕鸟科，体长24厘米，偏褐色，头深色。体态洋洋自得，与其他八哥的区别在于无冠羽，眼周裸露皮肤黄色。飞行时白色的翼闪明显。亚成鸟色暗。虹膜－略红；嘴－黄色；脚－黄色。叫声：汩汩的似流水声，刺耳尖声及悦耳哨音，包括模仿其他鸟的叫声。分布范围：阿富汗至中国西南、东南亚及马来半岛。分布状况：指名亚种为留鸟，见于四川西南部、云南西部及南部、西藏东南部、海南岛。常见于农耕区及村庄。习性：通常结群在地面取食。喜城镇、田野及花园。

朴素衣着淡褐黄，夏吃害虫冬吃粮。

一天勤奋寻肠饱，连串啾啾绕舍梁。

家麻雀

麻雀科，体长 15厘米，雄鸟与树麻雀的区别在于顶冠及尾上覆羽灰色，耳无黑色斑块，且喉及上胸的黑色较多。雌鸟色淡，具浅色眉纹。较山麻雀雌鸟色彩淡，翼斑不如黑顶麻雀的雌鸟明显，且尾无叉，胸色较淡。上背两侧具皮黄色纵纹，胸侧具近黑色纵纹。虹膜－褐色；嘴－黑色（繁殖期雄鸟）或草黄色，嘴端深色；脚－粉褐。叫声：单调的啾啾声。兴奋时发出卷舌音 chur-r-rit-it-it-it叫声，告警时作尖声的 chree。鸣声为单调的一连串啾啾叫声。中国有分布。地方性常见。习性：喜群栖。掠食谷物也食昆虫及一些树叶。通常与人类有共同的栖息生境。

短喙扁宽三角形，
分叉剪尾叉镰锋。
轻盈体态翩长翅，
最是喜人吃害虫。

家燕

燕科，体长 20厘米，辉蓝色及白色。上体钢蓝色；胸偏红而具一道蓝色胸带，腹白；尾甚长，近端处具白色点斑。与洋斑燕的区别在于腹部为较纯净的白色，尾形长，并具蓝色胸带。亚成鸟体羽色暗，尾无延长，易与洋斑燕混淆。虹膜－褐色；嘴及脚－黑色。叫声：高音 twit及嘁嘁喳喳叫声。中国有分布。指名亚种繁殖于中国西北；tytleri及 mandschurica繁殖于中国东北；gutturalis繁殖于中国其余地区。习性：在高空滑翔及盘旋，或低飞于地面或水面捕捉小昆虫。降落在枯树枝、柱子及电线上。各自寻食，但大量的鸟常取食于同一地点。有时结大群夜栖一处，即使在城市。

上身灰褐布麻纹，
头顶棕颜嘴若针。
尖细轻柔泉水唱，
滩涂泥沼有精神。

尖尾滨鹬

丘鹬科，体长 19厘米，头顶棕色，眉纹色浅，胸皮黄色。特征为下体具粗大的黑色纵纹。腹白；尾中央黑色，两侧白色。似冬季的长趾滨鹬，但顶冠多棕色。夏季鸟体羽多棕色，通常比斑胸滨鹬鲜亮。幼鸟色彩较艳丽。虹膜－褐色；嘴－黑色；腿及脚－偏黄至绿色。叫声：轻柔的 trrt或wheep声，尖细如流水般的吱吱声 whit-whit, whit-it-it及轻微的呻吟声。中国有分布。分布状况：为甚常见的迁徙过境鸟。在中国东北、沿海省份及云南均有记录。习性：栖于沼泽地带及沿海滩涂、泥沼、湖泊及稻田。常与其他涉禽混群。

鹪鹩

鹪鹩科，体长 10厘米，褐色而具横纹及点斑。尾上翘，嘴细。深黄褐的体羽具狭窄黑色横斑及模糊的皮黄色眉纹为其特征。亚种的基色调有异。中国西北部的亚种 tianshanicus色最淡，喜马拉雅山脉亚种 nipalensis色最深。虹膜－褐色；嘴－褐色；脚－褐色。叫声：哑嗓的似责骂声 chur；生硬的 tic-tic-tic及强劲悦耳的鸣声包括清晰高音及颤音。中国有分布。繁殖于中国东北、西北、华北、华中、西南、台湾以及青藏高原东麓的针叶林及泥沼地。7个亚种在中国有见。习性：尾不停地轻弹而上翘。在覆盖下悄然移动，突然跳出责骂旁观者又轻捷跳开。飞行低，仅振翅作短距离飞行。冬季在缝隙内紧挤而群栖。

羽簇乌玄顶角妆，颊白颈黛下颏黄。

荒原漠地洒情爱，悦耳歌喉郁郁扬。

角百灵

百灵科，身长 15~17cm。雄鸟上体棕褐色至灰褐色，前额白色，顶部红褐色，在额部与顶部之间具宽阔的黑色带纹，带纹的后两侧，有黑色羽毛突起于头后如角。颊部白色并具有黑色宽阔胸带，尾暗褐色，但外侧 1对尾羽白色，后爪长而稍弯曲。雌鸟似雄鸟，但头侧无角状羽。头部图纹别致。雄鸟具粗显的黑色胸带，脸具黑和白色（或黄色）图纹，顶冠前端黑色条纹后延成特征性小“角”。上体几为纯暗褐色；下体余部白色，两肋有些褐色纵纹。飞行时翼下白色。虹膜－褐色；嘴－灰色，上嘴色较深；脚－近黑。飞行叫声为音高而忧郁的 siit-di dit。由栖处或于飞行时发出的鸣声为简单的高音嘶声，或为轻快的 tu-a-li, tioli-ti或相似声音。习性：尾不停地轻弹而上翘。在覆盖下悄然移动，突然跳出责骂旁观者又轻捷跳开。飞行低，仅振翅作短距离飞行。冬季在缝隙内紧挤而群栖。

金背辉煌色彩鲜，
额头枕墨戴红冠。
攀援病树仅三趾，
成对双飞召唤繁。

金背三趾啄木鸟

啄木鸟科，体长 30厘米，色彩浓艳。脸部具黑白色条纹。雄鸟头顶及羽冠红色；雌鸟顶冠黑而具白色条纹；背及腰红色；上背及翼覆羽金色；胸具鳞状斑，羽白而缘黑。与大金背啄木鸟区别在于仅有一道黑色颊纹，且仅有一后趾。虹膜－红色；嘴及脚－黑色，仅三趾。叫声：配偶之间发出粗哑的拖长颤音 churrrr及chee-chee小声叫，飞行时发出生硬的 kluuk-kluuk-kluuk声。分布范围：印度、南亚及东亚、菲律宾及大巽他群岛。分布状况：亚种intermedium为西藏东南部及云南南部（西双版纳）开阔的低山林地及耕作区的一种不常见啄木鸟，高可至海拔 1000米。习性：成对活动，相互间召唤频繁；喜次生的开阔林地、人工林及院落。

巨野长空任尔翱，
风云起处看金雕。
高瞻远瞩行威猛，
鼠雁豺狼尽美肴。

金雕

鹰科，体长 85厘米，浓褐色雕。头具金色羽冠，嘴巨大。飞行时腰部白色明显可见。尾长而圆，两翼呈浅“V”形。与白肩雕的区别在于肩部无白色。亚成鸟翼具白色斑纹，尾基部白色。虹膜－褐色；嘴－灰色；脚－黄色。叫声：通常无声。分布范围：北美洲、欧洲、中东、东亚及西亚、北非。分布状况：亚种 daphanea分布广泛但不常见，见于中国多数山区及喜马拉雅山脉高海拔处。canadensis繁殖于内蒙古东北部，越冬在东北长白山区。偶有迷鸟至东部及南部沿海省份。习性：栖于崎岖干旱平原、岩崖山区及开阔原野，捕食于雉类、土拨鼠及其他哺乳动物。随暖气流作壮观的高空翱翔。

厚嘴大头琼带穿，深棕褐背缀金斑。
清晰尖厉突发哨，沿海捉虫涉浅滩。

金斑鸻

鸻科，体长约 24厘米。夏季全身羽毛大都呈黑色，背上有金黄色斑纹。翅膀又尖又长，飞行能力很强，秋天迁徙飞到很远的地方去越冬。跗蹠修长，胫下部亦裸出。中趾最长，趾间具蹼或不具蹼，后趾形小或退化。翅形尖长，第 1枚初级飞羽退化，形狭窄，甚短小；第 2枚初级飞羽较第 3枚长或者等长。三级飞羽特长。尾形短圆，尾羽 12枚。是迁徙性鸟类，具有极强的飞行能力。通常沿海岸线、河道迁徙。生活环境多与湿地有关，离不开水。栖息于海滨、岛屿、河滩、湖泊、池塘、沼泽、水田、盐湖等湿地之中。

头顶红黄墨眼纹，
下金上绿染全身。
鸣声单调偶高唱，
树洞营巢育子孙。

金喉拟啄木鸟

拟啄木鸟科，体长 23厘米，色彩艳丽的。颏及上喉黄而下喉浅灰为本种特征。头顶色型为红黄红色，具宽的黑色贯眼纹。虹膜－近红；嘴－黑色；脚－黑色。叫声：单调的 ki-ti-yook或 pukwowk叫声；也作高声啼叫如 peeyu, peeyu。分布范围：尼泊尔至中国南部及东南亚。分布状况：指名亚种偶见于西藏东南部，云南西部、南部和东南部，以及广西西南部海拔 1200~2200米山地常绿林。亚种 ramsayi在云南西南部。习性：比其他拟啄木鸟更为近山。

两翼轻黑头面全，活泼响亮奏笛音。
疏林原野飞波弄，育女生儿吵闹殷。

金黄鹂

鸦科，体长24厘米，黄色及黑色。头全黄色。雄性成鸟眼先、翼及尾基部黑色，其余为鲜亮黄色。雌鸟较暗淡而多绿色。幼鸟偏绿色，下体具细密纵纹。 虹膜－红色；嘴－红色；脚－灰色。叫声：鸣声为活泼响亮的笛音 oh wheela whee。叫声似松鸦，粗哑而带鼻音 kwa–kwaaek。中国有分布。不常见。地区性常见于中国极西部。指名亚种繁殖于新疆西北部天山、特克斯及吐鲁番地区；kundoo繁殖于新疆西部从喀什南部至喀喇昆仑山脉。习性：性隐蔽，栖于树林活动及有稀疏树木的开阔原野。繁殖期甚吵嚷。飞行呈波状。喜于树林的上层。

白眉褐枕脸金刷，黑色领圈脖上匝。
草地田泽随遇美，停停走走再出发。

金眶鸻

鸻科，体长 16厘米，黑、灰及白色。嘴短。与环颈鸻及马来沙鸻的区别在于具黑或褐色的全胸带，腿黄色。与剑鸻区别在于黄色眼圈明显，翼上无横纹。成鸟黑色部分在亚成鸟为褐色。飞行时翼上无白色横纹。热带地区的亚种 jerdoni体型略小。虹膜－褐色；嘴－灰色；腿－黄色。 叫声：飞行时发出清晰而柔和的拖长降调哨音 pee-oo。中国有分布。北方的鸟南迁越冬。亚种 curonicus繁殖于华北、华中及东南；迁飞途经东部省份至云南南部、海南岛、广东、福建、台湾沿海及河口越冬。jerdoni繁殖于西藏南部、四川南部及云南，南迁越冬。一般性常见种。习性：通常出现在沿海溪流及河流的沙洲，也见于沼泽地带及沿海滩涂，有时见于内陆。

粉脚橙眉翼墨妆，金黄橄榄染华裳。
灌丛竹下叫责骂，分布稀缺且莫伤。

金色林鸲

鹟科，体长14厘米，雄鸟：头顶及上背橄榄褐色；眉纹黄，宽黑色带由眼先过眼至脸颊；肩、背侧及腰艳丽橘黄，翼橄榄褐色；尾橘黄，中央尾羽及其余尾羽的羽端黑色；下体全橘黄。雌鸟：上体橄榄色，近黄色的眉纹模糊，眼圈皮黄，下体赭黄。虹膜－褐色；嘴－深褐，下颚黄色；脚－浅肉色。叫声：告警时作 trrr叫；也发似责骂声的 chirik chirik。有纤弱的高音鸣声 tse-tse-tse-tse-tse，chur-r-r或 tze-du-tee-tse chur-r-r。分布范围：喜马拉雅山脉、印度东北部、缅甸及中国西南，越冬至缅甸东北部、泰国北部及越南北部。习性：作垂直迁移的候鸟，冬季多藏匿。

耳后琼斑共枕环，衣着橄榄羽葱缘。
性情活跃堪肥胆，婉转歌鸣奏管弦。

金眼鹛雀

莺科，体长 19厘米，棕褐色。尾长而凸，黑色的嘴强健，眼圈橘黄，眼先、颏、喉及上胸净白，至臀部成黄褐色。虹膜－黄色；嘴－黑色；脚－橘黄。叫声：带刺耳短句的响亮哢鸣声；一连串哀怨的尖叫声 pui–pui–pui及破音的叽喳叫声。分布范围：巴基斯坦至中国南方及东南亚。分布状况：地区性常见留鸟于云南、贵州西南部、广西（瑶山）及广东（西江流域），高可至海拔 1500米。习性：于繁殖期外结小群活动。藏隐于灌丛及高草丛。常于地面取食。扎入覆盖处前立于高草秆上鸣叫。

服色蓝黑尾有叉，
栗棕腰带身间匝。
山坡草地安居好，
逮捕昆虫做飯茶。

金腰燕

燕科，体长 18厘米，浅栗色的腰与深钢蓝色的上体成对比，下体白而多具黑色细纹，尾长而叉深。在野外与斑腰燕易混淆，但斑腰燕在中国的分布极有限。虹膜－褐色；嘴及脚－黑色。叫声：飞行时发出尖叫。分布范围：繁殖于欧亚大陆及印度的部分地区；冬季迁至非洲、印度南部及东南亚。分布状况：甚常见于中国的大部分地区。指名亚种繁殖于东北；japonica繁殖于整个东部并为留鸟种群见于广东和福建；nipalensis繁殖于西藏南部及云南西部；gephrya繁殖于青藏高原东部至甘肃、宁夏、四川及云南北部；有记录迁徙时经中国东南部。习性：似家燕。

优优体态露华浓，杨桦林中点点红。
好动活泼枝顶上，洪声乐耳是君鸣。

普通朱雀

燕雀科，体长15厘米，头红，上体灰褐，腹白。繁殖期雄鸟头、胸、腰及翼斑多具鲜亮红色，随亚种而程度不同——roseatus几乎全红；grebnitskii下体淡粉红。雌鸟无粉红，上体清灰褐色，下体近白。幼鸟似雌鸟但褐色较重且有纵纹。雄鸟与其他朱雀的区别在于红色鲜亮。无眉纹，腹白，脸颊及耳羽色深而有别于多数相似种类。雌鸟色暗淡。虹膜 - 深褐；嘴 - 灰色；脚 - 近黑。叫声：鸣声为单调重复的缓慢上升哨音 weeja-wu-weeeja或其变调。叫声为有特色的清晰上扬哨音 ooeet。示警叫声为 chay-eeee。中国西部及西北有分布。习性：栖于亚高山林带但多在林间空地、灌丛及溪流旁。单独、成对或结小群活动。飞行呈波状。不如其他朱雀隐秘。

嘴型厚重玉眉娇，大尾分叉淡栗腰。
鸣唱结巴还悦耳，笨拙行动翼常摇。

巨嘴柳莺

莺科，体长 12.5厘米，橄榄褐色而无斑纹。尾较大而略分叉，嘴形厚而似山雀。眉纹前端皮黄色至眼后成奶油白色；眼纹深褐，脸侧及耳羽具散布的深色斑点。下体污白，胸及两肋沾皮黄，尾下覆羽黄褐。背有些驼。较烟柳莺体长而壮，眉纹长而宽且多橄榄色。与棕眉柳莺的区别为喉无细纹。虹膜－褐色；嘴－上嘴褐色，下嘴色浅；脚－黄褐。叫声：叫声为结巴的 check-check声。鸣声为短促的悦耳低音渐高而以颤音结尾，tyeee-tyeee-tyee-tyee-ee-ee。分布范围：繁殖于东北亚；越冬于中国南方、缅甸及印度。习性：常隐匿并取食于地面，看似笨拙沉重。尾及两翼常神经质地抽动。

两眼绯红大嘴黑，
衣着土褐翅玄瑰。
飞行迅速波澜起，
半旱疏林靓彩雷。

巨嘴沙雀

燕雀科，体长 15厘米，沙色。两翼粉红，嘴亮黑，翼及尾羽黑而带白色及粉红色羽缘。雄鸟眼先黑色而雌鸟眼先无黑色。与所有相似种类的区别在于体羽纯沙色且嘴黑。虹膜－深褐；嘴－黑色；脚－深褐。叫声：鸣声为轻柔的咩声间杂以颤音、卷舌音及叫声；较赤胸朱顶雀声哑且鼻音重。叫声为唇音 r–r–r–r–r–ee或哑声 turr，飞行时也作尖声的 shreep。中国西北有分布。分布广泛但不常见。地区性常见，于新疆西部及北部、青海、甘肃、内蒙古的大部地区。习性：栖于半干旱的有稀疏矮丛的地带。不喜干燥多石或多沙的荒漠。也见于花园及耕地。飞行迅速而有起伏。

蓝白绿栗褐黑红，
故有尊名八色鸫。
艳丽缤纷真悦目，
笛音响亮怡耳穹。

蓝翅八色鸫

八色鸫科，体长18厘米，色彩艳丽浑圆型。胸棕色，头黑，眉纹浅褐，背绿色，两翼亮蓝而具白色翼斑，喉白，臀红色。比仙八色鸫色暗，翼上斑纹紫罗兰色而非天蓝色。翼上的白色斑块较大，头部色彩对比不显著。虹膜－褐色；嘴－偏黑；脚－淡褐。叫声：响亮清晰的笛音 tae–laew、tae–laew，持续不到 1分钟。告警时叫声为粗哑的 skyeew声。分布范围：中国西南部、东南亚；越冬于马来半岛、苏门答腊及婆罗洲。分布状况：甚稀少，见于云南南部（西双版纳）。习性：喜低地灌木丛及次生林。在地面跳动似鸫鸟。

亮绿衣裳两翅蓝，黑颏黑嘴眼黄圈。
次生林里栖息好，一曲甜歌流水般。

蓝翅叶鹎

和平鸟科，体长 17厘米，亮绿色。两翼蓝色，喉黑（雄鸟）。与其他叶鹎的区别在于两翼及尾侧蓝色。雌鸟无黄色眼圈但喉蓝色。雄鸟黑色喉块外有一黄色圈。雄雌两性均具紫蓝色的颊纹，蓝色的初级飞羽有别于金额叶鹎。虹膜－深褐色；嘴－黑色；脚－蓝灰。叫声：清晰似流水般悦耳的 chee-chee-cheeweet或 chee-cheeweet的甜美鸣声。中国有分布。亚种 kinneari为地方性常见留鸟，见于云南西部及南部，高至海拔1000米。习性：栖于林地、原始林及高大次生林，常留于较大树木的顶层。单独、成对或有时结小群活动，常与其他种类混群。

一体通蓝几抹黑，丝光紫亮缀崔嵬。
岩石上面求安静，低咏轻柔音量微。

蓝大翅鸲

鹟科，体型长21厘米。雄鸟：清楚易辨，全身亮紫色而具丝光，仅眼先、翼及尾黑色；尾略分叉。雌鸟：上体灰褐，头至上背具皮黄色纵纹；下体灰褐，喉及胸具皮黄色纵纹；飞行时两翼基部内侧区域的白色明显；覆羽羽端白色，腰及尾上覆羽沾蓝色。虹膜－褐色；嘴－黑色；脚－黑色。叫声：甚安静。叫声为tji–u，鸣声为柔而清的tji–u tji–u ti–tu tji–u声，多在岩石上作叫，仅于近处可闻。中国有分布。罕见或地区性常见留鸟。为垂直迁移的候鸟。习性：见于灌丛以上的高山草甸及裸岩山顶地带，喜雨浸的山脊及高处。岩石。有时同性别的鸟结成小群至大群。冬季结群栖于树上。

蓝短翅鸫

鹟科，体长 15厘米，深蓝色 (雄鸟)或褐色 (雌鸟)。诸亚种有异。亚种 sinensis的雄鸟上体深青石蓝色，白色的眉纹明显，下体浅灰，尾及翼黑色，肩具白色块斑。亚种 cruralis的雄鸟眼先及前额带黑色，无白色肩块，下体深蓝。虹膜－褐色；嘴－黑色；脚－肉色略沾灰。叫声：鸣声以几个单音缓慢开始，加速至哀怨絮叨声，然后骤然停止。分布范围：喜马拉雅山至中国南方、菲律宾、东南亚、大巽他群岛及弗洛勒斯岛。习性：性羞怯，栖于植被覆盖茂密的地面，常近溪流。有时见于开阔林间空地，甚至于山顶多岩的裸露斜坡。栖居习性根据是否有合适食物而变。

蓝耳拟啄木鸟

拟啄木鸟科，体长 18厘米，头顶及颏蓝色，额、腮及喉近黑色。虹膜－褐色；嘴－黑色；脚－绿灰。叫声：快速不停的 tu–trruk声，每分钟约 100次，头同时不停转动；或尖厉而重复稍慢的颤音（如棒球哨音），头一动不动。分布范围：印度次大陆东北部至中国南部、东南亚及大巽他群岛。分布状况：亚种 cyanotis为云南西南部及南部、西藏东南部的原始林、人工林及次生林中的地方性常见留鸟，高可至海拔 1600米。习性：虽不易见此鸟，但在有林的郊野时可闻其声。常悄悄地与鸽子及其他鸟类一道在无花果树上进食。

如凿粗嘴粉红颜，典雅脱俗翡翠蓝。
颈佩银圈堪爽目，鱼虾蛙蟹俱佳筵。

蓝翡翠

翠鸟科，体长 30厘米，蓝色、白色及黑色。以头黑为特征。翼上覆羽黑色，上体其余为亮丽华贵的蓝色或紫色。两肋及臀沾棕色。飞行时白色翼斑显见。 虹膜－深褐色；嘴－红色；脚－红色。 叫声：受惊时尖声大叫。繁殖及过夏于华东、华中及华南从辽宁至甘肃的大部地区以及东南部包括海南岛。在台湾为迷鸟。在海拔 600米以下的清澈河流边并不罕见。北方种群南迁越冬。习性：喜大河流两岸、河口及红树林。栖于悬于河上的枝头。较白胸翡翠更为河上鸟。

衣着鲜艳绿蓝呈，
翠色相辉玛瑙红。
名叫空飞音颤速，
宁呆栖木等昆虫。

蓝喉蜂虎

蜂虎科，体长28厘米，包括延长的中央尾羽，偏蓝色。成鸟：头顶及上背巧克力色，过眼线黑色，翼蓝绿色，腰及长尾浅蓝，下体浅绿，以蓝喉为特征。亚成鸟尾羽无延长，头及上背绿色。虹膜－红色或褐色；嘴－黑色；脚－灰色或褐色。叫声：飞行时发出kerik–kerik–kerik的快速颤音。中国南部有分布。指名亚种为夏季繁殖于中国湖北及长江以南的不常见鸟。在海南岛为留鸟。习性：喜近海低洼处的开阔原野及林地。繁殖期群鸟聚于多沙地带。较蓝喉蜂虎少飞行或滑翔，宁呆在栖木上等待过往昆虫。偶从水面或地面拾食昆虫。

蓝喉拟啄木鸟

拟啄木鸟科，体长 20厘米，绿色拟啄木鸟。特征为顶冠前后部位绯红，中间黑或偏蓝。眼周、脸、喉及颈侧亮蓝色。胸侧各具一红点。虹膜－褐色；嘴－灰，嘴峰黑；脚－灰色。叫声：常于树顶不动，发出连续的、快速重复的 took–a–rook, took–a–rook叫声。分布范围：印度至中国南部及东南亚。分布状况：常见留鸟于西藏东南部、云南南部及西南部的低海拔热带常绿林及次生林。为西双版纳（云南南部）最常见的拟啄木鸟。习性：常见以小群在果树尤其是无花果树上取食。

黄嫩红娇伴墨香，色泽鲜亮染华裳。
常于芳境餐花蜜，清脆单声唱雅堂。

蓝喉太阳鸟

太阳鸟科，体长 14厘米，猩红、蓝色及黄色，蓝色尾有延长。与黑胸太阳鸟的区别在于色彩亮丽且胸猩红色，与火尾太阳鸟及黄腰太阳鸟的区别在于尾蓝色。指名亚种胸黄色，仅具少量的猩红色细纹。雌鸟上体橄榄色，下体绿黄，颏及喉烟橄榄色。腰浅黄色而有别于其他种类，仅黑胸太阳鸟与其相似但尾端的白色不清晰。虹膜－褐色；嘴－黑色；脚－褐色。叫声：快速重复的 tzip声，示警的嘟声及咬舌音的 squeeeee鸣声，中间音上扬。中国有分布。夏季常见于山区常绿林于海拔 1200~4300米，冬季下迁。习性：春季常取食于杜鹃灌丛，夏季于悬钩子。

形形嘴脚绿军装，
两点乌黑眼后镶。
粗犷鸣声传木野，
只闻君唱未观郎。

蓝绿鹊

鸦科，体长 38厘米，尾长，嘴红色，翼栗色，眼纹黑色，绿色的楔形尾尾端黑白相间。与短尾绿鹊的区别在于尾较长，头顶多黄色，三级飞羽羽端黑色。虹膜－红色；嘴－红色；脚－红色。叫声：一连串尖厉刺耳的哨音 keep-keep-keep，紧接以粗哑的 chuck声。也作粗重的似长号的叫声、快速的吱吱嘎嘎及模仿其他种类的叫声。似短尾绿鹊叫声但尖厉而少哀婉。分布范围：喜马拉雅山脉、中国南部、东南亚、苏门答腊及婆罗洲。习性：性隐蔽，栖于密林，常闻其声但不见其身。以小家族群栖于原始林及过伐林和次生林。

尾羽散垂骐骥凤，耳毛两簇佐头红。
珍禽丽羽堪娇贵，引颈高歌乐曲宏。

蓝马鸡

雉科，体长95厘米，灰色。具黑色天鹅绒式头盖，猩红色眼周裸皮及白色髭须延长成耳羽簇。枕后有一近白色横斑。尾羽弯曲，丝状中心尾羽灰色，与紫蓝色外侧尾羽成对比。此种在马鸡分布中为最西北。虹膜－橘黄；嘴－粉红；脚－红色。叫声：受惊的雄鸟发出 gela-gelage叫声。求偶期雄鸟的叫声为wu-wu-wu或ga-ga。受惊时雄雌鸟均发出ziwo-ge, ziwo-ge的叫声。分布范围：中国中北部特有种。分布状况：全球性近危。习性：同其他种马鸡，以小群活动于高海拔的开阔高山草甸及桧树、杜鹃灌丛。

体羽石蓝臀染霜，翼斑锈色脑棕彰。
鸣声高调敲金属，灌木林中雅舍藏。

蓝鹀

燕雀科，体长 13厘米，蓝灰色。雄鸟：体羽大致石蓝灰色，仅腹部、臀及尾外缘色白，三级飞羽近黑。雌鸟为暗褐色而无纵纹，具两道锈色翼斑，腰灰，头及胸棕色。虹膜－深褐；嘴－黑色；脚－偏粉色。叫声：鸣声为高调的金属音，多变化而似山雀。叫声为重复的尖声 zick。分布范围：中国中部及东南。分布状况：繁殖于陕西南部秦岭、四川北部岷山、四川南部及甘肃南部。越冬往东至湖北、安徽、福建武夷山地区及广东北部。习性：栖于次生林及灌丛。

翼前下体蔚天蓝，
飞羽黑乌棕背宣。
粗哑鸣吟如喜鹊，
飞行炫耀总空翻。

蓝胸佛法僧

佛法僧科，体长 30厘米，头、下体及前翼为明快的天蓝色，飞羽黑，上背、背及三级飞羽粉棕色。虹膜－深褐；嘴－黑色；脚－暗黄色。叫声：为粗哑的 chack-ack声，重音在第一音节，声如 Jackdaw或喜鹊。也作松鸦般的 rrak-rrak, rrak-rehhh声。分布范围：欧洲至中亚，迁徙至非洲和印度。分布状况：罕见。亚种 semenowi迁徙时在新疆西北部和西部以及西藏西部有过记录。在新疆可能有其繁殖。习性：于栖木上俯冲下来捕食昆虫。炫耀飞行如麦鸡般上下翻飞。

黄臀绿背嘴微弯，
胸羽蓬松染湛蓝。
平调低吟喉韵啭，
林中栋树捕蜂专。

蓝须夜蜂虎

蜂虎科，体长 30厘米，绿色林栖型，蓝色的胸羽蓬松，嘴厚重而下弯。成鸟顶冠淡蓝，腹部棕黄带绿色纵纹。尾羽腹面黄褐。亚成鸟全身绿色。虹膜－橘黄色；嘴－偏黑；脚－暗绿。叫声：低沉的咕咕喉音及平调的 kirrr-r-r-r啭声。分布范围：喜马拉雅山脉，印度北部，中国南部包括海南岛，东南亚。分布状况：为原始林及过伐林中的不常见留鸟，分布高度至海拔 1800米。指名亚种于西藏东南部、云南西部及南部；brevicaudata在海南岛。习性：栖于高大森林上中层。无声地从高栖处捕食。停歇时尾部扇开或抽动。较其他蜂虎更属森林鸟种。俗名：蓝袍吃蜂鸟。

鬓眉纹色褐深深，耳羽灰颜翼玉痕。
多种鸣声繁且简，濒危数量不多存。

栗斑腹鹀

燕雀科，体长16厘米，棕色。具白色的眉纹和深褐色的下髭纹。似三道眉草鹀但耳羽灰色，上背多纵纹，翼斑白色；下体喉及胸不成对比，腹中央具特征性深栗色斑块；当腹部斑块不明显时，特征为胸偏白。雌鸟似雄鸟但色较淡，也似三道眉草鹀但区别为耳羽灰色较重，上背多纵纹，翼斑白，胸中央浅灰色。虹膜－深褐；嘴－双色，上嘴色深，下嘴蓝灰且嘴端色深；脚－橙而偏粉。叫声：简单和复杂的各种鸣声，据称有似灰眉岩鹀的引子，结尾似黄鹀鸣声的最末声。叫声包括联络声 tsitt及示警时的 sstlitt或细薄的 hsiu声。分布范围：朝鲜、西伯利亚东南部及中国东北。现已列为全球性易危种。习性：栖于低缓山丘及峡谷的灌丛和草地，尤其是常绿沙丘及沙地矮林。

纤纤体态秀姿瑰，上栗下白背顶灰。
婉转放歌兼脆美，枝桠花荟构巢闱。

栗背伯劳

伯劳科，体长 20厘米，上体栗色，头顶、颈背及上背灰色，具黑色过眼纹而无眉纹。雄鸟额黑，雌鸟额具白色棕纹。两翼及尾黑色，初级飞羽的白色块斑于飞行中明显，尾羽边缘及尾端白色。与棕背伯劳的区别在于尾较短，且具白色羽缘。虹膜－红褐；嘴－深灰；脚－偏黑。叫声：时断时续的叫声似红尾伯劳。分布范围：印度东北部、缅甸及中国南方。分布状况：不常见，栖于云南西部及南部、贵州南部、广西、广东的次生植被和耕地。习性：不怯生。

素裹褐装妆凤冠，
身姿漂亮乐愉观。
偏高细亮银铃响，
活跃成群密树间。

栗背短脚鹎

鹎科，体长21厘米，外观漂亮。上体栗褐，头顶黑色而略具羽冠，喉白，腹部偏白；胸及两胁浅灰；两翼及尾灰褐，覆羽及尾羽边缘绿黄色。白色喉羽有时膨出如 Alophoixos冠鹎，但此种甚为明显。亚种 canipennis多棕色，翼及尾无绿黄色翼缘。虹膜－褐色；嘴－深褐；脚－深褐。叫声：响亮的责骂声及偏高的银铃般叫声 "tickety boo"。分布范围：中国南方及越南西北部。分布状况：亚种 canipennis常见于中国华南及东南的低地森林；指名亚种为留鸟于海南岛，在广西南部与亚种 canipennis有混交。在香港随着森林的成熟其数量正在增加。习性：常结成活跃小群。藏身于甚茂密的植丛。

耳侧茶棕顶背灰，
横斑下体腹白微。
喧嚣吵闹嘈林野，
乐在田园找美炊。

栗耳短脚鹎

鹎科，体长 28厘米，灰色，冠羽略尖，耳覆羽及颈侧栗色；顶冠及颈背灰，两翼和尾褐灰；喉及胸部灰色带浅色纵纹；腹部偏白，两肋有灰色点斑，臀具黑白色横斑。台湾亚种 nagamichii下体褐色较重，胸深棕色。虹膜－褐色；嘴－深灰；脚－偏黑。叫声：甚喧闹的 peet–peet, pii–yieyo声。分布范围：日本、中国台湾及菲律宾。分布状况：随处可见。习性：栖于森林、落叶林地、农耕地及林园。

黑栗灰白四色彰，
栗衣灰袄黛眉长。
清晰电话铃声响，
享乐松林河谷旁。

栗腹䴓

䴓科，体长 13厘米，灰色及棕色，脸颊的白色斑块与下体的深色成对比。雄鸟下体明显呈砖红色，黑色眼纹于后方宽展。雌鸟与普通䴓腹部较深色的亚种易混淆，但脸颊的白色斑块较大而显著；尾近端部有小块白斑。诸亚种尾下覆羽有异，从黑色而具橘黄扇贝形斑纹的 tonkinensis至白色具橘黄色扇贝形斑纹的 cinnamoventris。虹膜－褐色；嘴－黑色，下颚基部色浅；脚－角质色至近黑。叫声：短促似电话铃声的颤音 prrt-prrt。清晰尖叫，金属音 chit，似麻雀的 cheep cheep声。鸣声为重复的清晰哨音及悦耳颤音。中国有分布。习性：通常成对或小混群。

栗腹矶鸫

鹟科，体长 24厘米，雄雌异色。繁殖期雄鸟脸具黑色脸斑。上体蓝，尾、喉及下体余部鲜艳栗色。与红腹的蓝矶鸫亚种的区别在于具黑色脸罩及额部为亮丽蓝色而带光泽。体色似某些仙鹟，但头形似鸫且颈及肩部少闪光蓝色。雌鸟褐色，上体具近黑色的扇贝形斑纹，下体满布深褐及皮黄色扇贝形斑纹。与其他雌性矶鸫的区别在于深色耳羽后具偏白的皮黄色月牙形斑，皮黄色的眼圈较宽。虹膜－深褐；嘴－黑色；脚－黑褐。直立而栖，尾缓慢地上下弹动。有时面对树枝，尾上举。联络叫声为 quock，告警叫声似松鸦的喘息叫声 chhrrs，间杂以尖而高的 tick声。常于树顶发出悦耳的颤鸣声 teetatewleedee-twet-tew及其变音。

墨韵颏喉头领宣，两翮染栗并双肩。
厚粗蓝嘴圆锥状，尖似笛音叩响连。

栗腹文鸟

麻雀科，体长11.5厘米，栗色，头、喉及臀黑色。雄雌同色，亚成鸟全身污褐。亚种formosana的眉纹及脸侧偏褐，颈背及头顶略灰。虹膜－红色；嘴－蓝灰；脚－浅蓝。叫声：尖似笛声的 pwi-pwi。飞行时发出三声的颤鸣。鸣声为嘴的叩击声响及无音的鸣唱并以长哨音结尾。分布范围：印度、中国至东南亚、苏门答腊、婆罗洲、菲律宾及苏拉威西岛。分布状况：甚不常见于热带低地。亚种 atricapilla于中国西南、华南及海南岛；formosana于台湾。习性：结大群生活而不与其他种类混群。结群漫游于稻田，起落时振翼有声。

着装绿色扮茶棕，
艳丽光泽色彩浓。
常借低桠临水浴，
神怡耳悦赏君鸣。

栗头蜂虎

蜂虎科，体长 20厘米，绿色及棕色。中央尾羽不形延长。头顶、枕及上背亮栗色，两翼及尾绿，腰艳蓝，喉黄而缘栗，黑色的前领纹过上颊，腹部浅绿，贯眼纹黑。飞行时翼下可见橙黄色。虹膜－红褐色；嘴－黑色；脚－深褐。叫声：飞行时发出流水般悦耳颤音 kree-kree-weet-weet-weet及变音。分布范围：南亚、东南亚及大巽他群岛。分布状况：指名亚种为西藏东南部及云南西部的夏季繁殖鸟。常见于开阔的有林区域，至海拔 1200米。习性：典型的蜂虎特性。

谁于岩木放歌喉，
原是此君婉转啁。
尾向天空爬树下，
昆虫松子概食优。

栗臀䴓

䴓科，体长 13厘米，灰色。似普通䴓但下体浅皮黄色，喉、耳羽及胸沾灰而与两肋的深砖红色成强烈对比。尾下覆羽深棕色，两侧各有一道明显的白色鳞状斑纹而成的条带。虹膜－深褐；嘴－黑色，下颚基部灰色；脚－不同程度的灰褐色。叫声：sit或 sit–sit声，似鹪鹩的颤音，咪叫及快速的磬音鸣声 chichichichichi。中国西南及东南部有分布。习性：本属的典型特性。

全身红栗下着黄，两肋棕纹橄榄妆。
湖畔灌丛尤可见，赤袍树顶啭八方。

栗鹀

燕雀科，体长 15厘米，栗色和黄色。繁殖期雄鸟明白无误地为头、上体及胸栗色而腹部黄色。非繁殖期雄鸟相似但色较暗，头及胸散洒黄色。雌鸟甚少特色，顶冠、上背、胸及两肋具深色纵纹。与雌性黄胸鹀及灰头鹀的区别为腰棕色，且无白色翼斑或尾部白色边缘。幼鸟纵纹更为浓密。虹膜－深栗褐；嘴－偏褐色或角质蓝色；脚－淡褐。叫声：由树的低栖处作叫。鸣声多变且似黄腰柳莺或林鹨。比灰头鹀音高。分布范围：繁殖于西伯利亚南部及外贝加尔泰加林的南部，越冬至中国南方及东南亚。习性：喜有低矮灌丛的开阔针叶林、混交林及落叶林，高可至海拔 2500米。冬季于林边及农耕区。

昭昭栗色面容凶，击水穿云红老鹰。
尖厉咪声惊巨野，诛杀鱼鼠不留情。

栗鸢

鹰科，体长 45厘米，白及黄褐色。成鸟：头、颈及胸白色，翼、背、尾及腹部浓红棕色，与黑色的初级飞羽成对比。亚成鸟通体近褐，胸具纵纹，第二年为灰白，第三年具成鸟羽衣。与黑鸢及黑耳鸢区别在于尾圆。虹膜－褐色；嘴及蜡膜－绿灰色；腿及脚－暗黄。叫声：尖厉咪声高叫 shee-ee-ee或 kweeaa声。分布范围：印度及中国南部至澳大利亚。分布状况：不常见且数量仍在下降，生活在大型河流及沿海，见于长江下游、西江、云南西南部及东南沿海。习性：单独或结小群活动，在水道或近水处盘旋。

头颈额胸黛玉娇，红足赤嘴素白腰。
沙滩海岸生活美，哼唱低沉蝶弄潮。

蛎鹬

鸻科，体长 44厘米，黑白色，红色的嘴长直而端钝，腿粉红，上背、头及胸黑色，下背及尾上覆羽白色，下体余部白色。翼上黑色，沿次级飞羽的基部有白色宽带。翼下白色并具狭窄的黑色后缘。虹膜－红色；嘴－橙红；脚－粉红。叫声：联络叫声为尖厉的 kleep；也有更拖长的 kle-eap，更尖厉的 kip。炫耀时发出管笛声，越来越慢直至结束。分布范围：欧洲至西伯利亚；南方越冬。习性：飞行缓慢且振翼幅度大。沿岩石型海滩取食，食物为软体动物，它们用錾形嘴錾开。成小群活动。

嘴角贴金通体黑，白斑点翅闪银辉。
可模人语舌堪巧，笼里观瞻九殿魁。

鹩哥

棕鸟科，体长29厘米，闪辉黑色，具明显的白色翼斑，特征为头侧具橘黄色肉垂及肉裾。虹膜－深褐；嘴－橘黄；脚－黄色。叫声：响亮、清晰、而尖厉的tiong声，各种清晰哨音及模仿其他鸟的叫声。分布范围：印度至中国、东南亚、巴拉望岛及大巽他群岛。分布状况：地区性常见，但因被捕捉为笼鸟而数量大为减少。习性：栖于高树，多成对活动，有时结群。

英姿凶狠貌如鹰，戈壁茫原唱大风。
狐鼠蛇禽皆捕猎，尤其可训海东青。

猎隼

隼科，体长 50厘米，胸部厚实的浅色。颈背偏白，头顶浅褐。头部对比色少，眼下方具不明显黑色线条，眉纹白。上体多褐色而略具横斑，与翼尖的深褐色成对比。尾具狭窄的白色羽端。下体偏白，狭窄翼尖深色，翼下大覆羽具黑色细纹。翼比游隼形钝而色浅。与游隼的区别在尾下覆羽白色。虹膜－褐色；嘴－灰色，蜡膜浅黄；脚－浅黄。叫声：似游隼但较沙哑。中国有分布。不常见季候鸟。习性：高山及高原大型隼的特性。

上身灰褐缀斑珠，素裹臀腰腹玉珠。
高调哨声萦耳畔，栖息泥沼乐滩涂。

林鹬

丘鹬科，体长 20厘米，纤细，褐灰色，腹部及臀偏白，腰白。上体灰褐色而极具斑点；眉纹长，白色；尾白而具褐色横斑。飞行时尾部的横斑、白色的腰部及下翼以及翼上无横纹为其特征。脚远伸于尾后。与白腰草鹬区别在于腿较长，黄色较深，翼下色浅，眉纹长，外形纤细。虹膜－褐色；嘴－黑色；脚－淡黄至橄榄绿色。叫声：高调哨音 chee-chee-chee，告警时发出 chiff-iff-iff声，不如青脚鹬叫声悦耳。中国有分布。习性：喜沿海多泥的栖息环境，但也出现在内陆高至海拔 750米的稻田及淡水沼泽。通常结成松散小群可多达 20余只，有时也与其他涉禽混群。

鳞腹绿衣髭色黑，
横白黛尾顶杂灰。
铃声悦耳鼻音复，
錾木声声颤颤飞。

鳞腹绿啄木鸟

啄木鸟科，体长 35厘米，绿色。识别特征为浅色的下体上黑色鳞状纹明显。雄鸟头顶及羽冠绯红；近白色的宽眉纹其上下缘黑色；颊近白；髭须黑；腰黄。雌鸟色暗，顶冠黑而杂灰。尾羽具黑色及白色横斑而有别于花腹啄木鸟及鳞喉啄木鸟。虹膜－红至粉色；嘴－角质黄色，端灰；脚－黄绿。叫声：风铃般悦耳的 klee-gu声；偶有拖长的鼻音 cheenk 声，10~15秒重复一次。錾木声响而颤。习性：飞行起伏。取食于树上及地面。成对或以家族群活动。

厚嘴轻黄短羽冠，
喉白体橄尾乌玄。
平川山脚君偏爱，
悦耳笛声响哨传。

领雀嘴鹎

鹎科，体长 23厘米，偏绿色。厚重的嘴象牙色，具短羽冠。似凤头雀嘴鹎但冠羽较短，头及喉偏黑，颈背灰色。特征为喉白，嘴基周围近白，脸颊具白色细纹，尾绿而尾端黑。虹膜–褐色；嘴–浅黄；脚–偏粉色。叫声：悦耳笛声。急促响亮的哨音 ji–de–shi–shei, ji–de–shi–shei, shi–shei。分布范围：中国南方及印度北部。分布状况：常见于华南、东南（指名亚种）和台湾（cinereicapillus）海拔400~1400米的丘陵。习性：通常于次生植被及灌丛。结小群停栖于电话线或竹林。飞行中捕捉昆虫。

翼斑点状玉姿凝，褐色条纹背腹明。
响亮卷舌清乐美，起伏流畅速飞行。

领岩鹨

麻雀科，体长 17厘米，褐色具纵纹。黑色大覆羽羽端的白色形成对比的两道点状翼斑。头及下体中央部位烟褐，两肋浓栗而具纵纹，尾下覆羽黑而羽缘白色，喉白而具由黑点形成的横斑。初级飞羽褐色，与棕色羽缘成对比的翼缘。尾深褐而端白。亚成鸟下体褐灰具黑色纵纹。虹膜－深褐；嘴－近黑，下嘴基黄色；脚－红褐。叫声：叫声为响亮的卷舌音吱叫或 chu-chu-chu；告警时发尖声的 tchurrt。鸣声清晰悦耳并具颤音及一些刺耳音。分布范围：古北界，喜马拉雅山脉，中国北部、西部及台湾岛。习性：一般单独或成对活动，极少成群。常坐立突出岩石上。飞行快速流畅，波状起伏后扎入覆盖中。甚不惧人。

一身妆扮褐棕颜，点玉颏喉体黛斑。
沿海滩涂君最爱，捕食歌唱乐仙园。

流苏鹬

丘鹬科，全长 28~29厘米。冬羽：体长：雄鸟 28厘米，雌鸟 23厘米，嘴短，暗褐色，腿长，头小，颈长，嘴直。上体深褐具浅色鳞状斑纹；喉浅皮黄色；头及颈皮黄色；下体白，两肋常具少许横斑。飞行时翼上狭窄白色横纹及于深色尾基两侧的椭圆形白色块斑极明显。雌鸟甚小于雄鸟。幼鸟皮黄色。夏季雄鸟棕色或部分白色并具明显的蓬松翎颌。虹膜－褐色；嘴－褐色，嘴基近黄，冬季灰色；脚－多色，或黄或绿或为橙褐色。叫声：低 chuck-chuck声，但冬季通常无声。中国有分布。罕见的非繁殖期候鸟。习性：喜沼泽地带及沿海滩涂，与其他涉禽混群。

显著髭纹玉色莹，黑头褐背纵麻翎。
下滑哀怨叮当短，高苇栖息乐纵横。

芦鹀

燕雀科，体长 15厘米，头黑色，具显著的白色下髭纹。繁殖期雄鸟似苇鹀但上体多棕色。雌鸟及非繁殖期雄鸟头部的黑色多褪去，头顶及耳羽具杂斑，眉线皮黄。与苇鹀的区别还在于小覆羽棕色而非灰色，且上嘴圆凸形。诸多亚种有细微的差异。虹膜 – 栗褐；嘴 – 黑色；脚 – 深褐至粉褐。叫声：由矮树丛或芦苇秆上作叫，音程为短系列而犹豫的丁当音，似家麻雀。鸣声多变但通常以一颤音结尾，通常的叫声为哀怨的下滑音 seeoo，迁徙时作沙哑的联络叫声 brzee。分布范围：古北界。习性：栖于高芦苇地，但冬季也在林地、田野及开阔原野取食。

两点白萤墨顶飘，翼纹背上绿堪娇。
叫声尖响兼清亮，享用昆虫本领高。

绿背山雀

山雀科，体长 13厘米。似腹部黄色的大山雀亚种，但区别在于上背绿色且具两道白色翼纹。在中国其分布仅与白腹的大山雀亚种有重叠。分布状况：常见于中国中部、西南（yunnanensis）、西藏南部（monticolus）和台湾（insperatus）海拔 1100~4000米山区森林及林缘。习性：似大山雀。冬季成群。

橄色衣着白背心，凤冠英美雅风存。
三音节奏嘶声沸，小果为食斗猛禽。

绿翅短脚鹎

鹎科，体长24厘米，橄榄色鹎。羽冠短而尖，颈背及上胸棕色，喉偏白而具纵纹。头顶深褐具偏白色细纹。背、两翼及尾偏绿色。腹部及臀偏白。虹膜－褐色；嘴－近黑；脚－粉红。叫声：鸣声为单调的三音节嘶叫声或上扬的三音节叫声；也作多种咪叫声。分布范围：喜马拉雅山脉至中国南方、缅甸、印度及东南亚。分布状况：常见的群栖型或成对活动的鸟，分布于海拔 1000~2700米山区森林及灌丛。习性：以小型果实及昆虫为食，有时结成大群。大胆围攻猛禽及杜鹃类。

全身绿翅翡妍影，嘴肥粉红影尾光。
急速飞行拍翅响，林中哀婉深柔长。

绿翅金鸠

鸠鸽科，体长 25厘米，下体粉红，头顶灰色，额白，腰灰，两翼具亮绿色。雌鸟头顶无灰色。飞行时背部两道黑色和白色的横纹清晰可见。虹膜－褐色；嘴－红色，嘴尖橘黄；脚－红色。叫声：深柔哀婉的拖长双音 tuk-hoop，重音在第二音节。中国有分布。常见，指名亚种于华南的热带区，从云南南部、广西、海南岛、广东至台湾南部及西藏东南部的低地及山麓的原始林及次生林。习性：通常单个或成对活动于森林下层植被浓密处。极快速地低飞，穿林而过，起飞时振翅有声。饮水于溪流及池塘。

靓丽戎装栗顶昭，开叉燕尾两丝飘。
响铃悦耳颤音美，枯树捕食燥野巢。

绿喉蜂虎

蜂虎科，体长 20厘米，绿色。尾形延长，头顶及枕部铜色，喉及脸侧淡蓝，前领黑。与栗头蜂虎区别在于喉蓝色，尾形延长。与蓝喉蜂虎区别在于尾及腹部绿色，前领黑色。虹膜－绯红；嘴－褐黑；脚－黄褐。叫声：比其他蜂虎具更高的多金属音质颤音。停栖或飞行时发出响铃般悦耳的 tree-tree-tree或 tit-tit-tit声。分布范围：非洲、中东至中国西南部及东南亚。分布状况：不常见。繁殖于中国云南西部及南部的低海拔地区。习性：栖于干燥的开阔原野，上至海拔 1500米。以小群从枯树上捕食。喜泥。

身着褐氅缀纹麻，
橄色之足胸映霞。
响亮哨声狂串心，
易危物种保休暇。

绿脚山鹧鸪

雉科，体长29厘米，橄榄褐色，脚暗绿色至浅绿色，眉线及喉略白，头部无黑色。与褐胸山鹧鸪的区别在于黑色横纹较细，胸部具宽的褐色带，两肋无醒目的白色斑纹。有暗铅色眼周裸皮。虹膜－红褐；嘴－角质黄；脚－绿色。叫声：响亮的哨声包括一连串单音，越叫越快；然后是一连串较平的升降变调；最后是一连串狂乱升变调并突然终止。分布范围：东南亚。分布状况：全球性易危种。中国地方性留鸟，仅分布于云南南部（西双版纳）。习性：具本属特性。栖居于森林、次生林及竹林，高至海拔1000米。

头顶乌纱著绿裳，赤足河谷打鱼郎。
眼先裸露翠黄色，水岸林丛筑雅堂。

绿鹭

鹭科，体长 43厘米，深灰色。顶冠及松软的长冠羽闪绿黑色光泽，一道黑色线从嘴基部过眼下及脸颊延至枕后。两翼及尾青蓝色并具绿色光泽，羽缘皮黄色。腹部粉灰，颏白。虹膜－黄色；嘴－黑色；脚－偏绿。叫声：告警时发出响亮具爆破音的 kweuk声，也作一连串的 kee-kee-kee-kee声。中国有分布。习性：性孤僻羞怯。栖于池塘、溪流及稻田，也栖于芦苇地、灌丛或红树林等有浓密覆盖的地方。结小群营巢。

纹纵灰头著绿衣，浅黄大嘴亦堪奇。
眼圈收点金颜美，数数之歌无律依。

绿拟啄木鸟

拟啄木鸟科，体长 29厘米，头部色浅带纵纹的拟啄木鸟。体羽多绿色，头及颈淡黄褐色，头及下体多纵纹为本种识别特征。虹膜－草黄色；嘴－浅黄色；脚－黄色。叫声：无规律低音 bul-tok-bul-tok叫声，间隔约 1秒；也有响亮的 kuerr-kuerr叫声，另有一种奇罕的“数数声叫”，包括一个长颤音接以一连串的四音节颤音。习性：如其他拟啄木鸟，但在相对干燥、开阔、有林生境较常见。

头领绿辉佩玉环，栗胸银腹尾白沾。
梳妆打扮河湖里，大美游姿鸭祖先。

绿头鸭

鸭科，体长 58厘米，为家鸭的野型。雄鸟头及颈深绿色带光泽，白色颈环使头与栗色胸隔开。雌鸟褐色斑驳，有深色的贯眼纹。较雌针尾鸭尾短而钝；较雌赤膀鸭体长且翼上图纹不同。虹膜－褐色；嘴－黄色；脚－橘黄。叫声：雄鸟为轻柔的 kreep声。雌鸟似家鸭那种 quack–quack–quack的熟悉叫声。分布范围：全北区；南方越冬。分布状况：繁殖于中国西北和东北。越冬于西藏西南及北纬 40° 以南广大地区。地区性常见鸟。习性：多见于湖泊、池塘及河口。

绿嘴髭须尾特长，
喉胸深色箭纹彰。
呱呱鸣叫如蛙唱，
原始林中藤绕房。

绿嘴地鹃

杜鹃科，体长 55厘米，尾极长。头及上背灰色，下体褐灰，喉及胸具深色箭状条纹，背、翼及尾深金属绿色，尾羽端白。虹膜－褐色；眼周裸皮－红色；嘴－绿色；脚－灰绿。叫声：嘎嘎或呱呱的叫声，甚似蛙叫。分布范围：喜马拉雅山脉、中国、东南亚及苏门答腊。分布状况：地方性常见留鸟。亚种 saliens见于云南及广西南部；hainanus见于海南岛及相邻的广东雷州半岛。习性：同其他地鹃。喜栖于原始林、次生林及人工林中枝叶稠密及藤条缠结处。

褐蓝肩背泛泽光，下体琼白叉尾彰。
短喙张开三角状，啾啾鸣叫捕虫忙。

毛脚燕

燕科，体长13厘米，钢蓝色和白色。叉形尾，下体近白，腰白。与烟腹毛脚燕易混淆，区别为胸纯白而非烟白色，腰白色区较大，尾开叉深。虹膜－深褐；嘴－黑色；脚－粉红，被白色羽至趾。叫声：为干涩的卷舌磨擦音 prreet，不如崖沙燕气重。惊叫声为高音的 seerr或 jeet。鸣声为轻柔的啾叫，与叫声音同高。分布范围：非洲、欧亚大陆、巴基斯坦东北部及印度西北部和中国北方；越冬于东南亚、印度及尼泊尔。习性：结群繁殖；营巢于悬崖。与其他燕及雨燕混群并一道取食。

妆身沙色点珍珠，
两腿偏蓝覆羽殊。
常在荒原结队动，
佳肴美味饱食福。

毛腿沙鸡

沙鸡科，体长 36厘米，沙色。尾羽形延长，上体具浓密黑色杂点，脸侧有橙黄色斑纹，眼周浅蓝。无黑色喉块，但腹部具特征性的黑色斑块。雄鸟胸部浅灰，无纵纹，黑色的细小横斑形成胸带。雌鸟喉具狭窄黑色横纹，颈侧具细点斑。飞行时翼形尖，翼下白色，次级飞羽具狭窄黑色缘。虹膜－褐色；嘴－偏绿；脚－偏蓝，腿被羽。叫声：群鸟发出嘈杂的 kirik或 cu-ruu cu-ruu cu-ou-ruu声；快速重复 kukerik叫声，及生硬的 cho-ho-ho-ho声。飞行时两翼呼呼生风。中国北部有分布。中国北方适宜生境的无定性留鸟。习性：当远离其通常的分布区时偶尔会出现数量的爆发。栖于开阔的贫瘠原野、无树草场及半荒漠，也光顾耕地。

毛腿渔鸮

鸱鸮科，体长 70厘米，具耳簇羽的深褐色。眼黄色，具浓重的黑色纵纹，拢翼时初级飞羽具黑色横斑，胸具黑色纵纹及众多横斑。与林雕鸮区别在于灰色较重，眼黄，趾灰。少雕鸮那种胸部宽纵纹，但耳羽簇较宽，黑色少。虹膜－黄色；嘴－角质灰色；脚－灰色，腿被羽。叫声：短促、深沉的 boo-boo-uoo声；有别于雕鸮的两音节叫声。分布范围：东北亚、朝鲜、萨哈林岛及日本北部。分布状况：全球性濒危种。罕见，仅在中国东北有分布。习性：沿两岸有林的河流栖居。

纵纹密布褐衣衫，尾羽长长横窄斑。
嗷叫偏高声响亮，性情隐蔽显方喧。

矛纹草鹛

莺科，体长26厘米，多具纵纹的鹛。看似纵纹密布的灰褐色噪鹛，甚长的尾上具狭窄的横斑，嘴略下弯，具特征性的深色髭纹。虹膜－黄色；嘴－黑色；脚－粉褐。叫声：叫声为响亮而偏高的嗷叫声 ou-phee-ou-phee，重复多次。分布范围：印度东北部、缅甸西部及北部、中国。分布状况：指名亚种为留鸟于中国华中及西南；latouchei于中国东南；bonvaloti 在四川北部及西部、西藏东部及云南西北部。为一般常见性留鸟。在香港的鸟群可能是出逃的笼鸟。习性：甚吵嚷，栖于开阔的山区森林及丘陵森林的灌丛、棘丛及林下植被。结小群于地面活动和取食。性甚隐蔽，但栖于突出处鸣叫。

娇小体型几点煤，浩瑶一抹枕边飞。
叫声响亮惹笼养，针叶林中斗雪威。

煤山雀

山雀科，体长 11厘米。头顶、颈侧、喉及上胸黑色。翼上具两道白色翼斑以及颈背部的大块白斑使之有别于褐头山雀及沼泽山雀。背灰色或橄榄灰色，白色的腹部或有或无皮黄色。多数亚种具尖状的黑色冠羽。与大山雀及绿背山雀的区别在于胸中部无黑色纵纹。虹膜－褐色；嘴－黑色，边缘灰色；脚－青灰。叫声：进食时发出 pseet叫声；告警为 tsee-see-see-see-see声；鸣声似微弱的大山雀。中国有分布。常见于针叶林。习性：针叶林中的耐寒山雀。储藏食物以备冬季之需。于冰雪覆盖的树枝下取食。

蒙古百灵

百灵科，体长 18厘米，锈褐色，胸具一道黑色横纹，下体白色。头部图纹特征为浅黄褐色的顶冠缘以栗色外圈，下有白色眉纹伸至颈背，在栗色的后颈环上相接。栗色的翼覆羽于白色的次级飞羽和黑色初级飞羽之上而成对比性的翼上图纹。虹膜－褐色；嘴－浅角质色；脚－橘黄。叫声：鸣声甜美，因此常为笼中鸟。分布范围：中国北部及中部、蒙古、西伯利亚南部。分布状况：不常见。指名亚种繁殖于内蒙古东部呼伦池及林西地区、陕西北部、河北；emancipata繁殖于青海东南部及甘肃西部（兰州）。习性：栖于多岩的山丘，也至干燥及润泽的短草地。常被作为笼中鸟出售。

墨带额前颏缀瑶，上胸棕染嵌玄条。
海滨湿地君居好，走走停停乐自逍。

蒙古沙鸻

鸻科，体长 20厘米，灰、褐及白色。甚似铁嘴沙鸻，常与之混群但体较短小，嘴短而纤细；飞行时白色的翼爱护横纹较模糊不清。早期抵达南方的鸟群仍着繁殖羽，胸具棕赤色宽横纹，脸具黑色斑纹。中国最常出现的亚种 atrifrons(包括 shaferi)额全黑。虹膜－褐色；嘴－黑色；腿－深灰。叫声：轻声短促颤音或尖声 kip-ip。中国有分布。所有亚种均较常见。习性：与其他涉禽混群，在沿海泥滩及沙滩活动，有时大群数量多达数百只。

尾腰霞羽粉银兼，上体褐灰足肉颜。
燥漠栖息堪胆大，鸣声甚少慢唧连。

蒙古沙雀

燕雀科，全长 15厘米，纯沙褐色。嘴厚重而呈暗角质色，翼羽的粉红色羽缘通常可见。繁殖期雄鸟粉红色较深，大覆羽多绯红，腰、胸及眼周沾粉红。与其他沙雀的区别在于羽色单一且嘴色较浅。虹膜－深褐；嘴－角质色；脚－粉褐。鸣声为缓慢的 do–mi–sol–mi，多带重复的短句和唧唧声。叫声为轻柔的 djudjuvu或啾啾声，群鸟进食时发出。分布状况：分布广泛且为地区性常见。习性：喜山区干燥多石荒漠及半干旱灌丛。甚不惧人。通常成群活动。

背尾黑黑金腹囊，凤冠竿立熠辉煌。
尖柔重复哨音好，原始林中灭害忙。

冕雀

山雀科，不会被误认的体长 (20厘米)的黄色及黑色山雀。具蓬松的黄色长型冠羽。雌鸟似雄鸟，但喉及胸深橄榄黄色，上体沾橄榄色。亚种 flavocristata的冠羽较指名亚种短，尾端鲜有白色。亚种 serosa的冠羽黄色不够鲜亮。虹膜－褐色；嘴－黑色；脚－灰色。叫声：重复响而尖的哨 tcheery–tcheery–tcheery，告警时发出吱吱尖叫。鸣声为一连串约五个清晰的哨音 chiu，间隔重复。分布范围：喜马拉雅山脉、中国南方、东南亚及马来半岛。习性：混群栖于原始林及次生林的林冠层，积极追捕大型昆虫。

沙黄裹体翅喉乌，羽翼行天近墨涂。
重复哨音哀怨颤，齐足跳跃炫翩殊。

漠䳭

鹟科，体长14–15.5厘米，沙黄色，尾黑，翼近黑。雄鸟脸侧、颈及喉黑色。雌鸟头侧近黑，但颏及喉白色，翼较雌穗䳭为黑。南方的亚种 oreophila比北方的亚种 atrogularis体型大。飞行时尾几乎全黑而有别于所有其他种类的䳭。虹膜－褐色；嘴－黑色；脚－黑色。叫声：告警时作粗哑的 chrt–tt–tt声，叫声为尖厉哨音。雄鸟鸣声为重复的哀怨下降颤音 teee–ti–ti–ti。中国有分布。习性：较沙䳭喜多石的荒漠及荒地。常栖于低矮植被。甚惧生。雄鸟在近巢处作简短的振翼炫耀飞行。于地面齐足跳行。常飞至岩石后藏身。

瑶素下衣尾栗深，
上装端净褐棕纯。
名声刺耳杂干涩，
跳动齐足尾翘频。

漠林莺

莺科，体长 11厘米，纯棕褐色。三级飞羽、腰及尾上覆羽棕色，下体白色。似白喉林莺及沙白喉林莺但色彩较淡且多棕色。虹膜－黄褐；嘴－黄色，上嘴中线黑色；脚－带黄。叫声：鸣声似灰白喉林莺但较凌乱，间杂有刺耳声及似百灵的颤音。叫声为干涩的吐气音 drrrrrrrrrrr，重音在 d，音调下降直至消失；也作颤抖的 chee-chee-chee-chee声。分布范围：非洲西北部、亚洲中南部至中国西北，越冬至阿拉伯及巴基斯坦。分布状况：不常见的季候鸟。习性：更多地于地面活动，齐足跳动且尾半上翘并抽动。飞行时离地不高，以易于躲入密丛。

玉体头胸颈染黄，
尖尖大喙闪金光。
只于巢近呱呱叫，
结对营巢在水方。

牛背鹭

鹭科，体长50厘米，白色。繁殖羽：体白，头、颈、胸沾橙黄；虹膜、嘴、腿及眼先短期呈亮红色，余时橙黄。非繁殖羽：体白，仅部分鸟额部沾橙黄。与其他鹭的区别在于体型较粗壮，颈较短而头圆，嘴较短厚。虹膜－黄色；嘴－黄色；脚－暗黄至近黑。叫声：于巢区发出呱呱叫声，余时寂静无声。分布范围：北美洲东部、南美洲中部及北部、伊比利亚半岛至伊朗，印度至中国南方、日本南部、东南亚至菲律宾，马来诸岛和马鲁古群岛。习性：与家畜及水牛关系密切，捕食家畜及水牛从草地上引来或惊起的苍蝇。傍晚小群列队低飞过有水地区回到群栖地点。结群营巢于水上方。

头顶灰灰栗领圈，
皮黄下体上棕颜。
身材纤小营巢美，
圆润柔柔哨调传。

攀雀

攀雀科，俗名洋红儿。雄鸟：体长11厘米，浅色，额及脸罩黑色，有时延伸至顶后，但与栗色上背之间有白色领环。雌鸟：色暗，顶冠及领环灰色。与中华攀雀的区别在于下体色较浅，宽黑色的前额且成鸟具偏白色领环。虹膜－红褐；嘴－深褐至灰色；脚－深灰。叫声描述：细声的 pseee；从调 swee-swee；哀怨的 tsi 声，飞行时发出 ti-ti-ti-ti-ti的叫声。在中国北方并不罕见。习性：冬季成群，特喜芦苇地栖息环境。

腰玉胸白头绿华，乌黑扁嘴若琵琶。
轻吟低咏嘎嘎叫，沿海池塘乐做家。

琵嘴鸭

鸭科，体长 50厘米，嘴特长，末端呈匙形。雄鸟：腹部栗色，胸白，头深绿色而具光泽。雌鸟褐色斑驳，尾近白色，贯眼纹深色。色彩似雌绿头鸭但嘴形清楚可辨。飞行时浅灰蓝色的翼上覆羽与深色飞羽及绿色翼镜成对比。虹膜－褐色；嘴－繁殖期雄鸟近黑色，雌鸟橘黄褐色；脚－橘黄。叫声：似绿头鸭但声音轻而低，也作 quack的鸭叫声。分布范围：繁殖于全北界；南方越冬。分布状况：繁殖于中国东北及西北，冬季迁至中国北纬 35° 以南包括台湾的大部分地区。地方性常见。习性：喜沿海的泻湖、池塘、湖泊及红树林沼泽。

优雅身姿色彩花，浓棕两肋玉喉发。
笛音尖响似责骂，缝洞之中觅馔佳。

普通䴓

䴓科，体长约13厘米，体型似山雀，嘴细长而直，约1.5厘米。身体的背面为石板蓝色，具有一条明显的黑色贯眼纹沿头侧伸向颈侧，翅的飞羽为黑色。中央一对尾羽为蓝灰色，其余为黑色。颏喉、颈侧和胸部为白色，腹部两侧栗色，下腹土黄褐色。尖长的鸟喙蓝灰色。眼睛黑色。双腿橙棕色，长爪尖黑色。雌雄同色，雄性个体略大。能在树干向上或向下攀行，啄食树皮下的昆虫，亦有时以螺旋形沿树干攀缘活动，鸣声似“zhe-zhe”。性活泼，遇到人时并不惊慌，而是停在树干上，一动一动地向人张望。不停的从一棵树飞向另一棵树上，当遇惊吓时，可以发出“der-der”的急叫声。鸣声多样，优美动听。

褐氅身披形象凶，
雄开健翅傲长空。
蛙蛇兔鼠休逃命，
却死同侪隼雀鹰。

普通鵟

鹰科，体长 55厘米，红褐色。上体深红褐色；脸侧皮黄具近红色细纹，栗色的髭纹显著；下体偏白上具棕色纵纹，两肋及大腿沾棕色。飞行时两翼宽而圆，初级飞羽基部具特征性白色块斑。尾近端处常具黑色横纹。在高空翱翔时两翼略呈“V”形。虹膜－黄色至褐色；嘴－灰色，端黑，蜡膜黄色；脚－黄色。叫声：响亮的咪叫声 peeioo。分布范围：繁殖于古北界及喜马拉雅山脉；北方鸟至北非、印度及东南亚越冬。甚常见，高可至海拔 3000米。习性：喜开阔原野且在空中热气流上高高翱翔，在裸露树枝上歇息。飞行时常停在空中振羽。

乳白下体背黑头，赤嘴稍长微带钩。
安静一生偶有叫，捕鱼潜水乐急流。

普通秋沙鸭

鸭科，体长68厘米，具细长的嘴具钩。繁殖期雄鸟头及背部绿黑，与光洁的乳白色胸部及下体成对比。飞行时翼白而外侧三极飞羽黑色。雌鸟及非繁殖期雄鸟上体深灰，下体浅灰，头棕褐色而颏白。体羽具蓬松的副羽，较中华秋沙鸭的为短但比体型较小的为厚。飞行时次级飞羽及覆羽全白，并无红胸秋沙鸭那种黑斑。虹膜－褐色；嘴－红色；脚－红色。叫声：相当安静。雄鸟求偶时发出假嗓的 uig-a叫声，雌鸟有几种粗哑叫声。分布范围：北半球。分布状况：相当常见留鸟和季节性候鸟。习性：喜结群活动于湖泊及湍急河流。潜水捕食鱼类。

深叉燕尾背鳞飞，
头顶乌纱胸染灰。
沙哑重音呈降调，
钓鱼台上享功垂。

普通燕鸻

燕鸻科，体长 25厘米，翼长，叉形尾，喉皮黄色具黑色边缘（冬候鸟较模糊）。上体棕褐色具橄榄色光泽；两翼近黑；尾上覆羽白色；腹部灰；尾下白；叉形尾黑色，但基部及外缘白色。虹膜－深褐；嘴－黑色，嘴基猩红；脚－深褐。叫声：嘶哑的喘息声 tar-rak。分布范围：繁殖于亚洲东部；冬季南迁经印度尼西亚至澳大利亚。分布状况：地区性常见鸟。指名亚种繁殖于华北、东北、华东、新疆及海南岛。留鸟见于台湾。有记录迁徙时见于中国东部多数地区。习性：形态优雅，以小群至大群活动，性喧闹。与其他涉禽混群，栖于开阔地、沼泽地及稻田。善走，头不停点动。飞行优雅似燕，于空中捕捉昆虫。

巨水长泽候鸟翔，扬翩起舞赋华章。
鱼虾虫蟹皆充腹，清脆留音唱沼塘。

普通燕鸥

鸥科，体长 35厘米，头顶黑色的燕鸥。尾深叉型。繁殖期：整个头顶黑色，胸灰色。非繁殖期：上翼及背灰色，尾上覆羽、腰及尾白色，额白，头顶具黑色及白色杂斑，颈背最黑，下体白。飞行时，非繁殖期成鸟及亚成鸟的特征为前翼具近黑的横纹，外侧尾羽羽缘近黑。第一冬鸟上体褐色浓重，上背具鳞状斑。虹膜－褐色；嘴－冬季黑色，夏季嘴基红色；脚－偏红，冬季较暗。叫声：沙哑的降调 keerar声，重音在第一音节。分布范围：繁殖于北美洲及古北界；冬季南迁至南美洲、非洲、印度洋、印度尼西亚及澳大利亚。习性：喜沿海水域，有时在内陆淡水区。歇息于突出的高地如钓鱼台及岩石。飞行有力，从高处冲下海面取食。

乔妆三色特鲜明，玉韵朱颜福墨情。
拍打水花翩两翅，乐于湿地享安宁。

翘鼻麻鸭

鸭科，体长 60厘米，具醒目色彩的黑白色鸭。绿黑色光亮的头部与鲜红色的嘴及额基部隆起的皮质肉瘤对比强烈。胸部有一栗色横带。雌鸟似雄鸟，但色较暗淡，嘴基肉瘤形小或阙如。亚成体褐色斑驳，嘴暗红，脸侧有白色斑块。虹膜－浅褐；嘴－红色；脚－红色。叫声：春季多鸣叫。雄鸟发出低哨音；雌鸟发出 gag-ag-ag-ag-ag叫声。 分布范围：由西欧至东亚，越冬区至北非、印度及中国南方。分布状况：繁殖于中国北方及东北，迁至中国东南部越冬，较常见。习性：营巢于咸水湖泊的湖岸洞穴，极少于淡水湖泊。

琼白下体上灰颜，大嘴长长向上翻。
响哨轻柔真悦耳，寻食河口或泥滩。

翘嘴鹬

丘鹬科，体长 23厘米，灰色，嘴长而上翘；上体灰色，具晦黯的白色半截眉纹；黑色的初级飞羽明显；繁殖期肩羽具黑色条纹；腹部及臀白色。飞行时翼上狭窄的白色内缘明显。虹膜－褐色；嘴－黑色，嘴基黄色；脚－橘黄。叫声：轻柔悦耳的哨音 hu-hu-hu或较尖的颤音 tee-tee-tee或 tit-ter-tee。分布范围：繁殖于欧亚大陆北部；冬季南移远及澳大利亚和新西兰。分布状况：迁徙时常见于中国东部及西部。部分非繁殖鸟整个夏季可见于中国南部。习性：喜沿海泥滩、小河及河口，进食时与其他涉禽混群，但飞行时不混群。通常单独或一两只在一起活动，偶成大群。

矮壮玲珑外羽白，善将鸣叫悦群怀。
觅食浅水虫偏喜，站立平衡姿势乖。

青脚滨鹬

丘鹬科，体长14厘米，矮壮，腿短，灰色。上体（冬季）全暗灰；下体胸灰色，渐变为近白色的腹部。尾长于拢翼。与其他滨鹬区别在于外侧尾羽纯白，落地时极易见，且叫声独特，腿偏绿或近黄。夏季体羽胸褐灰，翼覆羽带棕色。 虹膜－褐色；嘴－黑色；腿及脚－偏绿或近黄。叫声：短快而似蝉鸣的独特颤音叫声tirrrrrit 中国有分布。定期出现但却罕见的过境鸟，于中国全境。越冬群体见于台湾、福建、广东及香港。习性：同其他滨鹬，喜沿海滩涂及沼泽地带，成小或大群。主要淡水鸟，也光顾潮间港湾。被赶时猛地跃起，飞行快速，紧密成群作盘旋飞行。站姿较平。

绿脚形长灰嘴翻，
茶黑翼背布横斑。
栖息海陆喜泥治，
响亮喧鸣悦耳缘。

青脚鹬

丘鹬科体长 14厘米，矮壮，腿短，灰色。上体（冬季）全暗灰；下体胸灰色，渐变为近白色的腹部。尾长于拢翼。与其他滨鹬区别在于外侧尾羽纯白，落地时极易见，且叫声独特，腿偏绿或近黄。夏季体羽胸褐灰，翼覆羽带棕色。虹膜－褐色；嘴－黑色；腿及脚－偏绿或近黄。叫声：短快而似蝉鸣的独特颤音叫声 tirrrrrrit中国有分布。习性：同其他滨鹬，喜沿海滩涂及沼泽地带，成小或大群。主要淡水鸟，也光顾潮间港湾。被赶时猛地跃起，飞行快速，紧密成群作盘旋飞行。站姿较平。

胸妆深栗腹瑶纯，
翼背头喉烟褐重。
甜美颤鸣真简悦，
性情温驯乐朋人。

鸲岩鹨

麻雀科，体长16厘米，偏灰色。胸栗褐，头、喉、上体、两翼及尾烟褐，上背具模糊的黑色纵纹；翼覆羽有狭窄的白缘，翼羽羽缘褐色；灰色的喉与栗褐色的胸之间有狭窄的黑色领环；下体其余白色。虹膜－红褐；嘴－近黑；脚－暗红褐。叫声：叫声为颤音，告警时发出尖声的 zieh–zieh，鸣声为简单而甜美的颤鸣 si–ti–si–tsi, tsutsitsi或 tzwe–e–you, tzwe–e–you。分布范围：喜马拉雅山脉、中国中部及青藏高原南部。分布状况：不常见留鸟，见于青海北部及东部、甘肃、四川西部及西藏南部海拔 3600~4900米的草甸及杜鹃丛和柳树灌丛。习性：具本属的典型特性。温驯而不惧生。

双翅润圆尾羽长，健翮阵抖继滑翔。
通吃小鸟和虫鼠，利害权衡益赞扬。

雀鹰

鹰科，雄鸟体长32厘米，雌鸟38厘米。雄鸟：上体褐灰，白色的下体上多具棕色横斑，尾具横带。脸颊棕色为识别特征。雌鸟：体型较大，上体褐，下体白，胸、腹部及腿上具灰褐色横斑，无喉中线，脸颊棕色较少。亚成鸟与 Accipiter属其他鹰类的亚成鸟区别在于胸部具褐色横斑而无纵纹。虹膜－艳黄色；嘴－角质色，端黑；脚－黄色。叫声：偶尔发出尖厉的哭叫。繁殖于古北界；候鸟迁至非洲、印度、东南亚。习性：从栖处或“伏击”飞行中捕食，喜林缘或开阔林区。

整体多黑点玉斑，
觅食摆尾乐由翩。
活泼好动村家近，
四季良昏喜报传。

鹊鸲

鹟科，鹊鸲属。体长 20厘米，黑白色。雄鸟：头、胸及背闪辉蓝黑色，两翼及中央尾羽黑，外侧尾羽及覆羽上的条纹白色，腹及臀亦白。雌鸟似雄鸟，但暗灰取代黑色。亚成鸟似雌鸟但为杂斑。虹膜－褐色；嘴及脚－黑色。叫声：哀婉的 swee-swee叫声及粗哑的 chrrr声。有多种活泼的鸣声包括模仿其他鸟的叫声，但缺少白腰鹊鸲那种浓郁的音调。中国南方有分布。常见于低海拔地带，高可至海拔 1700米。亚种 prosthopellus为留鸟于中国北纬 33° 以南的多数地区。习性：常光顾花园、村庄、次生林、开阔森林及红树林。飞行时易见，栖于显著处鸣唱或炫耀。取食多在地面，不停地把尾低放展开又骤然合拢伸直。

是谁拍打浪花飞，两翅频摇素玉瑰。
碧水清波浮雪炭，深潜寻觅显功威。

鹊鸭

鸭科，体长 48厘米，头大而高耸，眼金色。繁殖期雄鸟胸腹白色，次级飞羽极白。嘴基部具大的白色圆形点斑；头余部黑色闪绿光。雌鸟烟灰色，具近白色扇贝形纹；头褐色，无白色点或紫色光泽；通常具狭窄白色前颈环。非繁殖期雄鸟似雌鸟，但近嘴基处点斑仍为浅色。虹膜－黄色；嘴－近黑；脚－黄色。叫声：相当安静。飞行时振翼发出啸音。炫耀时雄鸟发出一系列怪啸音及粗喘息声，雌鸟作粗哑 graa声；被赶时也发出此音。 繁殖在亚洲北部，越冬于中国中部及东南部。罕见季节性旅鸟。习性：喜在湖泊、沿海水域结群形成大片；与其他种类偶有混群。潜水取食。游泳时尾上翘。有时栖于陆上。

黛玉双颜朴素装，仿如喜鹊故名扬。
长空巨野君翔健，锐亮鸣声动耳疆。

鹊鹞

鹰科，体长42厘米，两翼细长。雄鸟：体羽黑、白及灰色；头、喉及胸部黑色而无纵纹为其特征。雌鸟：上体褐色沾灰并具纵纹，腰白，尾具横斑，下体皮黄具棕色纵纹；飞羽下面具近黑色横斑。亚成鸟：上体深褐，尾上覆羽具苍白色横带，下体栗褐色并具黄褐色纵纹。虹膜－黄色；嘴－角质色；脚－黄色。叫声：通常无声。分布范围：繁殖于东北亚；冬季南迁至东南亚、菲律宾及北婆罗洲。分布状况：繁殖于中国东北，冬季南下至华南及西南。并不罕见。习性：在开阔原野、沼泽地带、芦苇地及稻田的上空低空滑翔。

丽影娇娇湿治中，淡妆浓抹展华荣。
眼周垂肉红鲜亮，果腹鱼虾小蟹虫。

肉垂麦鸡

鸻科，体长 33厘米，黑、白及褐色麦鸡。头、喉及胸中部黑色；耳羽具白色斑块；上背、翼覆羽及背部浅褐；翼尖、尾后缘及尾的次端斑黑色；翼斑、尾基尾尖及下体余部白色。嘴基上的红色肉垂使其得名。 虹膜－褐色；嘴－红色，端黑；脚－黄色。叫声：告警时发出响而尖的叫声 did-he-do-it, pity-to-do-it及 ping的单音。分布范围：波斯湾及印度次大陆至中国西南部和东南亚。分布状况：亚种 atronuchalis为云南西部及西南部干燥开阔地区的地方性常见鸟。习性：栖于开阔地区、农田、稻田、沼泽地及河滩。性警觉，以快速振翅地飞行显示告警。

霞毛背翼绿鲜深，飞羽澄蓝具玉纯。
跖趾酒红兼嘴色，怕惊喜静爱长春。

三宝鸟

佛法僧科，亦称“老鸹翠”、“东方宽嘴转鸟”、“阔嘴鸟”。体长 30厘米。具宽阔的红嘴（亚成鸟为黑色）。此鸟羽衣华丽 ,两肩色鲜亮而微呈蓝色。整体色彩为暗蓝灰色，但喉为亮丽蓝色。飞行时两翼中心有对称的亮蓝色圆圈状斑块。虹膜 – 褐色；嘴 – 珊瑚红色，端黑；脚 – 橘黄色活红色。该鸟常单独或成对栖息于山地或平原林中，也喜欢在林区边缘空旷处或林区里的开垦地上活动，早、晚活动频繁。天气较热时，常栖息在密林中的乔木上，或在较开阔处的大树梢处。

三道眉纹强目描，胸缠栗带衬棕腰。
成群结队大合唱，妙肖惟惟颂美谣。

三道眉草鹀

燕雀科，体长16厘米，棕色，具醒目的黑白色头部图纹和栗色的胸带，以及白色的眉纹、上髭纹并颏及喉。繁殖期雄鸟脸部有别致的褐色及黑白色图纹，胸栗，腰棕。雌鸟色较淡，眉线及下颊纹皮黄，胸浓皮黄色。雄雌两性均似鲜见于中国东北的栗斑腹鹀。虹膜－深褐；嘴－双色，上嘴色深，下嘴蓝灰而嘴端色深；脚－粉褐。叫声：鸣声为短而急的短句似戈氏岩鹀，常由突出的栖处作叫，但开始音 tsitt不如戈氏岩鹀的音高。叫声为偏高的 zit-zit-zit声，为快速而成串的 3~4个音节。中国有分布。习性：栖居高山丘陵的开阔灌丛及林缘地带，冬季下至较低的平原地区。

鲜黄下体上橙红，
蓝翅莹莹颏玉琮。
鸣叫飞翔高哨美，
稀缺物种保休松。

三趾翠鸟

翠鸟科，体长 14厘米，红黄色翠鸟。下体鲜黄，背部及翼上覆羽蓝黑色为本种特征。虹膜－褐色；嘴－红色；脚－红色。叫声：飞行时发出高哨音 tsriet-siet或 tsie-tsie。分布范围：印度、缅甸至马来诸岛及菲律宾。分布状况：云南南部、海南岛甚或西藏东南部低地森林中的不常见鸟，可至海拔 1500米。习性：林中鸟，多近溪流。在低矮栖木间高速飞行捕食昆虫或其他小猎物。俗名：小黄鱼狗。

黑白两色布琳琅，
尾羽乌颜头顶黄。
錾木声声堪有力，
取食树液做佳尝。

三趾啄木鸟

啄木鸟科，体长 23厘米，黑白色。头顶前部黄色（雌鸟白色 ），仅具三趾。体羽无红色，上背及背部中央部位白色。腰黑。亚种 funebris腰褐色，背部白色仅于上背，下体褐色较浓。虹膜－褐色；嘴－黑色；脚－灰色。叫声：轻柔的 kik声。有力的錾木声在 1.3秒后突然加速，类似黑啄木鸟。分布范围：全北界。分布状况：地方性常见。指名亚种为中国东北的留鸟。习性：喜老云杉树及亚高山桦树林。环树干錾圈以取食树液。

沙褐上身央尾玄，干干净净体型端。
疾奔速跑停头点，连串断音柔美甜。

沙䳭

鹟科，体长16厘米，沙褐色，色平淡而略偏粉且无黑色脸罩，翼较多数其他䳭种色浅，尾比秋季的穗䳭为黑。雄雌同色，但雄鸟眼先较黑，眉纹及眼圈苍白。与雌漠䳭的区别在身体较扁圆而显头大、腿长，翼覆羽较少黑色，腰及尾基部更白。幼鸟上体具浅色点斑，胸羽羽缘暗黑。虹膜－深褐；嘴－黑色；脚－黑色。叫声：高的管笛音 cheep。连续鸣唱长达 15秒，较其他䳭都长，包括模仿叫声及一连串清晰的 wee-wee-wee-wee-wee声。于冬季也作低柔甜美的鸣声。中国有分布。习性：单独或成对活动于有矮树丛的多沙荒漠。站势略比穗䳭直。在地面奔跑快捷并时而停下点头。雄鸟炫耀时跃入空中，尾张开作徘徊飞行，然后滑降而落。

全身大部粉红娇，颈侧鲜明墨玉条。
悦耳鸣传开阔地，村庄寺院任逍遥。

山斑鸠

鸠鸽科，体长32厘米，偏粉色。与珠颈斑鸠区别在于颈侧有带明显黑白色条纹的块状斑。上体的深色扇贝斑纹体羽羽缘棕色，腰灰，尾羽近黑，尾梢浅灰。下体多偏粉色，脚红色。与灰斑鸠区别在体型较大。虹膜－黄色；嘴－灰色；脚－粉红。叫声：叫声为悦耳的 kroo kroo-kroo kroo。分布范围：喜马拉雅山脉、印度、东北亚、日本、中国大陆及台湾。北方鸟南下越冬。习性：成对活动，多在开阔农耕区、村庄及寺院周围，取食于地面。俗名：斑鸠、东方斑鸠、花翼、花翼、金背斑鸠、绿斑鸠、麒麟斑、麒麟鸠、山鸽子、雉鸠、棕背斑鸠。

玉净眉纹喙细长，褐黑两翼布琳琅。
吱吱鸣叫清音亮，逮捕昆虫果饿肠。

山鹡鸰

麻雀科，体17厘米，褐色及黑白色。上体灰褐，眉纹白；两翼具黑白色的粗显斑纹；下体白色，胸上具两道黑色的横斑纹，较下的一道横纹有时不完整。虹膜－灰色；嘴－角质褐色，下嘴较淡；脚－偏粉色。叫声：常作响亮的吱吱声。飞行时发出短促的 tsep叫声。分布范围：繁殖在亚洲东部；冬季南移至印度、中国东南部、东南亚、菲律宾及大马来诸岛。习性：单独或成对在开阔森林地面穿行。尾轻轻往两侧摆动，不似其他鹡鸰尾上下摆动。甚驯服，受惊时作波状低飞仅至前方几米处停下。也停栖树上。俗名：刮刮油、横花牛屎必、林鹡鸰、林鹡鸰、树鹡鸰。

上体灰蓝翅黛青，
胸颏染褐素臀琼。
鸣吟悦耳真甜美，
常立栖息享静宁。

山蓝仙鹟

鹟科，体长 15厘米，蓝、橘黄及白色（雄鸟）或近褐色（雌鸟）。雄鸟：上体深蓝；额及短眉纹钴蓝；眼先、眼周、颊及颏点黑色；喉、胸及两肋橙黄；腹白；颏及整个喉橘黄，且腰无闪光而有别于所有其他胸部橘黄的蓝仙鹟。雌鸟：上体褐色，眼圈皮黄，下体似雄鸟但较淡。与雌蓝喉仙鹟的区别在于胸多棕色，喉棕非皮黄。幼鸟褐色班驳，上体具皮黄橙色点斑。虹膜－褐色；嘴－黑色；脚－褐色。叫声：甜美悦耳的颤鸣声，音程甚复杂。告警叫声为粗哑的 chek-chek。中国有分布。分布状况：通常罕见，见于四川南部、云南及贵州南部的落叶林和开阔林，高可至海拔 2400米。习性：常静立不动，从低栖处捕食。

灰褐全身下淡轻，髭须妆点嘴黄橙。
栖息灌野棘丛喜，连串嘶嘶速亮鸣。

山噪鹛

莺科，体长29厘米，偏灰色。指名亚种：上体全灰褐，下体较淡，具明显的浅色眉纹，颏近黑。亚种concolor的灰色较重，整体褐色较少。虹膜－褐色；嘴－下弯，亮黄色，嘴端偏绿；脚－浅褐。叫声：鸣声为响亮而快速重复的一连串短促音，前有细弱的嘶嘶声，接较低弱声wiau wa-wik-wik-wik woit-woit-woit-woit。雄雌两性联络或告警时均发出一连串的wiau声。分布范围：中国北方及华中的特有种。习性：同其他噪鹛，喜棘丛及灌丛。

下白上褐布纹麻，次羽飞翔宽带发。
长嘴尖尖锥若仿，空中旋后速池扎。

扇尾沙锥

丘鹬科，体长26厘米，色彩明快。两翼细而尖，嘴长；脸皮黄色，眼部上下条纹及贯眼纹色深；上体深褐，具白及黑色的细纹及蠹斑；下体淡皮黄色具褐色纵纹。色彩与大沙锥、澳南沙锥及针尾沙锥相似，但扇尾沙锥的次级飞羽具白色宽后缘，翼下具白色宽横纹，飞行较迅速、较高、较不稳健，并常作急叫声。皮黄色眉线与浅色脸颊成对比。肩羽边缘浅色，比内缘宽。肩部线条较居中线条为浅。虹膜－褐色；嘴－褐色；脚－橄榄色。叫声：为响亮而有节律的 tick-a, tich-a, tich-a声，常于栖处鸣叫。被驱赶而告警时发出响亮而上扬的大叫声 jett-jett。分布范围：繁殖于古北界。习性：栖于沼泽地带及稻田，通常隐蔽在高大的芦苇草丛中，被赶时跳出并作“锯齿形”飞行，边发出警叫声。空中炫耀为向上攀升并俯冲，外侧尾羽伸出，颤动有声。

威武神形顶凤冠，长空巨野任盘旋。
捕蛇特技堪绝唱，鸩酒之说是谬谈。

蛇雕

鹰科，体长 50厘米，深色雕。两翼甚圆且宽而尾短。上体深褐色或灰色，下体褐色，腹部、两肋及臀具白色点斑。尾部黑色横斑间以灰白色的宽横斑，黑白两色的冠羽短宽而蓬松，眼及嘴间黄色的裸露部分是为本种特征。飞行时的特征为尾部宽阔的白色横斑及白色的翼后缘。亚成鸟似成鸟但褐色较浓，体羽多白色。虹膜－黄色；嘴－灰褐色；脚－黄色。叫声：非常爱叫雕，常在森林上空翱翔，发出响亮尖叫声 kiu–liu或 kwee–kwee, kwee–kwee, kwee–kwee–kwee。中国有分布。在高至海拔 1900米有林覆盖的山丘或许为最常见的雕类。习性：常于森林或人工林上空盘旋，成对互相召唤。求偶期成对作懒散的体操表演。常栖于森林中有阴的大树枝上监视地面。

嘴脚珊瑚喉色金，
斑斓妆翅若嶙峋。
这山下蛋那山叫，
旷谷嘎嘎彻脆音。

石鸡

雉科，体长 38厘米，重斑纹。喉白，下脸部的黑色条纹过眼部和下喉部，与亮红色嘴及肉色眼圈形成对照。上体粉灰，胸皮黄带橘黄，两肋具黑色、栗色横斑及白色条纹。诸亚种存在细微差异，以荒漠中的为最淡。虹膜－褐色；嘴－红色；脚－红色。叫声：雄鸟发出一连串越来越高的 ka-ka-kaka-kaka-kaka声，紧接着几声带鼻音的咯咯叫，声如 chukara-chukara-chukar。中国有分布。分布状况：广泛分布于中国北方，为地方性常见鸟。习性：成对或成群活动于开阔山区、高原、草原及干旱草地。

混迹沙原隐影真，一身素裹点麻纹。
如飞家雀百灵跳，多变加加短叫频。

石雀

麻雀科，体长 15厘米，矮扁形。具深色的侧冠纹，眉纹色浅，眼后有深色条纹。雄雌同色。头部图纹甚为特别。飞行时比家麻雀显得尾短而翼基部较宽。亚种 brevirostris体型较小，头部图纹不甚清楚且嘴短而厚。虹膜－深褐；嘴－灰色，下嘴基黄色；脚－粉褐。叫声：喧闹吵嚷，发出似家麻雀的唧唧叫及金属音的 vi-veep和偏高的 cheeooee声，飞行时作较轻柔的 sup声。鸣声为重复的选择性叫声。常见中国西、西北、华北、东北。习性：栖于荒芜山丘及多岩的沟壑深谷，高可至海拔 3000米。结大群栖居且常与家麻雀在一起。于地面奔跑及并足跳动，飞行力强。

羽冠黑黑闪墨光，
白白寿带透明长。
体形优美引人眼，
悦耳笛声近太阳。

寿带鸟

鸦科，体长 22厘米，雄鸟计尾长再加 20厘米，有两种色型，头闪辉黑色，冠羽显著。雄鸟易辨，一对中央尾羽在尾后特形延长，可达 25厘米。雄鸟具两种色型，均不同于紫寿带上体赤褐，下体近灰。雌鸟棕褐，头闪辉黑色，但尾羽无延长。虹膜－褐色；眼周裸露皮肤－蓝色；嘴－蓝色，嘴端黑色；脚－蓝色。叫声：发出笛声及甚响亮的 chee-tew 联络叫声，似黑枕王鹟叫声但较强烈。中国有分布。习性：白色的雄鸟飞行时显而易见。通常从森林较低层的栖处捕食，常与其他种类混群。

眉脸胸腰粉色新，棕黑上体纵麻纹。
双音沙哑声坚定，矮树丛林好寄身。

曙红朱雀

燕雀科，体长 12.5厘米，眉纹、脸颊、胸及腰粉色。甚似红眉朱雀但体型较小，嘴细而尾短，无红眉朱雀的皮黄褐色两肋。额不似玫红眉朱雀鲜艳，且额上密布纵纹，腰更为淡粉。雌鸟体羽无粉色，羽色似玫红眉朱雀。虹膜 – 深褐；嘴 – 角质褐色；脚 – 淡褐。叫声：鸣声尚无描述。叫声包括坚定的 pink声，似鹀的 tsip及较沙哑的双音节 pitrit。分布范围：中国西藏东南部至西南地区。分布状况：不常见留鸟于海拔 3900~4900米的西藏东部、青海东南部及四川。部分鸟冬季南迁至云南西北部，也可能于其他处有繁殖。习性：喜开阔的高山草甸及有矮树及灌丛的干热河谷。冬季成群活动，有时与体型较大的红眉朱雀混群。

窈窕身姿逸韵娴，
大家闺秀雅容端。
脱俗举止从容态，
进退屈伸顾大全。

蓑羽鹤

鹤科，体长 105厘米，蓝灰色。头顶白色，白色丝状长羽的耳羽簇与偏黑色的头、颈及修长的胸羽成对比。三级飞羽形长但不浓密，不足覆盖尾部。胸部的黑色羽较灰鹤的更为长垂。虹膜－雄鸟红色，雌鸟橘黄；嘴－黄绿；脚－黑色。叫声：叫声如号角似灰鹤，但较尖而少起伏。中国有分布。繁殖于中国东北、内蒙古西部的鄂尔多斯高原及西北。越冬在西藏南部。为高原、草原、沼泽、半荒漠及寒冷荒漠的鸟种，分布至海拔 5000米。习性：飞行时呈“V”字编队，颈伸直。

犀牛大角立盔突，
巨嘴昭彰个性足。
亮丽衣裳相阅悦，
情人亲吻恋绵殊。

双角犀鸟

犀鸟科，体长 125厘米，黑色及奶白色。白色的尾上具黑色次端斑，翼黑而具白色沾黄宽横带。嘴及前凹的盔突黄色，脸黑色。头及胸部的白色体羽常沾黄色。虹膜－雄鸟红色，雌鸟近白；嘴－黄色；脚－黑色。叫声：声大而粗哑的咳叫，声如gok或wer gok。分布范围：印度、东南亚、马来半岛及苏门答腊。分布状况：亚种 homrai为云南西部、西南部及西藏东南部低地常绿林的罕见留鸟。滥猎导致双角犀鸟从许多栖息地消失。习性：通常成对。吵闹着飞过林顶。取食和栖息于原始林的顶冠层。

乳玉眉纹腿粉红，
淡棕下体背黑青。
飞行炫耀柔鸣弱，
常近溪流隐迹踪。

水鹨

麻雀科，体长15厘米，偏灰色而具纵纹。眉纹显著。繁殖期下体粉红而几无纵纹，眉纹粉红。非繁殖期粉皮黄色的粗眉线明显，背灰而具黑色粗纵纹，胸及两肋具浓密的黑色点斑或纵纹。在手中时，柠檬黄色的小翼羽为本种特征。虹膜－褐色；嘴－灰色；脚－偏粉色。叫声：柔弱的 seep-seep叫声。炫耀飞行时鸣声为tit-tit-tit-tit-tit teedle teedle。分布范围：喜马拉雅山脉、中国；越冬至印度北部的平原地带。习性：通常藏隐于近溪流处。比多数鹨姿势较平。

朴素着装典雅风，凌波仙子水盈盈。
翩跹姿态夺人目，闲步荷花乐碧澄。

水雉

雉鸻科，体长 33厘米，尾特长的深褐色及白色水雉。飞行时白色翼明显。非繁殖羽头顶、背及胸上横斑灰褐色；颏、前颈、眉、喉及腹部白色；两翼近白。黑色的贯眼纹下延至颈侧，下枕部金黄色。初级飞羽羽尖特长，形状奇特。虹膜－黄色；嘴－黄色或灰蓝（繁殖期）；脚－棕灰或偏蓝（繁殖期）。叫声：告警时发出响亮的鼻音喵喵声。分布范围：印度至中国、东南亚；南迁至菲律宾及大巽他群岛。习性：常在小型池塘及湖泊的浮游植物如睡莲及荷花的叶片上行走。挑挑拣拣地找食，间或短距离跃飞到新的取食点。俗名：狄咕。

瓦灰通体泛丝光，尾翅尖头点墨香。
响亮清甜鸣彻远，爱吃虫子饱饥肠。

丝光椋鸟

椋鸟科，体长24厘米，灰色及黑白色。嘴红色，两翼及尾辉黑，飞行时初级飞羽的白斑明显，头具近白色丝状羽，上体余部灰色。虹膜－黑色；嘴－红色，嘴端黑色；脚－暗橘黄。叫声：尚无记录。分布范围：中国、越南、菲律宾。分布状况：留鸟于中国华南及东南的大部地区包括台湾及海南岛，冬季分散至越南北部及菲律宾。于农田及果园并不罕见，高可至海拔800米。习性：迁徙时成大群。

麻装彩裹布横纹，安裸睛周泛赤晕。
连串尖音真刺耳，高山岩谷乐丛林。

四川雉鹑

雉科，体长48厘米，与雉鹑非常相似，皮黄色，喉块缺白色边缘。眼周裸皮猩红色。虹膜－褐色；嘴－略黑；脚－深红。叫声：一连串尖历、刺耳的叫声，远距离外可辨。分布范围：青藏高原东部至中国中部。分布状况：全球性近危 (Collar et al., 1994)。地方性不罕见，分布在西藏东南部及东部、青海南部、四川西南部及云南西北部海拔 3350~4600米之间。习性：结小群活动于多林下覆盖的冷杉林及杜鹃灌丛的多岩深谷及邻近的高山草甸。受惊时骤然不动或向山下飞行。

尾黑并具次端斑，褐背灰头鳞腹沾。
强取它巢培后代，洪声布谷夜难闲。

四声杜鹃

杜鹃科，体长 30厘米，偏灰色。似大杜鹃，区别在于尾灰并具黑色次端斑，且虹膜较暗，灰色头部与深灰色的背部成对比。雌鸟较雄鸟多褐色。亚成鸟头及上背具偏白的皮黄色鳞状斑纹。虹膜－红褐；眼圈－黄色；嘴－上嘴黑色，下嘴偏绿；脚－黄色。叫声：响亮清晰的四声哨音，不断重复，第四声较低，常在晚上叫。分布范围：东亚、东南亚、菲律宾、婆罗洲、苏门答腊并附近岛屿及爪哇西部。俗名：光棍背钮、光棍好过、花喀咕、快快割麦、豌豆八哥、印度喀咕。

紫红通体玉颜沾。两翼外缘妆钻斑。
比鸟情牵山岭上。生活悠荡远人烟。

松鸦

鸦科，体长 35厘米，偏粉色。特征为翼上具黑色及蓝色镶嵌图案，腰白。髭纹黑色，两翼黑色具白色块斑。飞行时两翼显得宽圆。飞行沉重，振翼无规律。虹膜－浅褐；嘴－灰色；脚－肉棕色。叫声：粗哑短促的 ksher叫声或哀怨的咪咪叫。中国有分布。分布广泛并甚常见于中国华北、华中及华东的多数地区。许多亚种在中国有分布 。习性：性喧闹，喜落叶林地及森林。以果实、鸟卵、尸体及橡树子为食。主动围攻猛禽。

眉纹修细雪霜沉，灰色上衣配素裙。
常在夜间尖厉叫，点头扑翼站姿新。

穗䳭

体长 15厘米，沙褐色，两翼色深而腰白。夏季雄鸟额及眉纹白色，眼先及脸黑色。冬季雄鸟眼纹色暗，眉纹白色，头顶及背皮黄褐色，翼、中央尾羽及尾羽端近黑，胸棕色，腰及尾侧白色。雌鸟似雄鸟但色暗。虹膜－褐色；嘴－黑色；脚－黑色。叫声：尖厉哨音 heet，告警时作生硬的 chak声。鸣声为短而脆的快速音节间杂哨音 heet，于岩石栖处或于飞行时作叫，又常在夜里鸣叫。中国有分布。甚常见于荒漠、高原及多岩石草地。习性：栖于开阔原野。领域性强。站势高，机警自信。常点头和扑翼。行走及并足跳均可。飞行快而低，落地前扑翼。

太平鸟

太平鸟科，体长 18厘米，尾尖黄色。尾下覆羽栗色，初级飞羽羽端外侧黄色而成翼上的黄色带，三级飞羽羽端及外侧覆羽羽端白色而成白色横纹。成鸟次级飞羽的羽端具蜡样红色点斑。虹膜－褐色；嘴－褐色；脚－褐色。叫声：群鸟叫声为颇有特色的清亮的成串 buzzing sirr声，鸣声简单似叫声。分布范围：欧亚大陆北部及北美洲西北部，越冬南迁。分布状况：不常见。越冬于中国东北及中北部。习性：群栖性。多喜食蔷薇果，Cotoneaster, Sorbus及其他浆果类。春夏季以昆虫为食。有时暴食到几乎不能飞行。

浑身土色缀珍珠，尖厉空声旷谷出。
喧闹欢嬉白桦地，稀缺物种爱休忽。

田鸫

鹟科，体长26厘米，灰色的头及腰部与栗褐色的背部成对比，下体白，胸及两肋满布黑色纵纹，两肋沾不同程度的赤褐，尾深色。虹膜－褐色；嘴－黄色；脚－深褐。叫声：叫声为响亮而带空音的 shak–shak声及单薄的鼻音 geeh。在树间飞行时不停发出尖厉的吱吱鸣叫。进攻鸦类时发出粗哑嘟叫声。中国西部有分布。种群数量稀少。亚种 subpilaris繁殖于中国西北部的天山，在新疆喀什地区及青海柴达木盆地有越冬记录。有迷鸟至甘肃及内蒙古的东南部。习性：喧闹，常成群活动，栖于林地及旷野。喜亚高山白桦林。飞行强劲有力。

冠羽蓬松醒目长，翎轴玉色纵纹彰。
高原雪域君栖好，响亮咯咯悦耳房。

条纹噪鹛

莺科，体长 30厘米，有极醒目的蓬松长冠羽，体羽暗褐，白色羽轴在头及背部成细小纵纹，胸及两肋的纵纹较粗，嘴短而厚。与细纹噪鹛的区别在于体型较大且纵纹白色。虹膜－红褐；嘴－深角质色；脚－灰色。叫声：响亮的不连贯咯咯声，尖厉的联络高叫及响亮悦耳的哨 o–willyou–willyou–wit及变调常重复多次。两声的哨音 teo–wo。成对或结小群活动，有时与其他噪鹛混群。隐匿于阔叶林及混合林中近溪流的浓密灌丛。在果树上取食。鸣叫时冠羽耸立。

铁爪黑黑健矮实，白纹之字厚娇姿。
嘟嘟生硬清而短，跳动行途栖砾石。

铁爪鹀

燕雀科，体长 16厘米，头大而尾短，后趾及爪甚长。繁殖期雄鸟清楚易辨，脸及胸黑，颈背棕色，头侧具白色的“之”字形图纹。繁殖期雌鸟特色不显著，但颈背及大覆羽边缘棕色，侧冠纹略黑，眉线及耳羽中心部位色浅。非繁殖期成鸟及幼鸟顶冠具细纹，眉线皮黄，大覆羽、次级飞羽及三级飞羽的羽缘为亮棕色。虹膜－栗褐；嘴－黄色，嘴端深色；脚－深褐。叫声：通常的飞行叫声为生硬的嘟声 prrt接短促而清晰哨音 teuw，似雪鹀但不如其悦耳。分布范围：繁殖于北极区的苔原冻土带，越冬至南方的草地及沿海地区。习性似百灵。

胸涂锈赤带斑横，铁嘴乌颜强壮精。
杂草虫虾皆果腹，极为谨慎跑还停。

铁嘴沙鸻

鸻科，体长 23厘米，羽毛的颜色为灰、褐及白色，嘴短。与蒙古沙鸻区别在于体型较大，嘴较长较厚，腿较长而偏黄色。除蒙古沙鸻外，与所有其他越冬鸻类的区别在于缺少胸横纹或领环。繁殖羽特征为胸具棕色横纹，脸具黑色斑纹，前额白色。虹膜－褐色；嘴－黑色；腿－黄灰。叫声：起飞时作低柔的颤音 trrrt。繁殖于新疆西部天山及喀什地区及内蒙古境内黄河拐弯处以北；迁徙经中国全境，少量鸟在台湾、广东及香港沿海越冬。习性：喜沿海泥滩及沙滩，与其他涉禽尤其是蒙古沙鸻混群。

额甲铅红头颈青，
眉纹玉韵翅沾铜。
淡湖活动堪轻巧，
响亮笛音悦耳鸣。

铜翅水雉

雉鸻科，体长 28~31厘米，褐色及黑色。具粗大的白色眉纹，头、颈及下体黑色而带绿色闪光；上体橄榄青铜色，尾栗色，前额栗色，眉白。幼鸟头顶褐色，胸部有些白色。虹膜－褐色；嘴－绿色，嘴基红色而嘴端黄；脚－暗绿。叫声：告警时发出响亮笛音，也发低喉音。分布范围：印度、中国西南、东南亚、苏门答腊及爪哇。分布状况：罕见留鸟于云南南部（西双版纳）。习性：似其他水雉。性隐蔽，极少见。

蓝绿全身黑眼先，偏白臀部缀鳞斑。
常栖针叶三千米，持久高鸣急促传。

铜蓝鹟

鹟科，体长 17厘米，全身绿蓝色。雄鸟眼先黑色；雌鸟色暗，眼先暗黑。雄雌两性尾下覆羽均具偏白色鳞状斑纹。亚成鸟灰褐沾绿，具皮黄及近黑色的鳞状纹及点斑。与雄性纯蓝仙鹟的区别在于嘴较短，绿色较浓，蓝灰色的臀具偏白色的鳞状斑纹。虹膜－褐色；嘴－黑色；脚－近黑。喜开阔森林或林缘空地，由裸露栖处捕食过往昆虫。急促而持久的高音鸣声，音调无变或逐渐下降；较纯蓝仙鹟少低哑声。叫声为 tze-ju-jui。繁殖于西藏南部、华中、华南及西南。习性：喜开阔森林或林缘空地，由裸露栖处捕食过往昆虫。

天下比公一样黑，全身乌亮紫光辉。
惊蛰来到它开口，坏事怪其言祸非。

秃鼻乌鸦

鸦科，体长 47厘米，黑色。特征为嘴基部裸露皮肤浅灰白色。幼鸟脸全被羽，易与小嘴乌鸦相混淆，区别为头顶更显拱圆形，嘴圆锥形且尖，腿部的松散垂羽更显松散。飞行时尾端楔形，两翼较长窄，翼尖“手指”显著，头显突出。虹膜－深褐；嘴－黑色；脚－黑色。叫声：比小嘴乌鸦叫声更枯涩之味的 kaak声。也发高而哀怨的 kraa-a及其他叫声。鸣声为多种令人生畏的声响的组合包括咯咯声、啊啊声及怪异的咔哒声等，伴以头部的前后伸缩动作。分布欧洲至中东及东亚。较常见。习性：进食及营巢都结群的社群性鸟种。常与寒鸦混群。取食于田野及矮草地。常跟随家养动物。

喉袋下垂呈淡红，厚直大嘴特鲜明。
死尸腐肉它偏爱，秃鹫难同竞上风。

秃鹳

鹳科，体长110厘米，黑白色。嘴特形大。两翼、背及尾黑色，下体及领环白色，裸出的头部及喉部粉红，颈裸露部分黄色，头顶具白色绒羽。虹膜－蓝灰；嘴－灰色；脚－深褐。叫声：在巢区发出嗡嗡声，振翼有声，嘴叩击出啪哒声，其余时候无声。分布范围：印度、中国南部、东南亚及大巽他群岛。分布状况：现于中国可能已绝迹或濒临绝迹。习性：喜多草的湿地、泥滩及红树林。有时见于与其他鹳甚至雕一起随热气流翱翔。

体型硕大像凶狂，松软翎领蓝颈彰。
矫健飞行凌九汉，捕捉鼠类饱饥肠。

秃鹫

鹰科，体长 100厘米，深褐色。具松软翎颌，颈部灰蓝。幼鸟脸部近黑，嘴黑，蜡膜粉红；成鸟头裸出，皮黄色，喉及眼下部分黑色，嘴角质色，蜡膜浅蓝。幼鸟头后常具松软的簇羽，飞行时更易与深色的Aquila属的雕类相混淆。两翼长而宽，具平行的翼缘，后缘明显内凹，翼尖的七枚飞羽散开呈深叉形。尾短呈楔形，头及嘴甚强劲有力。虹膜－深褐；嘴－角质色，蜡膜蓝色；脚－灰色。叫声：通常无声。分布范围：西班牙、巴尔干地区、土耳其至中亚及中国北部。偶有迷鸟游荡于繁殖区外。习性：食尸体但也捕捉活猎物。进食尸体时优先于其他鹫类。常与高山兀鹫混群。高空翱翔达几个小时。

灰白两色染衣衫，细嘴长长向下弯。
哀婉呻吟低咏唱，栖息浅海并河滩。

弯嘴滨鹬

丘鹬科，体长 21厘米，腰部白色明显，嘴长而下弯。上体长部灰色几无纵纹；下体白；眉纹、翼上横纹及尾上覆羽的横斑均白。夏羽胸部及通体体羽深棕色，颏白。繁殖期腰部的白色不明显。虹膜－褐色；嘴－黑色；脚－黑色。叫声：吱吱叫声。哀婉的 chew或 wheep，尖声的 whit-whit, whit-it-it及轻声呻吟。分布范围：繁殖于西伯利亚北部；越冬至非洲、中东、印度次大陆及澳大利亚。分布状况：不常见候鸟，迁徙时见于整个中国，少量在海南岛、广东及香港越冬。习性：栖于沿海滩涂及近海的稻田和鱼塘。通常与其他滨鹬及鹬类混群。潮落时跑至泥里翻找食物。休息时单脚站在沙坑，飞行迅速，成密集群。

下白上褐覆乌斑，两肋沾棕颏染玄。
苇荡河泽虫果腹，加加放嗓奏单弦。

苇鹀

燕雀科，体长 14厘米，头黑。繁殖期雄鸟：白色的下髭纹与黑色的头及喉成对比，颈圈白而下体灰，上体具灰色及黑色的横斑。似芦鹀但略小，上体几乎无褐色或棕色，小覆羽蓝灰而非棕色和白色，翼斑多显。雌鸟及非繁殖期雄鸟及各阶段体羽的幼鸟均为浅沙皮黄色，且头顶、上背、胸及两肋具深色纵纹。耳羽不如芦鹀或红颈苇鹀色深，灰色的小覆羽有别于芦鹀，上嘴形直而非凸形，尾较长。虹膜 – 深栗；嘴 – 灰黑；脚 – 粉褐。叫声：于灌丛顶部或草茎上作叫，鸣声仅为一单音节的重复。普通叫声为细弱 chleep声似麻雀。也有含混的 dziu声似芦鹀。

乖巧玲珑雅态端，蓝头褐体嘴黄颜。
敏捷速动柳枝上，苇荡唧啾反复喧。

文须雀

莺科，体长 17厘米，黄褐色，头灰，嘴细，雄鸟具特征性黑色锥形髭纹。体羽皮黄褐色，尾甚长，翼上具黑白色斑纹。雌鸟头无黑色，但幼鸟的眼先黑色。虹膜－淡褐；嘴－橘黄；脚－黑色。叫声：叫声为带鼻音的活泼的 pching声或唧唧啾啾的鸣声。分布范围：古北界。分布状况：地区性常见于中国北方多芦苇的适宜栖息生境。习性：性活泼而群栖，在芦苇地攀缘跳动，飞行时振翼弱且快，有时群鸟高飞空中又猛扎回芦苇地。

周身满布纵波纹，橄榄黄白扮墨鄰。
快速飞行高亮嗓，弯钩细嘴捕蛛神。

纹背捕蛛鸟

太阳鸟科，体长19厘米，满布纵纹的捕蛛鸟。腿鲜艳橘黄色，上体橄榄色，羽中心黑色而成粗显的纵纹，下体黄白而具黑色纵纹。虹膜－褐色；嘴－黑色；脚－橘黄。叫声：快速飞行时发出偏高的 cheet叫声。分布喜马拉雅山脉及印度东北部、中国南方至东南亚。指名亚种为常见留鸟，见于西藏东南部、云南西部及南部、贵州南部、广西西南部热带地区，上至中等海拔的常绿林。习性：极力抢占领地并相互紧紧追逐。于野香蕉及生姜的植株上取食。

一簇英毫若凤冠，暗黄浅瓦两相兼。
鼻音鸣叫清咪调，花树寻食碌不闲。

纹喉凤鹛

莺科，体长15厘米，暗褐色，羽冠突显，偏粉的皮黄色喉上有黑色细纹，翼黑而带橙棕色细纹。下体余部暗棕黄色。峨眉山的亚种色彩较淡，羽冠棕色。虹膜－褐色；嘴－上嘴色深，下嘴偏红；脚－橘黄。叫声：叫声为清晰而带鼻音的下滑咪叫queee。群鸟不停地喊喳作叫。分布范围：喜马拉雅山脉、印度阿萨姆至中国西南。常见于海拔 1100~3050米，冬季地区性地下至海拔 850米的山区阔叶林。分布状况：指名亚种为留鸟于西藏南部及东南部、云南西部及南部；亚种 omeiensis见于云南西北部至四川西南部（峨眉山）。习性：群鸟与其他种类混合于“鸟潮”，在开花的树顶上忙碌活动。

略浅眼圈金嘴尖。漆黑通体若鸦颜。
鸣声甜美真愉耳。静觅蠕虫把叶翻。

乌鸫

鸫科，体长29厘米。雄鸟全黑色，嘴橘黄，眼圈略浅，脚黑。雌鸟上体黑褐，下体深褐，嘴暗绿黄色至黑色。此鸟与所熟悉的乌鸫为同一种类。与灰翅鸫的区别在于翼全深色。虹膜－褐色；嘴－雄鸟黄色，雌鸟黑色；脚－褐色。叫声：鸣声甜美，但不如欧洲亚种悦耳，告警时的嘟叫声也大致相仿。飞行时发出 dzeeb的叫声。分布范围：欧亚大陆、北非、印度至中国；越冬至印度。习性：于地面取食，静静地在树叶中翻找无脊椎动物、蠕虫，冬季也吃果实及浆果。

上体黑灰余部白，
珠斑点肋粉足裁。
鸣声圆润长长颤，
藏匿林中独往来。

乌灰鸫

鸫科，体长 21厘米，雄雌异色。雄鸟：上体纯黑灰，头及上胸黑色，下体余部白色，腹部及两肋具黑色点斑。雌鸟：上体灰褐，下体白色，上胸具偏灰色的横斑，胸侧及两肋沾赤褐，胸及两侧具黑色点斑。幼鸟褐色较浓，下体多赤褐色。雌鸟与黑胸鸫的区别在腰灰色，黑色点斑延至腹部。虹膜－褐色；嘴－雄鸟黄色，雌鸟近黑；脚－肉色。叫声：鸣声圆润而带长长的颤鸣音，在高树顶上作叫。不常见。繁殖于河南南部、湖北、安徽(颍上)及贵州。冬季南迁至海南岛、广西及广东。习性：栖于落叶林，藏身于稠密植物丛及林子。甚羞怯。一般独处，但迁徙时结小群。

头顶斑纹翎领玄，
面盘灰淡共心圆。
性情沉静乔林顶，
连串嗥嗥呼噜繁。

乌林鸮

鸱鸮科，体长 65厘米，灰色。无耳羽簇，面庞具独特深浅色同心圆，眼鲜黄色，眼间有对称的“C”形白色纹饰。喉中部黑色，两旁白色的领线平延成面庞的底线。通体羽色浅灰，上、下体均具浓重的深褐色纵纹。两翼及尾具灰色及深褐色横斑。比灰林鸮或长尾林鸮的体型都大许多。虹膜－黄色；嘴－黄色；脚－橘黄。叫声：求偶叫声为一连串的 10个或更多的呼呼声，间隔半秒钟，收尾时音调音量渐衰。雌鸟回以细弱的 chieop-chiepp-chiepp声。也发出嗥叫及呼噜声。告警叫声为低而尖的 grrroooo声。分布范围：古北界极北部的森林。习性：栖于针叶林及混交林或落叶林。性沉静或有攻击性，通常在巢区附近一无所惧。

灰背腹白纹翼黄，眼圈琼韵肋琳琅。
叮当响处薄音哨，山麓森林饱饿肠。

乌鹟

鹟科，体长 13厘米，烟灰色。上体深灰，翼上具不明显皮黄色斑纹，下体白色，两肋深色具烟灰色杂斑，上胸具灰褐色模糊带斑；白色眼圈明显，喉白，通常具白色的半颈环；下脸颊具黑色细纹，翼长至尾的 2/3。诸亚种的下体灰色程度不同。亚成鸟脸及背部具白色点斑。虹膜－深褐；嘴－黑色；脚－黑色。叫声：活泼的金属般丁当声 chi-up, chi-up, chi-up；不似褐胸鹟粗哑。鸣声复杂，为重复的一连串单薄音加悦耳的颤音及哨音。喜马拉雅山脉有分布。习性：栖于山区或山麓森林的林下植被层及林间。紧立于裸露低枝，冲出捕捉过往昆虫。

平野林中丽影娇，川原雅舍叫声嘹。
锡白厚嘴消虫害，流水高山细浪摇。

锡嘴雀

燕雀科，体长 17厘米，偏褐色。嘴特大而尾较短，具粗显的白色宽肩斑。雄雌几乎同色。成鸟具狭窄的黑色眼罩；两翼闪辉蓝黑色（雌鸟灰色较重），初级飞羽上端非同寻常地弯而尖；尾暖褐色而略凹，尾端白色狭窄，外侧尾羽具黑色次端斑；两翼的黑白色图纹上下两面均清楚。幼鸟似成鸟但色较深且下体具深色的小点斑及纵纹。 虹膜－褐色；嘴－角质色至近黑；脚－粉褐。 叫声：鸣声以哨音开始，以流水般悦耳音节 deek-waree-ree-reel收尾。叫声为突发性 tzick声，也有尖声的 teee或 tzeep。 分布欧亚大陆的温带区。甚常见。 习性：成对或结小群栖于林地、花园及果园，高可至海拔 3000米。通常惧生而安静。

树上逍遥八面风，乌颜玉色旺枝登。
阴晴喜乐君来报，婉转歌喉悦耳听。

喜鹊

鸦科，体长45厘米。具黑色的长尾，两翼及尾黑色并具蓝色辉光。虹膜－褐色；嘴－黑色；脚－黑色。叫声：叫声为响亮粗哑的嘎嘎声。中国有分布。此鸟在中国分布广泛而常见，被认为能带来好运气而通常免遭捕杀。习性：适应性强，中国北方的农田或香港的摩天大厦均可为家。多从地面取食，几乎什么都吃。结小群活动。巢为胡乱堆搭的拱圆形树棍，经年不变。

羽轴纹素尾尖灰，
褐背髭须似有威。
高叫叽喳清韵美，
低飞成对隐林隈。

细纹噪鹛

莺科，体长 21厘米，偏灰色。通体密布褐色及近白色纵纹。上体烟橄榄色，背具白色羽轴纹，两翼及尾棕色，尾端近灰白。下体灰，胸及两肋近白色的羽轴及棕色羽缘成纵纹。西藏东南部的亚种比指名亚种色深。虹膜－褐色；嘴－褐色；脚－浅褐。叫声：喊喳不停并有清晰的高叫 pity-pity-we are。告警时发哀怨的 sweet-pea-pea声。分布范围：阿富汗、喜马拉雅山脉至西藏东南部。分布状况：常见于海拔 1700~3300米山麓开阔灌丛，冬季下移。留鸟于西藏南部（lineatus)及东南（imbricatus)。习性：成对或结小群活动，极少高过距地面 2米；常藏隐于浓密覆盖下，于地面取食。

矮扁身姿形似鸭，领红顶褐背斑发。
高音重复吱吱叫，清水湖田好做家。

小䴙䴘

䴙䴘科，体长27厘米，繁殖羽：喉及前颈偏红，头顶及颈背深灰褐，上体褐色，下体偏灰，具明显黄色嘴斑。非繁殖羽：上体灰褐，下体白。虹膜－黄色；嘴－黑色；脚－蓝灰，趾尖浅色。叫声：重复的高音吱叫声 ke-ke-ke-ke，求偶期间相互追逐时常发此声。分布范围：非洲、欧亚大陆、印度、中国、日本、东南亚、菲律宾、印度尼西亚至新几内亚北部。分布状况：留鸟及部分候鸟，分布于中国各地包括台湾及海南岛。习性：喜在清水及有丰富水生生物的湖泊、沼泽及涨过水的稻田。通常单独或成分散小群活动。繁殖期在水上相互追逐并发出叫声。

一抹丹霞头顶红，
上身墨染玉条横。
起伏大幅飞姿特，
亮嗓叩击尖细声。

小斑啄木鸟

啄木鸟科，体长 15厘米，黑色的上体缀点着成排白斑，近白的 下体两侧具黑色纵纹。雄鸟顶红，枕黑，前额近白。亚种 amurensis 下全白而无纵纹。虹膜－红褐色；嘴－黑色；脚－灰色。叫声：尖细的 peet peet peet peet peet peet声。也发出低弱 kik叫声。叩击声较大斑啄木鸟慢且弱。分布范围：欧洲、北非、小亚细亚至蒙古、西伯利亚及朝鲜。分布状况：地方性常见。习性：飞行时大幅度地起伏。喜落叶林、混交林、亚高山桦木林及果园。

玉润区间黛项圈，棕茶初羽墨睛先。
异奇尖叫模他鸟，群嚷林中食物翻。

小黑领噪鹛

莺科，体长 28厘米，棕褐色。下体白，具粗显的黑色项纹，眼后有粗黑线。似黑领噪鹛，且常与其在一起，主要的区别为眼先黑色且初级飞羽褐色。诸亚种细节上略有差别。虹膜－黄色；嘴－深灰；脚－偏灰。叫声：似黑领噪鹛且模仿其叫声，奇异的尖叫声。分布范围：喜马拉雅山脉至中国南方、缅甸及印度至马来半岛。分布状况：常见于海拔 350~1400米山区森林，于云南西部 (monileger)、中部及南部 (schauenseei)、广西及云南东南部 (tonkinensis)、中国东南 (melli)及海南岛 (schmacheri)。习性：群栖而吵嚷，通常在森林地面的树叶间翻找食物。有时他其它噪鹛包括黑领噪鹛混群。

嘴型强健喙锋钩，
通体翠蓝如钻球。
尾羽长长盘状构，
鸣声悦耳舞姿优。

小盘尾

鸦科，体长 26厘米，闪光黑色卷尾。外侧尾羽特形延长，终端呈网球拍状羽片，嘴上方具小簇羽。比大盘尾体小，无羽冠，以尾为方型而最易区分。通常与大盘尾分布于不同高度，仅在海拔 1000~1500米处两种有重叠。旧的体羽有时缺少网球拍状羽。虹膜－红色；嘴及脚－黑色。叫声：多变的悦耳笛 weet-weet-weet-weet-chewee-chewee，偶尔发粗哑刺耳的叫声。能模仿其他鸟叫。分布范围：印度、中国南部、东南亚至苏门答腊及爪哇。习性：栖居稠密的雨林、次生林及林缘地带。常追随野火捕食逃亡中的蝗虫。大胆围攻猛禽及鸦类。

小杓鹬

丘鹬科，体长 30厘米，嘴中等长度而略向下弯，皮黄色的眉纹粗重。与中杓鹬的区别在于体型较小，嘴较短较直。腰无白色。落地时两翼上举。虹膜－褐色；嘴－褐色，嘴基明显粉红色；脚－蓝灰。叫声：飞行或成群进食时发出叽喳的 te-te-te声，告警时发出嘶哑的chay-chay-chay声。分布范围：繁殖于东北亚；冬季南迁至澳大利亚。分布状况：罕见，但迁徙时定期经过中国东部及台湾。习性：喜干燥、开阔的内陆及草地，极少至沿海泥滩。

黄绿眼先嘴细长，通黑上体闪乌光。
初临夜幕它活动，隐蔽生环拟态强。

小苇鳽

鹭科，体长35厘米，偏黄色或黑白色。成年雄鸟绒白色，顶冠黑色，两翼黑色具近白色的大块斑，嘴红色。雌鸟黄褐色，上体具褐色纵纹，下体略具纵纹，翼褐色而具皮黄色块斑。幼鸟似缩小了的大麻鳽，多具杂斑和纵纹。虹膜－黄色至橘黄色；嘴－雄鸟红色，雌鸟黄色；脚－黄色。叫声：求偶鸣叫为嘟哝声 gook，每 2~3秒重复一次。不安时发出响亮的鼻音 kekekeke。分布范围：欧亚大陆、非洲、马达加斯加、澳大利亚及新西兰。分布状况：种群数量甚稀少。迁徙经新疆西部天山地区，在喀什地区越冬。习性：飞行有起伏，振翼快似松鸦。

条条黑道布全身，耳羽头冠暗栗重。
名叫高音传树野，常于苇地乐津津。

小鹀

燕雀科，体长13厘米，具纵纹的鹀。头具条纹，雄雌同色。繁殖期成鸟体小而头具黑色和栗色条纹，眼圈色浅。冬季雄雌两性耳羽及顶冠纹暗栗色，颊纹及耳羽边缘灰黑，眉纹及第二道下颊纹暗皮黄褐色。上体褐色而带深色纵纹，下体偏白，胸及两胁有黑色纵纹。虹膜－深红褐；嘴－灰色；脚－红褐。叫声：音高而轻的 pwick或 tiptip声，也作 tsew声。分布范围：繁殖在欧洲极北部及亚洲北部；冬季南迁至印度东北部、中国及东南亚。习性：常与鹨类混群。藏隐于浓密覆盖下和芦苇地。

一体深蓝臀染霜，端端正正小娇娘。
细高鸣唱歌声美，茂密林中自隐藏。

小仙鹟

鹟科，体长 14厘米，雄鸟深蓝，脸侧及喉黑，臀白，前额、颈侧及腰为闪辉蓝色。与大仙鹟的区别在于体型较小，胸蓝色，臀白色。雌鸟褐色，翼及尾棕色，颈侧具闪辉蓝色斑块，喉皮黄，顶纹浅皮黄。与大仙鹟的区别在于体型较小，颈背褐色，顶纹色浅。虹膜－褐色；嘴－黑色；脚－黑色。叫声：细而高的 twee-twee-ee-twee鸣声，第二音最高。另有似下降的 see-see叫声。分布范围：喜马拉雅山脉至印度东北部、中国南方及东南亚的部分地区。分布状况：甚常见于西藏东南部及中国南方海拔 900~2400米的常绿林。习性：藏匿于森林林下的茂密灌丛。

两翅褐红大尾漆，
缘身称作小毛鸡。
唱歌如倒瓶中水，
捕到昆虫摆宴席。

小鸦鹃

鸦鹃科，体长42厘米，棕色和黑色。尾长，似褐翅鸦鹃但体型较小，色彩暗淡，色泽显污浊。上背及两翼的栗色较浅且现黑色。亚成鸟具褐色条纹。中间色型的体羽常见。虹膜－红色；嘴－黑色；脚－黑色。叫声：几声深沉空洞的hoop声，速度上升，音高下降，如倒瓶中水；较褐翅鸦鹃叫声速度快。第二种叫声为三个hup声变成一连串的logokok–logokok–logokok声。中国有分布。习性：喜山边灌木丛、沼泽地带及开阔的草地包括高草。常栖地面，有时作短距离的飞行，由植被上掠过。

翼上乔妆玉练明，双颜长尾作叉形。
溪间断续吱吱叫，饱腹由虫美膳丰。

小燕尾

鹟科，体长 13厘米，黑白色。尾短，与黑背燕尾色彩相似但尾短而叉浅。其头顶白色、翼上白色条带延至下部且尾开叉而易与雌红尾水鸲相区别。虹膜－褐色；嘴－黑色；脚－粉白。叫声：短促的高哨音，不如其他燕尾响亮。中国华南及华中和台湾有分布。甚常见于西藏南部、云南、四川、甘肃南部、陕西南部及长江以南（包括台湾）海拔 1200~3400米的山间溪流。但在台湾及于冬季栖于较低海拔处。习性：甚活跃。栖于林中多岩的湍急溪流尤其是瀑布周围。尾有节律地上下摇摆或扇开似红尾水鸲。习性也较其他燕尾更似红尾水鸲。营巢于瀑布后。

眼罩乌青玉色眉，一身灰亮两翮黑。
空中振翅捉虫饱，粗哑鸣声入耳闹。

楔尾伯劳

伯劳科，体长 31厘米，灰色。眼罩黑色，眉纹白，两翼黑色并具粗的白色横纹。比灰伯劳体型大。三枚中央尾羽黑色，羽端具狭窄的白色，外侧尾羽白。亚种 giganteus比指名亚种色暗且缺少白色眉纹。虹膜－褐色；嘴－灰色；脚－黑色。叫声：粗哑的 ga-ga-ga叫声似灰伯劳。分布范围：中亚、西伯利亚东南部、朝鲜、中国北部及华东。习性：停在空中振翼并捕食猎物如昆虫或小型鸟类。在开阔原野的突出树干、灌丛或电线上捕食，常栖于农场或村庄附近。

顶额枕颈绿间青，翅下霞白飛乃明。
嘴角鲜红昭靓彩，歌喉沙哑断连声。

须浮鸥

燕鸥科，全长25厘米，腹部深色（夏季），尾浅开叉。繁殖期：额黑，胸腹灰色。非繁殖期：额白，头顶具细纹，顶后及颈背黑色，下体白，翼、颈背、背及尾上覆羽灰色。虹膜－深褐；嘴－红色（繁殖期）或黑色；脚－红色。叫声：沙哑断续的 kitt或 ki-kitt声。分布范围：繁殖在非洲南部、西古北界的南部、南亚及澳大利亚。分布状况：亚种 swinhoei为季候鸟，繁殖于中国的东半部；冬季南迁，有些鸟在台湾越冬。习性：结小群活动，偶成大群，常至离海 20千米左右的内陆，在漫水地和稻田上空觅食，取食时扎入浅水或低掠水面。

上背茶灰下雪白，琼瑶巧构作脖怀。
海拔高处安居美，鸣叫咕咕引偶来。

雪鸽

鸠鸽科，体长约35厘米，羽色似红嘴鸥；头深灰；领、下背及下体白色；上背褐灰，腰黑色；尾黑，中间部位具白色宽带；翼灰，具两道黑色横纹。虹膜－黄色；嘴－深灰，蜡膜洋红；脚和趾亮红色。爪黑色。幼鸟和成鸟相似，但上体和翅具窄的淡皮黄色羽缘。叫声拖长的高音coo–ooo–ooo，求偶时咕咕作叫。习性：成对或结小群活动。滑翔于高山草甸、悬崖峭壁及雪原的上空。

墨染翮尖背尾央，
其余玉润素洁霜。
常栖路畔裸光地，
歌唱清音动耳房。

雪鹀

燕雀科，体长17厘米，黑白色。形小的嘴黑色。繁殖期雄鸟特征明显，白色的头、下体及翼斑与其余的黑色体羽成对比。繁殖期雌鸟对比不强烈，头顶、脸颊及颈背具近灰色纵纹，胸具橙褐色纵纹。第一冬的鸟黑色较少，且散有橙褐色，尤其在头顶及胸上。幼鸟的头及胸灰色。虹膜－色深；嘴－成鸟黑色，幼鸟及第一冬鸟偏黄；脚－黑色。叫声：立于巨砾或在振翼下行时作叫，鸣声仅为单调的短句交替。常有的飞行叫声为颤音 tiriririt 接流水般的 tew声。两种叫声均似铁爪鹀但富有乐感。也作沙哑的 djeee叫声。分布范围：繁殖于北极区苔原冻土带及海岸陡崖。越冬南迁至大约北纬 50° 。习性：栖于光裸地面。冬季群栖但一般不与其他种类混群。常规步调为快步疾走但也作并足跳行。未在取食群中的鸟作蛙跳式前行。群鸟升空作波状起伏的炫耀舞姿飞行然后突然降至地面。

白白通体褐疏斑，脸羽发达隐面盘。
北客偏栖冰雪地，呼鸣犬吠叫声尖。

雪鸮

鸱鸮科，体长61厘米，白色。眼黄，头顶、背、两翼及下胸羽尖黑色使体羽满布黑点，雪中看此鸟为灰色。虹膜－黄色；嘴－灰色；脚－黄色。叫声：雄鸟告警声 krek-krek-krek似鸭叫。雌鸟告警时发出吠声，也发出 seeuee哨音。分布范围：全北界的北部。分布状况：稀有冬候鸟，分布在中国东北及西北开阔原野。习性：部分地昼行性，黄昏后还积极地捕食田鼠及鼠兔。有时静立于突出岩石或土堆。在地面营巢。

头呈霞羽腊膜红，血染凤姿柳叶青。
常采松实充饿腹，咯咯鸣叫哨吹声。

血雉

雉科，体长46厘米，具矛状长羽，冠羽蓬松，脸与腿猩红，翼及尾沾红的雉种。头近黑，具近白色冠羽及白色细纹。上体多灰带白色细纹，下体沾绿色。胸部红色多变。雌鸟色暗且单一，胸为皮黄色。虹膜－黄褐；嘴－近黑而带红色蜡膜；脚－红色。叫声：雄鸟发出短促的si叫声，报警时咯咯地叫。有时数声si哨音连接为sisisi声。雄、雌鸟均会发出鸾一般的chiu-chiu尖叫，以召集分散的鸟群。习性：形成小至大群，觅食于亚高山针叶林、苔原森林的地面及杜鹃灌丛。

下素上灰喉玉白，
砂岩戏闹小娇侪。
穿梭展翅捉虫饱，
最是晨昏快乐来。

崖沙燕

燕科，又名灰沙燕，体长约 13厘米，喙短而宽扁，基部宽大，呈倒三角形，上喙近先端有一缺刻；口裂极深，嘴须不发达。翅狭长而尖，脚短而细弱，趾三前一后。尾略分叉，是一种褐色燕。下体白色并具一道特征性的褐色胸带。亚成鸟喉皮黄色，虹膜褐色；嘴及脚黑色。分布于除澳大利亚外的世界各地。这种鸟冬季南迁至东南亚及菲律宾。生活于沼泽尤其是有沙滩的河流附近，营巢于河岸洞穴。

翼上乌斑两道横，原鸽相像腹颜轻。
咯咯反复打嗝叫，峭壁悬崖喜度生。

岩鸽

鸠鸽科，体长 31厘米，灰色。翼上具两道黑色横斑。非常似原鸽，但腹部及背色较浅，尾上有宽阔的偏白色次端带，灰色的尾基、浅色的背部及尾上的此带成明显对比。虹膜 – 浅褐色；嘴 – 黑色，蜡膜肉色；脚 – 红色。叫声：反复的咯咯声如人在打嗝。起飞和着陆时发出高调的咕咕颤音。分布范围：喜马拉雅山脉、中亚至中国的东北。习性：群栖多峭壁崖洞的岩崖地带。

此君玉黛两颜型，
短脚常于海岸行。
浪涌飞花张健翅，
岩礁可见小偷踪。

岩鹭

鹭科，体长 55~64厘米，有两种色型：灰色型较常见，体羽清一灰色并具短冠羽，近白色的颏在野外清楚可见。白色型与牛背鹭的区别在于体型较大，头及颈狭窄。与其他鹭的区别为腿偏绿色且相对较短，嘴浅色，习性也不同。灰型全身呈灰色，头部有羽冠，胸部与背部有细长的白色蓑羽。嘴为黄色，前端为暗褐色。，亦有喉部白色的个体，以灰型居多。脚为暗绿色。嘴长 8.5~9.3厘米。虹膜－黄色；嘴－浅黄；脚－绿色。叫声：进食时发出粗哑呱呱的喉音，告警时发出更为粗哑的 arrk声。习性：几乎总是见于沿海岸线地带，在岩石或悬崖面上休息，或在水边捕食。巢筑于小岛大砾石下的石堆上。

猛禽族里小娇身，两色乔装密纵纹。
迅速轻捷极矫健，重重尖厉响空闻。

燕隼

隼科，体长 30厘米，黑白色。翼长，腿及臀棕色，上体深灰，胸乳白而具黑色纵纹。雌鸟体型比雄鸟大而多褐色，腿及尾下覆羽细纹较多。与猛隼的区别在于胸偏白。虹膜－褐色；嘴－灰色，蜡膜黄色；脚－黄色。叫声：重复尖厉的叫声 kick。分布范围：非洲、古北界、喜马拉雅山脉、中国及缅甸；南迁越冬。分布状况：地区性非罕见的留鸟及季候鸟。指名亚种繁殖于中国北方及西藏，越冬于西藏南部；streichi为繁殖鸟或夏候鸟，分布于中国北纬 32° 以南；有时在广东及台湾越冬。习性：于飞行中捕捉昆虫及鸟类，飞行迅速，喜开阔地及有林地带，高可至海拔 2000 米。

下体通洁背尾灰，晨昏夜动伴星辉。
白天总隐丛林里，粗犷鸣声自树飞。

夜鹭

鹭科，体长61厘米，头大而体壮的黑白色鹭。成鸟：顶冠黑色，颈及胸白，颈背具两条白色丝状羽，背黑，两翼及尾灰色。雌鸟体型较雄鸟小。繁殖期腿及眼先成红色。亚成鸟具褐色纵纹及点斑。虹膜－亚成鸟黄色，成鸟鲜红；嘴－黑色；脚－污黄。叫声：飞行时发出深沉喉音 wok或 kowak-kowak，受惊扰时发出粗哑的呱呱声。中国有分布。地区性常见于华东、华中及华南的低地，近年来在华北亦常见。冬季迁徙至中国南方沿海及海南岛。习性：白天群栖树上休息。黄昏时鸟群分散进食，发出深沉的呱呱叫声。取食于稻田、草地及水渠两旁。结群营巢于水上悬枝，甚喧哗。

双眸上下醒睛白，腿嘴暗红映玉骸。
雄健体型丰满态，钓鱼郎子住沙怀。

遗鸥

鸥科，体长45厘米，头黑色，嘴及脚红色。与棕头鸥及体型较小的红嘴鸥区别在于头少褐色而具近黑色头罩，翼合拢时翼尖具数个白点，飞行时前几枚初级飞羽黑色，白色翼镜适中。白色眼睑较宽。越冬鸟耳部具深色斑块，与棕头鸥及红嘴鸥区别在于头顶及颈背具暗色纵纹。第一冬鸟的嘴、翼尖及尾端横带均黑，颈及两翼具褐色杂斑，飞行时翼后缘比红嘴鸥或棕头鸥色浅。虹膜－褐色；嘴－红色；脚－红色。叫声：似笑声 ka-kak，ka-ka，kee-a。分布范围：繁殖在亚洲中部和中北部湖泊；越冬分布不详。有记录作为偶见或冬候鸟在中国南海近香港出现。习性：结群营巢。

耳羽银灰头顶黑，
前额橙色耀眸瑰。
特征明显娇娇态，
悦耳笛音啭啭飞。

银耳相思鸟

莺科，体长17.5厘米，多彩而偏红色。特征为头黑，脸颊银白，额橘黄色。尾、背及覆羽橄榄色，喉及胸橙红，两翼红黄两色，尾覆羽红色。虹膜－红色；嘴－橘黄；脚－黄色。叫声：带回音的喊喳嘟声及欢快的哨音鸣声 chi-uwi, chi-uwi, chi-uwi或 chi-uwi-chiu。分布范围：喜马拉雅山脉、中国西南、东南亚及苏门答腊。分布状况：亚种 vernayi见于西藏东南部及云南怒江以西；ricketti于云南南部；指名亚种于云南红河以西；rubrogularis于云南东南部、贵州南部及广西。常见于海拔 350~2000米。习性：性活跃，栖于山区森林中低层的浓密灌丛。

金黄下喙缀红斑，二色灰白尾墨然。
常在河泽鱼果腹，繁殖期放愤乒言。

银鸥

鸥科，体长64厘米，浅灰色鸥。腿淡粉红色，上体浅灰。冬鸟头及颈具纵纹。三级飞羽的白色月牙形宽，但肩部月牙较窄。外形厚重，胸深，嘴厚，前额长缓而下，头顶平坦，外貌看似凶狠。飞行时初级飞羽外侧羽上具小块翼镜。翼合拢时至少可见六枚白色羽尖。第四年成鸟羽衣长成。第一冬鸟具褐色杂斑，嘴黑色。第二冬鸟色略淡而多灰色，嘴黄色而端黑。幼鸟似其他银鸥。虹膜－浅黄；嘴－黄色，上具红点；脚－淡粉红。叫声：包括响亮的 kleow叫声，klaow-klaow-kla-ow的大叫及短促的嘀嘀咕咕声 ge-ge-ge。分布范围：繁殖于北美洲、欧洲及地中海；越冬往南。习性：松散的群栖性。沿海、内陆水域及垃圾成堆等地方的凶猛而识时的清道夫。

上背烟灰下栗深，
银胸阔嘴尾乌纯。
栖息热带林中静，
鸣叫叩叩低若音。

银胸丝冠鸟

阔嘴鸟科体长15厘米，嘴纤小，粉灰色。具黑色的弯曲眉纹和蓝色的翼斑，肩、背及腰栗色。尾黑，窄边及尾端白色。雌鸟近灰色的胸部上具狭窄的白色横带。虹膜－褐及绿色；嘴－蓝色，基部黄色；脚－黄绿色。叫声：清晰的笛音 piu。分布范围：尼泊尔至中国西南、东南亚、马来半岛及苏门答腊。分布状况：偶见于亚热带海拔800~1700米的山林。习性：结小群栖于沿溪流及河岸开阔林的树冠下层及林下。与其他种类混群。在树叶间或飞行时捕食昆虫。

大眼圆睁貌似鹰，一身褐粉显威风。
哨音假嗓还圆润，活跃情怀唱月空。

鹰鸮

鸱鸮科，体长30厘米，大眼睛，面庞上无明显特征。上体深褐；下体皮黄，具宽阔的红褐色纵纹；臀、颏及嘴基部的点斑均白。虹膜－亮黄；嘴－蓝灰，蜡膜绿色；脚－黄色。叫声：圆润的升调假嗓哨声 pung-ok，第二音短促而调高，每一两秒钟重复一次，有时持续很长时间，通常于晨昏时分。分布范围：印度次大陆、东北亚、中国、东南亚、苏拉威西、婆罗洲、苏门答腊及爪哇西部。习性：性活跃，黄昏前活动于林缘地带，飞行追捕空中昆虫。有时以家庭为群围绕林中空地一起觅食。不时鸣叫，尤其是月悬空中时。

体羽瑶洁嘴赤红，疣鼻显露上额中。
畅游巨水行堪笨，朵朵白云弄碧淙。

疣鼻天鹅

鸭科，体长 150厘米，优雅的白色。嘴橘黄色，前额基部有一特征性黑色疣突（雄鸟）。游水时颈部呈优雅的 S形，两翼常高拱。幼鸟为绒灰或污白，嘴灰紫。成鸟在护巢区时有攻击性。虹膜－褐色；嘴－橘黄；脚－黑色。叫声：虽名为哑声天鹅，但受威胁时作嘶嘶声，也发出低沉的heeorr爆破声。中国有分布。繁殖于中国北部及中部少数湖泊中，包括中国东北的呼伦池，偶有在中国南部的越冬鸟记录。习性：营巢于芦苇丛。飞行时振翅慢而有力，并作响亮哨声。越冬鸟结大群于湖泊或河流中。

上黑下玉墨纹妆，
体长凶型壮且强。
尖厉叫声真刺耳，
螺旋特技任翱翔。

游隼

隼科，体长 45厘米，成鸟：头顶及脸颊近黑或具黑色条纹；上体深灰具黑色点斑及横纹；下体白，胸具黑色纵纹，腹部、腿及尾下多具黑色横斑。雌鸟比雄鸟体长。亚成鸟褐色浓重，腹部具纵纹。各亚种在深色部位上有异。亚种 peregrinator自眼往下具垂直斑块而非髭纹，脸颊白色较少，下体横纹较细。虹膜－黑色；嘴－灰色，蜡膜黄色；腿及脚－黄色。叫声：繁殖期发出尖厉的 kek-kek-kek-kek叫声。分布范围：世界各地。习性：常成对活动。飞行甚快，并从高空呈螺旋形而下猛扑猎物。为世界上飞行最快的鸟种之一，有时作特技飞行。在悬崖上筑巢。

何处传声叫不停，如猫觅偶纵激情。
此君原是鱼鸥鸟，黑帽遮颜海上行。

渔鸥

鸥科，体长68厘米，背灰色。头黑而嘴近黄，上下眼睑白色，看似巨型的红嘴鸥，但嘴厚重且色彩有异。体型与银鸥相同或略大。冬羽头白，眼周具暗斑，头顶有深色纵纹，嘴上红色大部分消失。飞行时翼下全白，仅翼尖有小块黑色并具翼镜。第一冬的鸟头白，头及上背具灰色杂斑，嘴黄而端黑，尾端黑色。虹膜－褐色；嘴－黄色，近端处具黑及红色环带；脚－绿黄色。叫声：粗哑叫声似鸦。繁殖断断续续从黑海至蒙古部分湖泊。甚常见于大型湖泊。繁殖于青海东部的青海湖和扎陵湖及内蒙古西部的乌梁素海。习性：栖于三角洲沙滩、内地海域及干旱平原湖泊。常在水上休息。

碧水千泓对对双，池中戏浪看妻郎。
乔装艳丽衣着美，喻比忠贞恩爱长。

鸳鸯

鸭科，体长 40厘米，色彩艳丽。雄鸟有醒目的白色眉纹、金色颈、背部长羽以及拢翼后可直立的独特的棕黄色炫耀性“帆状饰羽”。雌鸟不甚艳丽——亮灰色体羽及雅致的白色眼圈及眼后线。雄鸟的非婚羽似雌鸟，但嘴为红色。虹膜－褐色；嘴－雄鸟红色，雌鸟灰色；脚－近黄色。叫声：常寂静无声。雄鸟飞行时发出声如 hwick短哨音。雌鸟发出低咯声。中国有分布。引种其他地区。全球性近危（Collar et al., 1994）。繁殖于中国东北但冬季迁至中国南方。记录广泛但群种数量普遍稀少。常被捉来笼养。 习性：营巢于树上洞穴或河岸，活动于多林木的溪流。

家鸡之祖色缤纷，富丽姿容比凤珍。
密树林中结对动，采来虫果作佳津。

原鸡

雉科，雄鸟体长 70厘米，雌鸟 42厘米，家鸡野生祖先。雄鸟：肉冠、肉垂及脸部红色；颈毛、尾覆羽及初级飞羽铜色；上背栗色；形长的尾羽及翼上覆羽绿黑色，有金属光泽。雌鸟黄褐色，枕和颈部具黑色细纹。虹膜－红色；嘴－角质色；脚－蓝灰色。叫声：只在春季繁殖季节鸣叫。雄鸟叫声如 ge ge-ge ge中间有一明显停顿，最后的ge 非常短，如家养公鸡缩短的叫声。分布范围：印度次大陆北部、东北部及东部，中国南部，东南亚，苏门答腊及爪哇。引种至其他地区。习性：雄鸟独处，或与众雌鸟配偶，或其他雄鸟群栖。取食于地面但飞行能力强，夜栖树上。

斑麻布侪扮凰冠，素朴衣着泥土颜。
一串清音一串美，活泼鸣唱告天原。

云雀

百灵科，体长 18厘米，具灰褐色杂斑的百灵。顶冠及耸起的羽冠具细纹，尾分叉，羽缘白色，后翼缘的白色于飞行时可见。与鹨类的区别在于尾及腿均较短，具羽冠且立势不如其直。与日本云雀容易混淆，请参照日本云雀。与小云雀易混淆但体型较大，后翼缘较白且叫声也不同。 虹膜－深褐；嘴－角质色；脚－肉色。 叫声：鸣声在高空中振翼飞行时发出，为持续的成串颤音及颤鸣。告警时发出多变的吱吱声。 中国北方有分布。习性：以活泼悦耳的鸣声著称，高空振翅飞行时鸣唱，接着作极壮观的俯冲而回到地面的覆盖处。栖于草地、干旱平原、泥淖及沼泽。正常飞行起伏不定。警惕时下蹲。

头顶胸兜具暗青，
颊斑黄浅项圈棕。
鸣音丰富纯吹哨，
隐蔽林间甚惧生。

杂色山雀

山雀科，体长 12厘米，额、眼先及颊斑浅皮黄至棕色；胸兜及头顶暗黑，头后具浅色的顶纹；颈圈棕，上体灰色；下体栗褐色，具皮黄色臀线。台湾亚种较小而色深，头无顶纹且无浅色臀纹。幼鸟色较黯淡。虹膜－褐色；嘴－黑色；脚－灰色。叫声：尖细的 pit，高音 spit-spit-see-see及责骂声 ch-chi-chi。有多种变调的“chick-a-dee”叫声。鸣声丰富多变，包括有特色的纯哨音 peee。分布范围：留鸟于中国东北、台湾，朝鲜，日本。习性：隐蔽而惧生。成对活动，偶成小群。在林冠层取食，且藏匿坚果。

裸面双足相映红，
主白体羽尾乌青。
耳喉几簇飞萤雪，
洪亮咯咯数里听。

藏马鸡

雉科，体长 86厘米，近灰色，具白色的耳羽簇，似白马鸡但羽色深沉，耳羽簇较长。喉、耳羽簇 及枕部白色，与黑色头盖及灰色体羽成对比；两翼近黑；尾上覆羽淡灰色；中胸近白；弯曲的丝状尾羽近黑具铜紫色光泽。虹膜－浅橘黄色；嘴－角质色；脚－红色。叫声：极具特色的响亮粗犷叫声如珍珠鸡晨鸣。也作苍鹭式的粗啼。分布范围：西藏高原东南部特有种。全球性易危。地方性常见。习性：与马鸡属其他种同。结小群栖于海拔 3000~5000米的桧树、杜鹃灌丛及高山灌丛和草甸。

翅具琼斑土福星，
下身玉韵故之名。
摇摇摆摆雪原上，
声响嘎嘎空野行。

藏雪鸡

雉科，体长 53厘米，灰、白及皮黄色雪鸡。头、胸及枕部灰，喉白，眉苍白，白色耳羽有时染皮黄色，胸两侧具白色圆形斑块。眼周裸露皮肤橘黄。两翼具灰色及白色细纹，尾灰且羽缘赤褐。下体苍白，有黑色细纹。亚种变化由颜色较深、喉部具黑点的西部亚种 tibetanus至色彩较淡、皮黄色较浅的东部亚种 przewalskii和 henrici。虹膜－深褐；嘴－黄色；脚－红色。叫声：繁殖鸟日夜重复嘶叫，声似 gu-gu-gu-gu。分布范围：喜马拉雅山脉，从帕米尔高原至密许米 (Mishmi)山及整个西藏高原。习性：同暗腹雪鸡。栖息生境与雪鹑同，但栖居范围较大。

上体亮红背布纹，胸及两肋墨条存。
鸣声悦耳如诗诵，开阔林间善走奔。

沼泽大尾莺

莺科，雄鸟体长26厘米，雌鸟23厘米，褐色。背上满布黑色纵纹，眉纹黄白，尾特形尖长；上体亮红褐色，背及翼覆羽具黑色纵纹；下体近白，胸及两肋具狭窄的近黑色纵纹，且两肋及尾下覆羽沾赤褐。虹膜－褐色；嘴－上嘴黑色，下嘴偏粉；脚－粉红。叫声：由栖处及飞行时发出声粗但悦耳的似水涌般的鸣声及尖厉的 chak–chak叫声。也有以爆破音 wheeechoo 结尾的哨音。分布范围：印度、中国、菲律宾、东南亚、爪哇及巴厘岛。习性：栖于开阔的多草原野、竹丛及次生灌丛。部分地栖性，奔走于浓密的覆盖下。

泥沼精灵小豆称，
颊喉布玉顶头青。
专捉虫子饱饥腹，
尖锐唧唧鬼子鸣。

沼泽小山雀

山雀科，体长 11.5厘米，头顶及颏黑色，上体偏褐色或橄榄色，下体近白，两肋皮黄，无翼斑或顶纹。与褐头山雀易混淆但通常无浅色翼纹而具闪辉黑色顶冠。亚种 hypermelaena的上体沾橄榄绿，有时显露蓬松的短冠羽；dejeani相似但顶冠少光泽；brevirostris的上体灰色较重而下体色浅，翼纹较淡；hellmeyeri的上体褐色较重。虹膜－深褐；嘴－偏黑；脚－深灰。叫声：爆破音的 pitchou而有别于褐头山雀。重复的哨音 chiu-chiu-chiu及山雀的典型叫声 tseet。鸣声为重复的单音节或双音节调。断续分布于温带的欧洲及东亚。甚常见于中国东北、华东、华中及西南。习性：一般单独或成对活动；有时加入混合群。喜栎树林及其他落叶林、密丛、树篱、河边林地及果园。

两翼圆圆短腿墩，上身淡褐布虫纹。
鼻音粗喘危惊叫，常顾稻田泥里寻。

针尾沙锥

丘鹬科，体长 24厘米，两翼圆，嘴相对短而钝。上体平淡褐色，具白、黄及黑色的纵纹及蠕虫状斑纹；下体白色，胸沾赤褐且多具黑色细斑；眼线于眼前细窄，于眼后难辨。与扇尾沙锥及大沙锥较难区分，但体型相对较小，尾较短，飞行时黄色的脚探出尾后较多，叫声也不同。与扇尾沙锥区别在于翼无白色后缘，翼下无白色宽横纹。腿比大沙锥细且黄色较少。虹膜－褐色；嘴－褐色，嘴端深色；脚－偏黄。叫声：告警时发出带鼻音的粗喘息声 squak-squak。分布范围：繁殖于东北亚，冬季南迁至印度、东南亚和印度尼西亚。习性：常光顾稻田、林中的沼泽和潮湿洼地，以及红树林，比扇尾沙锥栖息环境稍干燥些。

颏喉头褐颈洁白，尖尾如针水里栽。
机警性情翔泳快，谈情说爱在湖怀。

针尾鸭

鸭科，体长55厘米，尾长而尖。雄鸟头棕，喉白，两胁有灰色扇贝形纹，尾黑，中央尾羽特长延，两翼灰色具绿铜色翼镜，下体白色。雌鸟黯淡褐色，上体多黑斑；下体皮黄，胸部具黑点；两翼灰翼镜褐；嘴及脚灰色。与其他雌鸭区别于体形较优雅，头淡褐，尾形尖。虹膜－褐色；嘴－蓝灰；脚－灰色。叫声：甚安静。雄鸟发出低喉音的 kwuk-kwuk声。分布范围：繁殖于全北界；南方越冬。分布状况：新疆西北部及西藏南部有繁殖记录。习性：喜沼泽、湖泊、大河流及沿海地带。常在水面取食，有时探入浅水。

身材娇小秀玲珑，
跳去挑来芦苇丛。
模范夫妻人应效，
简出鲜叫便安生。

震旦鸦雀

莺科，体长18厘米，黄色的嘴带很大的嘴钩，黑色眉纹显著，额、头顶及颈背灰色，黑色眉纹上缘黄褐而下缘白色。上背黄褐，通常具黑色纵纹；下背黄褐。有狭窄的白色眼圈。中央尾羽沙褐，其余黑而羽端白。颏、喉及腹中心近白，两肋黄褐。翼上肩部浓黄褐色，飞羽较淡，三级飞羽近黑。虹膜－红褐；嘴－灰黄；脚－粉黄。叫声：尚无记录。中国东部及东北有分布。全球性近危。仅限于黑龙江下游及辽宁芦苇地（palivanovi）和长江流域、江苏沿海的芦苇地（heudei）。习性：性活泼，结小群栖于芦苇地。

玉韵白洁收雅姿，
黑足黄嘴尾蓑丝。
受惊飞起发粗喘，
常在泥泽觅美食。

中白鹭

鹭科，体长 69厘米，白色。体型大小在白鹭与大白鹭之间，嘴相对短，颈呈“S”形。于繁殖羽时其背及胸部有松软的长丝状羽，嘴及腿短期呈粉红色，脸部裸露皮肤灰色。虹膜－黄色；嘴－黄色，端褐；腿及脚－黑色。叫声：甚安静，受惊起飞时发出粗喘声 kroa-kr。分布范围：非洲、印度、东亚至大洋洲。分布状况：甚常见于中国南方的低洼潮湿地区。指名亚种为留鸟，见于长江流域、东南部及台湾和海南岛。见于云南南部的鸟被作为尚有争议的亚种 palleuca。漂鸟见于黄河流域。习性：喜稻田、湖畔、沼泽地、红树林及沿海泥滩。与其他水鸟混群营巢。

黛绿兼白顶美冠，窄长细嘴具钩弯。
轻柔息喘猫咪叫，出没湍河觅饱餐。

中华秋沙鸭

鸭科，雄鸟：体长 58厘米，绿黑色及白色。长而窄近红色的嘴，其尖端具钩。黑色的头部具厚实的羽冠。两肋羽片白色而羽缘及羽轴黑色形成特征性鳞状纹。脚红色。胸白而别于红胸秋沙鸭，体侧具鳞状纹有异于普通秋沙鸭。雌鸟色暗而多灰色，与红胸秋沙鸭的区别在于体侧具同轴而灰色宽黑色窄的带状图案。虹膜－褐色；嘴－橘黄色；脚－橘黄色。叫声：似红胸秋沙鸭。分布范围：繁殖在西伯利亚、朝鲜北部及中国东北；越冬于中国的华南及华中，日本及朝鲜；偶见于东南亚。习性：出没于湍急河流，有时在开阔湖泊。成对或以家庭为群。潜水捕食鱼类。

长嘴褐颜而下弯，浑身黑栗布横斑。
草原湿地栖息乐，喙入泥中觅美餐。

中杓鹬

丘鹬科，体长 43厘米，眉纹色浅，具黑色顶纹，嘴长而下弯。似白腰杓鹬但体型小许多，嘴也相应短。较常见的亚种 variegatus腰部偏褐，但一些个体腰及翼下为白色，与指名亚种相近。虹膜－褐色；嘴－黑色；脚－蓝灰。叫声：独特的高声平调哨音，如马嘶 he–he–he–he–he–he–he分布范围：繁殖于欧洲北部及亚洲；冬季南迁至东南亚、澳大利亚及新西兰。习性：喜沿海泥滩、河口潮间带、沿海草地、沼泽及多岩石海滩，通常结小至大群，常与其他涉禽混群。

腰背猩红及顶冠，乌黑尾翼耐观瞻。
次生林里真活跃，金属鸣声复细尖。

朱背啄花鸟

太阳鸟科，体长9厘米，黑色及红色啄花鸟。雄鸟：顶冠、背及腰猩红色，两翼、头侧及尾黑，两肋灰，下体余部白色。雌鸟：上体橄榄色，腰及尾上覆羽猩红，尾黑。亚成鸟清灰色，嘴橘黄，腰略沾暗橘黄色。虹膜－褐色；嘴－黑绿；脚－黑绿。叫声：典型叫声为偏高的金属声 tip-tip-tip；鸣声为重复尖细的 tissit-tissit声。性活跃，频频光顾次生林、林园及人工林中的寄生植物，高可至海拔 1000米。

身披玉羽带红微，
赤面丹足领饰飞。
典雅温柔风韵美，
吉祥享寿口皆碑。

朱鹮

鹮科，体长55厘米，偏粉色鹮。脸朱红色，嘴长而下弯，嘴端红色，颈后饰羽长，为白或灰色（繁殖期），腿绯红。亚成鸟灰色，部分成鸟仍为灰色。夏季灰色较浓，饰羽较长。飞行时飞羽下面红色。虹膜－黄色；嘴－黑色而端红；脚－绯红。叫声：粗哑的咕哝声。中国东部有分布。全球性极危。繁殖于陕西南部秦岭南坡（洋县），野外仅有百余只鸟幸存（曾降至20余只）。习性：在大栎树上结群营巢。在附近农场农作区及自然沼泽区取食。

身著红袍头翼黑，
歌声圆润笛音飞。
咯咯啄木间猫叫，
针叶林中住舍瑰。

朱鹂

鸦科，体长 26厘米，黑色及绛紫红色。眼色浅。雄鸟绛紫红色，头、上胸及翼黑色。雌鸟上背及背部深灰色，尾覆羽及尾绛紫红色，腹部及下胸白而密布黑色纵纹。与鹊色鹂幼鸟的区别在于上背灰色较深，下体白色较少且纵纹较粗。幼鸟比雌鸟色浅，喉显白。叫声：鸣声为圆润的笛音 pi-lo-i-lo；叫声为粗重鼻音的 kee-ah声，但不如黑枕黄鹂粗哑。也有甚似猫叫的 mew声以及有似啄木鸟般的咯咯“笑声”。中国有分布。罕见于海拔 600~4000米的丘陵和山区森林中的落叶林、混交林及常绿林。习性：冬季南迁或迁往较低海拔的较多落叶林处越冬。通常单独或成对活动。留在树层，有时加入混合鸟群。

前颈粉红灰顶涂，领斑黛墨缀珍珠。
常食五谷兼虫饱，栖地离开一阵咕。

珠颈斑鸠

鸠鸽科，体长 27~34厘米。头为鸽灰色，上体长都褐色，下体粉红色，后颈有宽阔的黑色，其上满布以白色细小斑点形成的领斑，在淡粉红色的颈部极为醒目。尾甚长，外侧尾羽黑褐色，末端白色，飞翔时极明显。嘴暗褐色，脚红色。前额淡蓝灰色，到头顶逐渐变为淡粉红灰色；枕、头侧和颈粉红色，后颈有一大块黑色领斑，其上布满白色或黄白色珠状似的细小斑点，上体余部褐色，羽缘较淡。飞羽深褐色，羽缘较淡。颏白色，头侧、喉、胸及腹粉红色；两肋、翅下覆羽、腋羽和尾下覆羽灰色。雌鸟羽色和雄鸟相似，但不如雄鸟辉亮、较少光泽。虹膜褐色，嘴深角褐色，脚和趾紫红色，爪角褐色。鸣声响亮，鸣叫时作点头状，鸣声似“ku-ku-u-ou”，反复鸣叫。

上体紫颜头顶青，纵纹漫布至喉胸。
营巢草苇食鱼类，隐蔽藏身是性情。

紫背苇鳽

鹭科，体长33厘米，深褐色。雄鸟：头顶黑色，上体紫栗色，下体具皮黄色纵纹，喉及胸有深色纵纹形成的中线。雌鸟及亚成鸟褐色较重，上体具黑白色及褐色杂点，下体具纵纹。飞行时翼下灰色为其特征。虹膜－黄色；嘴－绿黄色；脚－绿色。叫声：飞行时发出低声呱呱叫。中国东部有分布。分布状况：全球性近危。不罕见，繁殖于黑龙江经中国东部及中部至云南广东。迁徙经过海南岛及台湾。习性：性孤僻羞怯。喜芦苇地、稻田及沼泽地。

通体玄乌泛紫光，尖尖小嘴染鲜黄。
枝头鸣唱梳妆美，捕获虫儿饱腹囊。

紫翅椋鸟

椋鸟科，体长21厘米，闪辉黑、紫、绿色。具不同程度白色点斑，体羽新时为矛状，羽缘锈色而成扇贝形纹和斑纹，旧羽斑纹多消失。虹膜－深褐；嘴－黄色；脚－略红。叫声：叫声为沙哑的刺耳音及哨音。分布范围：欧亚大陆。分布状况：常见于中国西部的农耕区、城镇周围及荒漠边缘。习性：结小至大群于开阔地取食。冬季集大群迁至其分布区的南部。

艳丽衣裳放紫曦，照人光彩五颜奇。
丛林山麓栖高树，清脆音节悦耳啼。

紫金鹃

杜鹃科，体长 16厘米，雄鸟：头、胸及上体紫罗兰色，腹部白色具绛紫色横条纹。雌鸟：眉纹及脸颊白，下体白色具铜色条纹，头顶偏褐色，上体余部铜绿色。虹膜－红色；嘴－黄而嘴基红（雄鸟），上颚黑而嘴基红（雌鸟）；脚－灰色。叫声：高音调的 kie-vik kie-vik声，常在爬高飞行时发出；也作尖而悦耳的颤音，音调下降但速度加快。分布范围：东亚、东南亚、大巽他群岛及菲律宾。分布状况：非常罕见的低地留鸟。习性：喜林缘地带、院落及人工林而非原始林。性怯，在树枝间悄悄移动捕食昆虫，或斯文地栖于无遮掩的高树顶鸣叫。

粗嘴鲜红深紫袍，黑白之尾翘直高。
滩涂浅水悠闲涉，爱把花虫做美肴。

紫水鸡

秧鸡科，体长 42厘米，紫蓝色，红色的嘴特形大，除尾下覆羽为白色外，整个体羽蓝黑色并具紫色及绿色闪光。具一红色的额甲。虹膜－红色；嘴－红色；脚－红色。叫声：咕咕咯咯叫个不停；另有带鼻音的号角声 wak。中国有分布。亚种 poliocephalus为云南西南部的罕见繁殖鸟，可能在西藏极东南部也有分布。云南西部、广西及香港有迷鸟越冬记录。习性：栖于多芦苇的沼泽地及湖泊，在水上漂浮植物及芦苇地中行走。有时结小群到漫水的开阔草地、稻田或火烧过后的草地上活动。尾上下抽动。

蓝黑通体乃乌精，亮紫滴斑玉韵生。
演奏钢琴真妙手，河流溪谷灭鱼虫。

紫啸鸫

鹟科，体长 32厘米，近黑色。通体蓝黑色，仅翼覆羽具少量的浅色点斑。翼及尾沾紫色闪辉，头及颈部的羽尖具闪光小羽片。诸亚种于细部上有异。虹膜－褐色；嘴－黄色或黑色；脚－黑色。 叫声：笛音鸣声及模仿其他鸟的叫声。告警时发出尖厉高音 eer–ee–ee，似燕尾。 中国有分布。 常见留鸟于中海拔至 3650米的山林。习性：栖于临河流、溪流或密林中的多岩石露出处。地面取食，受惊时慌忙逃至覆盖下并发出尖厉的警叫声。

短喙大头足短强，
性情凶猛赶鹰翔。
鸣时翘尾兼昂首，
效仿它鸣健力扬。

棕背伯劳

伯劳科，体长25厘米，棕、黑及白色。额、眼纹、两翼及尾黑色，翼有一白色斑；头顶及颈背灰色或灰黑色；背、腰及体侧红褐；颏、喉、胸及腹中心部位白色。头及背部黑色的扩展随亚种而有不同。亚成鸟：色较暗，两肋及背具横斑，头及颈背灰色较重。深色型的“暗黑色伯劳”在香港及广东并不罕见，也偶见于分布区内其他地点。虹膜－褐色；嘴及脚－黑色。叫声：粗哑刺耳的尖叫 terrr及颤抖的鸣声，有时模仿其他鸟的叫声。中国有分布。常见留鸟，高可至海拔 1600米。习性：喜草地、灌丛、茶林、丁香林及其他开阔地。立于低树枝，猛然飞出捕食飞行中的昆虫，常猛扑地面的蝗虫及甲壳虫。

黑颜四点二深棕，两块琼瑶上下呈。
粗哑咯咯柔短唱，滑翔振翅饱田中。

棕背黑头鸫

鹟科，体长 28厘米，黑色及赤褐色。头、颈、喉、胸、翼及尾黑色，体羽其余部位栗色，仅上背皮黄白色延伸至胸带。雌鸟比雄鸟色浅，喉近白而具细纹。似灰头鸫但区别在于头、颈及喉黑色而非灰色。虹膜－褐色；嘴－黄色；脚－褐色。叫声：告警时发出粗哑的咯咯声似白颈鸫；叫声为轻柔的 dug dug声。鸣声由多声短音组成，似槲鸫。分布范围：青藏高原、中国中北部。分布状况：甚稀少罕见的留鸟，习性：冬季成群，在田野取食。于地面上低飞，短暂的振翼后滑翔。喜吃桧树浆果。

茶棕下体上深蓝，
颈侧额头妆小斑。
重复高鸣尖厉警，
灌丛林里做家园。

棕腹大仙鹟

鹟科，体长 18厘米，色彩亮丽。雄鸟上体深蓝，下体棕色，脸黑，额、颈侧小块斑、翼角及腰部亮丽闪辉蓝色。与棕腹仙鹟易混淆，区别在于色彩较暗。雌鸟灰褐，尾及两翼棕褐，喉上具白色项纹，颈侧具辉蓝色小块斑。与棕腹仙鹟的区别在于腹部较白。虹膜－褐色；嘴－黑色；脚－黑色。叫声：甚高音的 ssssew或 siiiii声，短暂停顿后又重复。告警叫声为尖厉的金属音 tit tit tit–trrt trrt trrt–trrt trrt tit tit。分布范围：中国南方；越冬至泰国及印度。分布状况：为四川、贵州、云南、福建、海南岛及广西等地山区密林及林下灌丛中甚常见的鹟。习性：森林型鹟的典型特性。

体栗头黑黛顶冠，银灰长尾墨端缘。
笛鸣响亮嘶金属，灌木林中享快安。

棕腹树鹊

鸦科，体长44厘米，褐色。脸黑色，渐变为顶冠、颈背及胸部的灰色。背及腰棕褐，下体黄褐。此种为中国的3种树鹊中分布最南者。与灰树雀及黑额树鹊的区别在于尾灰，翼具近白色斑块。虹膜－红色；嘴－灰色；脚－近黑。叫声：叫声响亮似笛音的kokila及其他嘶哑金属音及咪咪的叫声。分布范围：印度、缅甸。分布状况：常见于中国西南及西藏东南部近边境地区高可至海拔2000米的灌丛和森林。习性：栖于小树顶层，如杜鹃般猎捕昆虫、巢中幼虫及小型脊椎动物为食。

蓝棕上下自分明，墨脸黑喉橘色胸。
生硬之吟轻细喘，安身矮树守孤情。

棕腹仙鹟

鹟科，雄鸟：体长 18厘米，上体蓝，下体棕色，具黑色眼罩，头顶、颈侧点斑、肩块及腰部辉蓝。与蓝喉仙鹟的区别在于喉黑，胸橘黄渐变成臀部的皮黄色。与棕腹大仙鹟的区别在于体羽较亮丽，臀棕黄色较浓，额辉蓝色延伸过头顶。雌鸟：褐色，腰及尾近红，项纹白，颈侧具闪辉的浅蓝色斑，眼先及眼圈皮黄而有别于除棕腹大仙鹟外的所有其他鹟的雌鸟，但臀部的皮黄色较重，翼较短。虹膜－褐色；嘴－黑色；脚－灰色。叫声：生硬似歌鸲的 tic声，细薄的 see声及轻柔的 chacha声。鸣声可能为似喘息的 zi–i–i–f–cha–chuk声。分布范围：喜马拉雅山脉至中国西部及印度北部。习性：性孤僻安静。常低伏于矮树丛，跳至地面捕食昆虫。身体常朝前点动，每隔几秒钟尾抽动一次。

头臀颌部泛红颜，
上黛下黄背玉斑。
林木医生医道好，
啄开病灶取虫专。

棕腹啄木鸟

啄木鸟科，体长 20厘米，色彩浓艳。背、两翼及尾黑，上具成排的白点；头侧及下体浓赤褐色为本种识别特征；臀红色。雄鸟顶冠及枕红色。雌鸟顶冠黑而具白点。亚种 marshalli枕部红色延至耳羽后；指名亚种较其他两亚种下体多黄棕色。虹膜－褐色；嘴－灰而端黑；脚－灰色。叫声：拉长的断音节 kii–i–i–i–i–i–i连叫，越来越弱至结束；似大金背啄木鸟但较弱。雄雌两性均錾木有声。分布范围：喜马拉雅山脉、中国及东南亚。分布状况：罕见。习性：喜针叶林或混交林。

一条白玉眼眉飘，橄褐衣装棕栗交。
生性活泼堪胆怯，三声一度脆歌嘹。

棕颈钩嘴鹛

莺科，体长 19厘米，褐色钩嘴。具栗色的颈圈，白色的长眉纹，眼先黑色，喉白，胸具纵纹。虹膜－褐色；嘴－上嘴黑，下嘴黄（亚种 reconditus下嘴粉红）；脚－铅褐色。叫声：鸣声为 2~3声的唿声，重音在第一音节，最末音较低。雌鸟有时以尖叫回应。分布范围：喜马拉雅山脉，印度北部，缅甸北部及西部，中国华中至华南、台湾及海南岛。分布状况：甚常见于海拔 80~3400米混交林、常绿林或有竹林的矮小次生林。习性：本属的典型特性。

墨色髭纹黛眼先，
喉颏脸玉背棕鲜。
轻柔重复叩叩警，
低弱飞行栖雪原。

棕颈雪雀

麻雀科，体长15厘米，褐色。眼先黑色，脸侧近白。雄雌同色。成鸟头部图纹特别，髭纹黑，颏及喉白，颈背及颈侧较所有其他雪雀的栗色均重，覆羽羽端白色。幼鸟色较黯淡，但较淡栗色的耳羽已可见。亚种isabellina较色淡，上体近灰而略沾皮黄色。虹膜－褐色；嘴－黑色（成鸟）或偏粉色，嘴端深色（幼鸟）；脚－黑色。叫声：叫声轻柔，重复duuid声或告警时作唧唧叫。分布范围：青藏高原及中国西北部。分布状况：夏季常见于海拔 3800~5000米。习性：似其他雪雀，栖于鼠兔群集处。求偶时作精彩的俯冲飞行。甚不惧人。飞行弱且低。冬季与其他雪雀混群。

艳丽娇颜五彩影，栗头翠背腹白黄。
耳闻尖厉吱吱叫，常绿丛林是梦乡。

棕脸鹟莺

莺科，体长 10厘米，色彩亮丽而有特色。头栗色，具黑色侧冠纹。上体绿，腰黄色。下体白，颏及喉杂黑色点斑，上胸沾黄。与栗头鹟莺的区别在于头侧栗色，白色眼圈不显著且无翼斑。亚种 flavifacies 的脸部棕红色较重，上体色较深。虹膜－褐色；嘴－上嘴色暗，下嘴色浅；脚－粉褐。叫声：尖厉的吱吱叫声。分布范围：尼泊尔至中国南方及台湾，缅甸，印度北部。分布状况：甚常见留鸟。习性：栖于常绿林及竹林密丛。

体背棕颜顶黛妆，眉纹宽大染棕黄。
森林居隐虫充腹，清脆叫声鸣颤长。

棕眉山岩鹨

麻雀科，体长15厘米，褐色斑驳。头部图纹醒目，头顶及头侧近黑，余部赭黄。眉纹及喉橙皮黄色而有别于褐岩鹨。虹膜－黄色；嘴－角质色；脚－暗黄。叫声：叫声为清脆的seereesee或si-si-si-si声；鸣声为尖颤鸣。分布范围：繁殖于整个俄罗斯及西伯利亚、朝鲜至日本。偶见于阿拉斯加及欧洲。分布状况：越冬于中国北方及东北。习性：藏隐于森林及灌丛的林下植被。

赤嘴棕头黑翅尖，耳周枕部具灰斑。
山石湖岛崖巢筑，沙哑哭声响亮传。

棕头鸥

鸥科，体长 42厘米，白色。背灰，初级飞羽基部具大块白斑，黑色翼尖具白色点斑为本种识别特征。越冬鸟眼后具深褐块斑。夏鸟头及颈褐色。与红嘴鸥区别在于虹膜色浅，嘴较厚，体型略大且翼尖斑纹不同。第一冬鸟似冬季成鸟，但翼尖无白色点斑，尾尖具黑色横带。虹膜－淡黄或灰色，眼周裸皮红色；嘴－深红；脚－朱红。叫声：沙哑的 gek-gek声及响亮哭叫声 ko-yek-ko-yek。一般罕见，但地方性常见于繁殖地点（如青海湖）。习性：与其他鸥混群，栖于海上、沿海及河口地带。

棕红妆点背和头，
细尾长长暗褐修。
急速低沉兼跳叫，
荆棘林里把虫搜。

棕头鸦雀

莺科，体长 12厘米，粉褐色。嘴小似山雀，头顶及两翼栗褐，喉略具细纹。虹膜褐色，眼圈不明显。有些亚种翼缘棕色。虹膜－褐色；嘴－灰或褐色，嘴端色较浅；脚－粉灰。叫声：鸣声为高音的 tw'i–tu tititi及 tw'i–tu tiutiutiutiu等等，短间隔后又重复，并间杂有短促的twit声，有时仅作 tiutiutiutiu。叫声为持续而微弱的啾啾叫声。分布范围：中国、朝鲜及越南北部。分布状况：常见留鸟于中等海拔的灌丛、棘丛及林缘地带。习性：活泼而好结群，通常于林下植被及低矮树丛。轻的“呸”声易引出此鸟。俗名：红头仔、黄头、驴粪球儿、乌形山雀、相思鸟。

顶尾翮蓝华美彰，蓬松胸羽栗棕妆。
叫声粗哑乌鸦调，开阔田林大爱堂。

棕胸佛法僧

佛法僧科，体长33厘米，蓝灰色。黑色的嘴细而下弯。停栖时此鸟看似暗淡，但近看其头顶、尾覆羽及两翼为华美的青蓝色组合；喉、上背及部分飞羽淡紫；背部及中央尾羽暗绿。飞行时两翼及尾部的鲜艳蓝色非常显眼。与三宝鸟区别在于嘴黑色，与蓝胸佛法僧区别在于头及胸部蓝色较少。虹膜－褐色；嘴－灰色；脚－暗黄。叫声：叫声为粗哑似乌鸦的 chak chak声。分布范围：亚洲南部、印度至中国西南部。分布状况：偶见于中国南方、西南及西藏南部的开阔原野及农田。习性：同蓝胸佛法僧。

全身棕褐纵条玄，二色眉纹窄变宽。
沙哑吱吱歌调响，高原深处享康安。

棕胸岩鹨

麻雀科，体长 16厘米，褐色具纵纹。眼先上具狭窄白线至眼后转为特征性的黄褐色眉纹，下体白色而带黑色纵纹，仅胸带黄褐。虹膜－浅褐；嘴－黑色；脚－暗橘黄色。叫声：叫声为高音的吱叫 tirr–r–rit；鸣声似鹪鹩但不如其响亮且间杂沙哑之声。中国分布状况：不常见留鸟于海拔2400~4300米的西藏南部及东南部、青海、甘肃、陕西秦岭、四川西部、云南西北部。冬季往较低处迁移。习性：喜较高处的森林及林线以上的灌丛。

下体棕白纹纵出，
上身沙褐缀珍珠。
林缘荒漠捉蛙鼠，
哀婉尖声变化足。

纵纹腹小鸮

鸱鸮科，体长 20~26厘米。面盘和领翎不明显，也没有耳簇羽。上体为沙褐色或灰褐色，并散布有白色的斑点。下体为棕白色而有褐色纵纹，腹部的中央到肛周以及覆腿羽均为白色，跗跖和趾则均有棕白色羽毛。虹膜黄色，嘴黄绿色，爪黑褐色。叫声多变，主要是一种哀婉的声音，在短暂的间歇中不断反复，此外还常有一种尖叫声。食物主要是鼠类和鞘翅目昆虫，也吃小鸟、蜥蜴、蛙等小型动物。中国分布状况：常见留鸟，广布于中国北方及西部的大多数地区，高可至海拔 4600米。习性：部分地昼行性。矮胖而好奇，常神经质地点头或转动。有时以长腿高高站起。快速振翅作波状飞行。常立于篱笆及电线上。能徘徊飞行。